U0482711

# 仰山伴月集

黄颂翔——著

浙江摄影出版社

责任编辑：陈璐璐
责任校对：王君美
装帧设计：施慧婕
责任印制：汪立峰　陈震宇
特邀编辑：黄雪媛

**图书在版编目（CIP）数据**

仰山伴月集 / 黄颂翔著 . -- 杭州 : 浙江摄影出版社 , 2023.11
ISBN 978-7-5514-4672-3

Ⅰ . ①仰… Ⅱ . ①黄… Ⅲ . ①散文集－中国－当代 Ⅳ . ① I267

中国国家版本馆 CIP 数据核字 (2023) 第 201748 号

YANGSHAN BANYUE JI
**仰山伴月集**
**黄颂翔　著**

全国百佳图书出版单位
浙江摄影出版社出版发行
地址：杭州市体育场路347号
邮编：310006
网址：www.photo.zjcb.com
制版：浙江新华图文制作有限公司
印刷：浙江海虹彩色印务有限公司
开本：880mm × 1230mm　1/32
印张：8.75
2023年11月第1版　　2023年11月第1次印刷
ISBN 978-7-5514-4672-3
定价：58.00元

# 目 录

# 序

1963年，我考入杭州大学中文系，在杭大度过了五年半光阴，但实际只念了三年半书，其余时间都去参加“四清”运动和“文化大革命”了。毕业后，我被分配到上虞茶场，在那里工作了一年零三个月。之后调至上虞汤浦公社，做了整七年的公社干部，其间，曾在上浦闸的工地工作近一年。也就是说，大学毕业后的我在乡村度过了近十年，直到1978年4月才“归队任教”，调至上虞师范学校，从此安心教书，直至2005年退休。

教书生涯中，我做过教导主任，也担任过浙江省中等师范学校语文学科大组组长。退休后，我受聘于上虞区地方志研究室，继续工作了十多年，我的多数文章都是在这一时期写的。

回想起来，当时我们这些老大学生心思平顺，上面叫干啥就干啥，并非出于无奈，而是心甘情愿的。我那时总觉得我们这些人在生活上比群众好多了，应该多去接近他们，与他们打成一片，所以我的生活方式、业余爱好，包括语言品味，也都是趋于大众化的。我喜欢朴素、实惠的生活方式，这也体现在了我的写作中。另外，我们这些人有一种情结，就是“敬”——对工人农民群体也好，对那些学有所成、业有所精的个人也好，对曾经生活过、劳动过的一方土地也好，都会产生尊敬的心情。尊敬的心情多了，瞧不起的因素便少了，势利的眼光也不复存在，这种心境与写作选题也密切相关。编这本书，满纸皆是心底的敬意，无论是对虞舜、对大禹、对上虞的其他古代贤达，还是对家乡、对亲人、对老师、对方言老话，都是出于内心的敬与爱。

当年我就读的伴月庵小学与春晖中学，都曾是上虞乡贤名士聚集之处，地风雅而人至真。今每念及，感怀良多，思念更甚，即以“仰山伴月集”为书名。

黄颂翔

2022 年初夏

# 第一辑　仰山伴月

# 仰山楼的钟声

1960年，我上春晖高中。那时的教室都在仰山楼，上下课还得由工友敲钟。一口铜钟挂在仰山楼北首的小阁楼外，上课是“当——当——”单敲六下，下课是“当当、当当”双击三次。钟声悠悠回荡，在白马湖畔都听得一清二楚。快六十年过去了，仰山楼的钟声还依稀响在耳畔，老春晖的几位先生则如在眼前。

钟声悠远……记忆中，数学陈宗秀老师总是踏着第一声钟声走进教室。手上只有一支粉笔，人还未走近讲台，即转身面向黑板，边写字边开讲。他的每堂课，总是到下课钟声一响，正好一小节内容讲完，也正好一支粉笔用完，又正好是煞清爽的一黑板字写完，且中间从不涂抹一字，好像周密验算过后的复盘一样。先生上的是几何课，却从不带三角板、圆规，各种几何图形随手画来，线段长短及角度没有偏差，画圆则一笔而就，滚瓜溜圆，看不出接点。

学生总记着关于老师的细节。陈宗秀老师患有鼻炎，凡学生在课上答题犯傻时，他便会鼻腔“吭吭”作响，但从不作训斥。作业是每堂课都留，先生又总是会及时批改好并亲自送达。我有一次做证明题时，自作聪明地省略了中间过程，先生就在我的本子上一一补写出，并且特意走过来，向着我和大家说：“数学证明不能跳跃，求证过程必须完整。走路要一步步走，不经过桥——倷想跳过河哇！听见了吗？”我们点头称是，于是他鼻腔“吭”了一声转身离开。

先生20世纪40年代于春晖高中毕业后留校，教我们时只四十来岁，但已俨然长者。他受过不公待遇，工资降了一半，又在那时患上浮肿病，曾一度每月获得二斤米粞补给，他很满意。记得那年年底，我们几名男生被分配到猪舍值夜管猪（那几头猪比我们还瘦）。有一天深夜，我们勇敢地赶跑了摇船前来偷猪的外村人，学校得知后干脆把几头猪提前宰了给老师们吃，并且奖励我们管猪的几位同学各一片大肉。去领取时，正巧碰见陈宗秀老师，他见到我们笑眯眯地说：“哦哟，谢谢倷哉，今末子我有一碗猪肉吃着郎哉。”先生是余姚人。

钟声悠远……回想起来，个子高高的陈光宗老师常常是上课钟声未响就已走进教室，先在座位之间的过道上和善斯斯地走一圈。他是上虞梁湖人，20世纪40年代于浙江大学毕业，教我们俄语，又兼做教务。先生讲课清晰动听，板书像教科书一样规范，与学生又最亲近。春晖三年，我们几乎没打算去其他老师宿舍，唯有陈光宗老师那里，我们常主动去坐坐听他说话。他房间有一幅列夫·托尔斯泰神情肃穆地坐在海边的画像，我们便请他讲托尔斯泰、普希金、屠格涅夫。听他轻轻道来，仿佛置身于莫斯科郊外的晚上。记得一次周末晚间去，见先生的洋灯罩外面罩着一个自己做的铁丝架子，上头搁着一只小钢精碗，先生正用灯火热着番薯丝。见我们进去，连忙拿小碗盛出来让我们品尝。我们如同“老虎舔蝴蝶”[①],先生就在一旁微笑。又记得有一次周一早操后集会训话，教导主任上台说：“昨天，有同学在教导处的通告黑板上擅写通知，称校内小店供应月饼……令该同学立即到教导处报告。”——我惴惴不安地去了，一进门喊“报告”，却只见到陈光宗老师一人，他开口笑道：“就晓得是你，别的同学写不出的。去吧，我会转告的。”

转眼快到高三毕业，我填了文科志愿，跟陈老师讲了，他竟叹息了一声说：“本来报理科也蛮有把握的嘛。”话语里意味颇深。我上大学之后，先生给我写来好几封信，蝇头小楷，字字端秀，其中多有勉励。他也是遭受不公正待遇的人，家庭负担重，常年粗衣布鞋，性情淡泊而笑对人生。啊，忽然之间，陈光宗老师已年逾九旬，打听到他依然健朗。学生不才，竟未能前去拜望，只有在心里默默祝福。

上课钟声响起……语文钱钟岳老师赶紧掐掉烟蒂跨进教室，一开口便神采飞扬。钱老师高中毕业，上虞丰惠人，从乡村小学一直教到春晖高中，确实是名不虚传。他又擅书法，粉笔字酣畅饱满，字字春风，学生视为眼福。他写到得意时，自己会哈哈一笑。钱老师又很喜欢夸奖学生，凡学生写得突出的作文，他必亲自抄写工整，好的字句再用红曲线画上，边上作短语点赏，文后

---

① 本句意为“喜出望外，胃口大开”，又有“食物太少，不经吃”之意。

则细细写上评语。评语长的有百来字，其中一定会写明该文作为同学范文的几点理由。他还会亲自搬来小梯子，将抄好的作文贴到大膳厅墙上，大家都围拢来看。很荣幸，我与同班潘临渊同学是被张贴作文最多者，后来也就我们俩一起考进了杭大中文系，记得当时钱老师还有题字书籍惠赠。可惜潘同学命浅，大三时不幸英年早逝，钱钟岳老师难过了好一阵子。

……

时光如流，白马湖老仰山楼已不复存在，仰山楼的钟声早已荡漾远去。那些曾经陪伴过仰山楼钟声的老师们，那些陪伴过我们度过艰苦而温馨日子的先生们，还记得我们这些老学生吗？岁月静好，无论天上人间。

# 伴月庵小学

章镇小学是我的母校，我读书那时还叫伴月庵小学。

1951年初，我读“半年级”，教室原是伴月庵的前殿，曾被用作“民教馆”。正方一大间，四面大檐下有青石板廊道，外墙是水红色的。过了民教馆，是一条叫“大同路”的缓坡路，两边有苦楝翠柏，尽头处有一株百年斑楂树与一棵大樱桃树。往右绕过一幢青砖木楼，拾级而上，便是三大间正殿改成的办公室。左边有角尺形两溜平屋，是禅房改成的教室，前后都有花园，园中多是鸡冠花、凤仙花、美人蕉与搔痒树[①]；右边是侧向的五间楼房，独门独院，院子里有几株探出墙外的玉兰与桂花树，此处是僧尼寮房改的教师宿舍。从办公室中门穿出，里头便是后殿与斋堂，后殿做了教室，斋堂就变为食堂，到底便是山脚。

当时食堂一侧的两间小屋里，还住着一老一小两名尼姑。老的据说是天台人，面色白净、个子高大，小脚大耳，走起路来两个耳轮一晃一晃，极少抛头露面，而且神情俨然，偶尔能听见她在里头轻轻一哼，在外面的小尼姑就连忙答应着进去。这小尼姑其实也四五十岁了，嵊县人，总是笑嘻嘻的，说话好比嵊县小歌

---

① 搔痒树：紫薇树。

班[1]表演，口气与模样都像一只斑鸠。她们与我们相安无妨地处了好几年。

伴月庵小学背山临溪，山叫姜山，溪称隐潭，青山绿水，原是风景极佳之处。此地曾留住过晋宋时的山水大诗人谢灵运，以及明代嘉靖年间自称“姜山老樵”的硬骨头进士谢瑜等人物，可见历来就是不同一般的幽美胜境，所以后来才有远方大士相中此地，筑庵建堂，名曰“伴月”。再一代代挨下来，此地便成了我们这辈人的儿时乐园。

当年的伴月庵小学，路面干净，流水清澈，片片落叶不沾灰尘，可做书签。圆月形的洞门贯通东西游廊与书房，后山的泉水冒着水泡，一路流向草场边上的半亩荷塘，一路由剖成半爿的大毛竹节节相连通到膳堂。不必说伴月庵里外树木森森，松鼠在树下觅食，喜鹊在树上歌唱，有时能看到黄鼠狼在眼前倏地蹿过，能听到啄木鸟在后山“笃笃”地敲。坡上坡下几十株参天老枫树，在地面盘出虬龙般的树根，更有山门前的一棵巨樟，半里外就能闻到香气。树上有好几个大鸟窝，树下是不起灰尘、踏脚无印的一大块光洁的坪坝。夏天的伴月庵，太阳只能从层层的枝叶间投下晃动的光斑。而三五之夜，月光穿漏，在伴月庵一片婆娑的夜色之中，喜欢玩闹的孩子们也会变得宁静。

儿时的伴月庵是读书的好地方，更是玩耍的好地方。如今想

---

① 小歌班：当时嵊县一带的戏班子。

来，小时候读书好比搭便车——书自然要读，玩却是天性，甚至是目的，是儿时的兴致所在。到如今，老掉牙的我只记得小学第一篇课文一共三个字："上学了。"可是小时候玩的名堂却全记得。追逐嬉戏不说，舞棍弄枪不说，踩高跷、荡秋千、投藤圈、溜铁环、掷弹子、飞纸牌、喷水枪、磨咪刀，做纸人、纸船、纸飞机，打乒乓、板球、三毛球，四五年级之后开始打篮球，什么军棋、跳棋、走兽棋，还有摆小石头的牛角棋，放鹞、捉知了、做钓竿、斗蛐蛐儿、弹麻鸟……通通玩遍。还要从山上洞里挖来很黏的"窑泥"做菩萨，下过大雨之后在水沟里筑水坝，或者是上姜山，绕过"棋盘石""金鱼背"，去骑石人、石马，去拗乌米饭叶子、垒酒甏，摘"哥哥红"，还有那红红绿绿的山里果子……

我在伴月庵小学读书的时候，可不像现在的孩子回到家里还要在灯下做作业，更没有放假了还要交钞票去读什么补习班的事情。那时除了上课就是玩，暑假里就泡曹娥江。那时候的曹娥江，江水可以直接喝，江边是黄缎子似的沙滩，江底全是细腻的黄沙。坐在埠头下的石板上，两只脚泡在江水里，小鱼一定来啄你，呆土鲔、鲇鱼会笃悠悠游过来，石坎缝里那些老弹虾则傻乎乎地进进出出。你一下水，脚指头马上触到黄蚬，一个没头[①]下去，摸一把不成问题。那时候，曹娥江上的货船和木排成排扎在江上，小伙伴们一个猛子扎下去，从船排这边拱到那边出来，脸上水一抹，

① 没头：又叫没头拱，为"扎猛子"之意。

那个忘乎所以啊。我那时候一个没头拱可以“躲”到五六十米开外，简直像一只江猪。有时候看看天上老鹰在盘旋，注意它们会不会突然俯冲下来，叼走对面河埠头的女人在洗的鱼或者鸡呢。

天时地利人和，仿佛特地要让孩子们快乐，伴月庵小学又似乎特别要让你玩个痛快。别的不说，晴天时，空地上，老师会放好垫床，让我们翻跟斗、竖蜻蜓；沙坑边，老师会放好跳高架子。我们班主任还特地在水泥地上刻好格子，以便女生“跳房子”、男生下“牛角棋”，免得我们用粉笔涂抹。老师还会经常导演课本剧，我曾粉墨登场，演过《东郭先生》中那只狼，演过耍棍子的孙悟空，跟在老师屁股后头跳秧歌“解放区的天是明朗的天”，还独自在台上雄赳赳地唱过：“看吧，太阳就要出来了，光明已经照到古罗马的城头……”

百川东到海，何时复西归！儿时转瞬即逝，伴月庵小学早已不复存在。然而童年的快乐怎能忘记，那些亲爱的老师更是至今难忘：做过体育教官的“铅球大王”钟兆康老师，拉手风琴《红莓花儿开》的徐传培老师，教我演戏的胡大刚老师，唱美声《热血歌》的卢承箕老师，还有为我们在地上刻棋盘的竺乃铨老师……谨此纪念。

# 童趣和虫趣

我们幼时没什么玩具好玩，反倒是什么都好玩。泥土、石头、木棒、竹竿，都玩，小虫儿也玩。

几个小把戏蹲在路边，见一只蚂蚁出来巡视，就把咸鲞骨头之类放上去，然后一齐向蚂蚁喃喃唱喏：“娇蚨蚁婆婆喂，柴绳草杠拖得来，前门后门关得来……”话语未了，只见那蚂蚁速速赶回洞府，又速速领着队伍一字长蛇地奔来。队伍边上或有几只蚂蚁跟着，可能是领头的。一到之后作短暂磋商，即组织起最合理有效的搬运方案。它们会跨越人为设置的一道道障碍，前拖后顶，左拉右扛，分工明确而各尽其力。整个过程中，没有一只不出力，也没有一只乱用力，这证明蚂蚁队伍中不存在懒汉或笨蛋。而且它们会因地段不同而变阵，能够看到指挥员前后督阵的忙碌身影，十分耐看。正因此，小朋友玩蚂蚁时会很专注，这又证明童趣之中有虫趣，而童心与小虫的灵性相通。

小时候玩小虫，谁都玩得起，而且小官人[①]都喜欢。但如果按喜欢程度排序，我以为蒙童时候是蚂蚁居先，少年时代，当许蟋蟀、知了、螳螂之类。我们这里没蝈蝈，否则蝈蝈肯定排得上。

---

① 小官人：又叫小佬倌，为对男孩子的昵称。

美丽的蜻蜓为什么排不上？因为它不经玩，一会儿就垂头丧尾，所以只能割爱。蝴蝶也美丽，但它太脂粉气，不在村童所玩之列。

萤火虫好，可惜太文气，而且出门迟。“萤火虫，萤火虫，飞到西，飞到东，飞到榻榻前，阿毛在做梦。”萤火虫往往是“天阶夜色凉如水”的时候才飞出来，所以阿毛等不及就睡了。但毕竟有早早出来的，于是把它拢在手心里，低着脑袋看它尾巴上那一点点光明，那美丽得让人心疼的光明。

知了好，可惜是个“呆沙僧”。名字好听，知了——知了，其实它只知道叫，手快伸到身边了，它还是莫知莫觉，所以容易捉。《庄子》里有“佝偻承蜩”的故事，讲驼背老汉用竹竿捉知了好像探囊取物，原因在于他“用志不分，乃凝于神”。我们也是，很专心的。兴趣就在过程之中，捉到了就有一种成就感，尽管不是为了卖或吃。而且知了被捉了之后，大多呆若木鸡，雄的撳撳它虽然还会叫，却再不像原先在树上叫得那么嘹亮。有一种绿壳的，称为“了嘶喳”，个头虽小，叫起来嗓门最大最雄浑，但是被捉牢后却坚决不作声。

螳螂好，虽然也有点傻气，所以有“螳臂当车”以及“螳螂捕蝉，不知黄雀在后”之说法，但螳螂归根不失硬汉子气派。这里要说一下，“螳螂捕蝉”原本是“螳螂搏蝉”，螳螂高高地仰起头颅，像一匹引颈长嘶的战马；它挥舞两把锯齿大刀或者说是钩镰枪，那知了肯定是“知啦、知啦”，也就是“够啦、够啦”地叫。小时候捉到一只螳螂，便弄一只小蚱蜢来，一同放在大盆里，不管蚱蜢如何跳，螳螂眼睛一瞥，一个扫堂腿就结束战斗。

但总归是蟋蟀最好，小虫里第一条好汉！

秋分过后，月亮上山，一向耐得寂寞的蟋蟀——蛐蛐儿们开始弹琴了。它们的声音真叫悠然。它们清唱的时候，人声、狗声俱寂；你一嚷，它就停。蟋蟀先生不喜欢俗客。又不像知了或青蛙那样喜欢合唱与无休止的长吟，它们独善其身，每次叫也不过三两声，很简约，不啰唆，符合孔子提出的修辞标准："辞达而已矣。"

叫了让你心动，不叫让你等待，蟋蟀是上境界的歌唱家。但话说回来，蟋蟀的美声是为了找对象，这有三部曲："蛐——蛐——"地叫，颤巍巍如远处操场上吹着的哨子，那是准备角斗；若"蛐蛐——蛐蛐——"，那是胜利之后召唤新娘或旧娘的声音；然后则"掘珠——掘珠——"，就是它和那不会叫、不会斗的女朋友会面了。

蟋蟀有黑头、铜头、麻头等区别，并无一定优劣之分。斗蟋蟀时，常用蛐蛐儿草掭㧑，一会儿它咧暴嘴，呲獠牙，两根触须顶直，两根尾须（雌的是三根）摆开，掀起翅膀上下振动，发出"蛐——蛐——"声，这是在挑战，另一只蟋蟀如果不叫，则往往没戏，若"蛐——"一声表示应战，那么捉对厮杀的精彩场面就有得看了。小时候在草丛断垣间捉蟋蟀，那个等待的耐心与捕捉的激动，实不亚于老年时在鱼池边垂钓。在瓦盆里斗蛐蛐儿的情景至今历历在目。

童心难忘啊，Ade（再见），我的蟋蟀小虫们！……

# 豆腐的记忆

大约是五岁那年，一天早上，母亲给我一只大碗、两分钱，叫我去打一块豆腐。母亲说：“慢慢走，豆腐碗要两只手捧牢，眼睛要看着地下走路。”那家豆腐店只五六十步路。打好豆腐，满斟斟、胖海海一大碗。我两只手努力捧着，一会儿看着路，一会儿看着摇荡荡的豆腐，小心翼翼走到庙前一个石阶下。忽然，在那儿卖猪头肉的阿灿麻子一声喊道：“嗬！狗吃豆腐来哉嗬！”我一惊，一脚踩空，扑地一跤。于是豆腐狼藉、豆腐碗敲破，大败而归。好容易回到家里，外婆给我又洗手又擦泪又换裤子，一面批评母亲用人不当，即使差我，也应该让我提个小篮去买。

我小时候长得胖，后脖子胖嘟嘟全是肉。大约因为壮实，一上学就做班长，“立正”“坐下”都归我喊。有一次，一位老师问一个瘦弱的女生喜欢吃什么，那女生细气儿回答：吃肉。接着问我，我大声回答：豆腐！我至今还记得当时全班同学热烈认可的目光，还记得老师说我喜欢吃豆腐，说明豆腐就是好。其实，我只是因为那女生已经说了喜欢吃肉，才换了说喜欢吃豆腐的；难道能跟她做一样的回答吗？

再后来去上海玩，住在我二哥念的交通大学的宿舍里，每天早上都会看到一个小老头，拎着一只小篮，篮里装着一搪瓷碗的豆腐。二哥说，老头是个智障，喜欢豆腐，也只会买豆腐。二哥还说，老头有个哥哥，是冶金系系主任、工程院院士，没有结婚，就跟这个只会买豆腐的弟弟相依为命，日常生活有附近的一个老姐姐来帮衬……不知为什么，对此我印象很深。是因为他们兄弟的亲情吗，还是因为他们对豆腐不薄，或者说豆腐对他们不薄？我说不清。

他们的豆腐会烧得怎么样呢？我不由想起小时候我母亲、大姐烧的豆腐来了。

排第一的是“熘豆腐”。绍兴人说出来“熘”字是第二声的，是匀速搅动的意思。把豆腐和适量煨过的盐粽[①]的盐放在深碗里，用几支筷子熘；那盐是先在苋菜梗卤里头浸过，再取出来包在青箬里用淡火煨，要把盐煨得石硬，颜色发青，然后敲成碎末使用。熘好了，就蒸；蒸好了，就拿出来，葱花一撒，麻油一浇。若要问这熘豆腐味道怎么样，黄先生只能用一句俗而又俗的话语回答，就是“真当无有闲话好讲哉啦”[②]。所以把它排为第一。

排第二，年糕煎豆腐。记得当时我大姐唱念有词：“哒嘟嘟，哒嘟嘟，年糕煎豆腐。香得呀鼻头跌落哉，香得呀口里水打桐油哉。”“口里水打桐油”就是说口水像一线桐油似的，绵绵不断地挂下来。关键是，这年糕、豆腐都要煎透，要煎得两面金黄。如

① 盐粽：将盐用粽叶裹起来后，在柴火或草木灰中利用余温煨过，上虞一带称之为“盐粽”。
② 本句意为“无法用语言形容的好”。

备有黄鳝丝、芦丝笋片和韭菜，随后放进去要用猛火烧得哒哒滚。这年糕煎豆腐当然要趁热吃，热气腾腾吃下去，肚子里角角落落都活络。如有热的米酒，那又是锦上添花，又是“无有闲话好讲哉”。这年糕煎豆腐，或许是最富江南味道的食品呢！

排第三位的是螺蛳肉栗子丁煲豆腐羹。中等个儿的青壳螺蛳，水里沸过一头后把肉挑出——大姐一眨眼工夫就能挑出一大碗螺蛳肉。把它与栗子丁、笋丁、豆腐丁一起放入汤汁，差不多了就放入适量芡粉一拌。这羹不稠不稀，汤匙送进嘴巴豁然有声。有诗为证：“螺肉栗子丁，持作豆腐羹。一撮小葱花，半匙胡椒粉。青黄正相接，黑白俱分明。可以供野老，可以宴王孙。”

第四属小圆萝卜炖豆腐。比乒乓球稍大点的圆萝卜，要整个的，豆腐要稍微老一点，绝不是现在的盒子豆腐。要用砂锅放到炭烘炉上幽笃笃地炖。之后放几片桂皮，差不多了放老酱油。你还别说，第一，炭炉上炖的东西更美味。白居易有诗：“绿蚁新醅酒，红泥小火炉。”酒也是小火炉炖的好。豆腐则是“红泥小火炉，萝卜炖豆腐”。第二，炖一定用文火，心急不来。要炖得砂锅里头那些豆腐“卟嘟卟嘟”幽幽地叫个不停，炖得萝卜红彤彤、软乎乎，炖得豆腐有一个个小洞洞，麻油浇上去油珠钻得进，搛起来如木耳般软而不碎。所以，豆腐炖得好，关键在工夫，在耐心。

想到和尚吃素，他们对豆腐应该最有感情。我曾到寺院用斋，满桌的素鸡、素鹅、素鱼、素火腿、素什锦、素三丝，都属豆腐家族或者说豆腐世家。不过，最让人神往的，是他们膳房里烧各种豆腐的时辰，香飘寺院。这时候寺院里的菩萨也最笑容可掬。

和尚“尚和”，主张与一切保持清和。我曾对一位和尚说笑，说豆腐脾气最好，豆腐能跟所有荤的素的搭配，保持融洽和谐，这真是功德无量。那和尚点头称道：“善哉，善哉！”

# 吃喜酒

年里连吃两餐喜酒，吃得黄先生喜不自胜。一餐是城里朋友，一餐是乡下亲戚。城里是四星级饭店，婚宴场面、酒肆档次勿用细说。乡下是农家院墙之内，屋里摆几桌，道地[①]里也摆几桌。黄先生在道地边上靠墙落座，外头有几张桌子挡着，几只狗穿进穿出。他喜欢这场面。

那是在冯家浦村，坐20分钟汽车到大湖岙，再乘10分钟渡船到曹娥江另一头叫青山渡的渡口，上岸步行两三里路就到了。因为是吃喜酒去，天气又好，所以一路上的风景格外可亲。好比越剧里唱的：走过三里桃花渡，七里桑园面前迎。又因为与老太婆以及诸亲友结伴同行，一路说说笑笑，只觉得路走得欠长。你还别说，这样走着去吃喜酒的味道特别好，胃口当然也特别好。过去乡下人有句笑话：月半吃餐酒，初一饿起首。黄先生换个说法：晏昼[②]吃餐酒，早上起首踏踏走。踏踏走，是神清气爽地走。现在的小孩子勿大晓得，故而黄先生要啰唆几句。

到了之后，与三姑六婆们那一阵热烈的寒暄，送出红包与礼物时候的动人场景，不再赘述。黄先生只看手表，一到11点半，

---

① 道地：院子。
② 晏昼：中午。

院墙外就开始放炮。百子炮仗如炒豆，二踢脚“嘭——吧”，雄壮而响亮，俄罗斯的坦克炮也不过如此。好，他开始端起酒碗，笑容可掬地环顾酒桌四周。对面的小菜搛不着，有热心的男客与女客互相照应。冷盘无非海蜇、白斩鸡（或醉鸡）、鱼干、羊肉冻，以及一些卤菜，但桌上居然还留着一盘红纸包绿纸包的豆酥糖，逗人怀念起儿时的欢喜。热菜终于鱼贯而上，这是让黄先生心仪已久的、传统的“十碗头”！

久违了，你这碗无比丰满的三鲜！请原谅黄先生常常用词欠妥，因为“丰满”这词仅就那十来颗硕大的狮子头而言，难以形容这三鲜里头的虾、肚片、酥鱼、木耳、冬笋片等等。但是，这一海碗三鲜毕竟堆得无可再堆，丰满得不能再丰满，所以就随他说“丰满”吧。第一位贵客夹去第一颗狮子头，第二、第三挨下去须得接连夹出，以免滚落。十三岁以下的小朋友恐怕搛不动，得有温柔的阿姨帮忙。

三鲜正鲜着，醋熘鱼来哉。鱼应当是乌鳞鱼，鲜洁、活络、少刺。猛火油锅里一氽，醋、酒、芡粉、咸料、胡椒粉，及其他佐料，恰如其分，吃下去舌头会吊起来，或者讲舌头会碰到鼻头。紧接着，第三、第四碗闪亮登场，乃“双扣”：扣肉与扣鸡。乡下的好厨师（不上棒[①]的叫作“厨三师傅”）装出来的扣肉、扣鸡都是艺术品，扣肉红彤彤，扣鸡黄灿灿，端出来的时候犹如一轮

① 不上棒：差一个等级、档次。

夕阳或者满月，让黄先生舍不得下筷子。正待欣赏，早有人“请请请，来来来”，于是你夹一块，我拖一块，争先恐后，觥筹交错。要知道乡下酒肆上的猪、鸡都是正宗家养的“真丘货”（正宗货色），所以黄先生也不敢怠慢，而且把白鲞、莳果、香干片儿等垫底货也一一尝了。吃得脸上笑呵呵，嘴巴油罗罗，还剩啥东西，骨头加垃渣[①]。

说笑了，其实大家都蛮斯文，猴急的人极少。平时都吃得饱，吃喜酒就吃个酒肆的质量，再就是吃个热闹。乡下喜酒“十碗头”，说起来蛮有吉庆热闹的内涵。譬如一碗三鲜就讲究前头丰盛；一碗醋鱼，就讲究个顺溜；扣肉扣鸡，那是吉庆圆满。接下去两碗甜点：甜羹和八宝饭，当然有甜美润和的彩头。接下来两碗咸的：小炒菜、八宝菜，以腌白菜与雪里蕻为主，平平常常，却是清清爽爽。甜过、咸过之后，第九碗酸菜肉皮，有冬笋、蘑菇相配，和和美美。第十碗是什锦，以腐皮饺子、虾仁、酥鱼、淡菜等十样和成一锅，当然是十全十美的祝福了。有时候喜酒上全鸡、全鸭或整个大蹄髈，味道不同，意义相仿。

乡下的喜酒，人气闹猛，酒肆实惠。黄先生问过了，冯家浦一桌酒，烟酒和帮工费用在内，600 元足矣，可是我朋友城里一桌，2000 元还拿不下。总归是龙虾、大闸蟹之类价钿[②]炒得太高，其味不过尔尔，而饭店又赚大头。黄先生过去吃过一小碗 XO 羹，250

① 垃渣：读作“罗左”，意即残渣。
② 价钿：价钱。

元；吃过一小片牡蛎，180元。他当然是白吃户头[①]，但“白吃梅子嫌之酸”。有一次在海滨，儿子请喝了一杯生啤，一问：50元！他差点把酒杯掷向酒吧。这世道差别太大了。这些年来，人的价值观和消费观在发生着多大的变化啊，当然有理性的，也有煞有介事的，也有莫名其妙的。

还是管住眼前的杯中酒吧，可别吃不了，兜着走。黄先生一会儿喝黄酒，一会儿喝老米酒，一会儿说动物世界，一会儿说孙悟空、猪八戒。乡下喜酒吃饱了的他，快活得就像乡下的喜酒一样。

---

① 白吃户头：白吃白喝的主儿。

# 片儿川

现在的人不大会肚饥，所以早上吃面条的人比较多。黄先生乃是面馆的常客，什么三鲜面、扎肉面、熏鱼面，面面俱到，不过他通常吃的是片儿川。

“片儿川”是杭州话语。杭州人说话，帽儿、鞋儿、袜儿、黄瓜儿、老头儿、啥花头儿，反正都是个“儿”。这片儿川的“片儿”是肉片儿、笋片儿、咸菜片儿的三个“片儿”；“川”呢，就是“汆”（cuān）的别字。绍兴话“水里汆一头”，这“汆”同涮羊肉的“涮”意思相仿。

杭州老早时奎元馆的片儿川十分出名，写《天龙八部》的金庸大侠就特别喜欢。但是，杭州的片儿川其实是我们上虞东关人的原创，当初的老板就是现在东关开片儿川面馆的那个“老胡子”的太爷爷或太太爷爷。大概这老头觉得杭州话好听，就叫出“片儿川”这个名儿。且按下不表。

正宗的片儿川有讲究：肉片儿须是猪后腿上的一块精肉，绍兴人称之为“螺蛳屁股”[①]上的精肉，切成薄片儿；笋片儿须是新鲜的冬笋嫩头，否则就用鞭笋替代；咸菜呢，一律是鲜黄锃亮的

①“螺蛳屁股”：螺蛳尾部，此处形容猪后腿根部的精华部分。

雪里蕻，鲜口、咸口，都要可口。再就是面条讲究。正宗的片儿川的面条是面馆自家摇出来的，扁圆形，小葱一般粗细，结结实实，清清爽爽，煮起来不烊不糊，吃起来有嚼头，一般市上的干面、潮面是没法与之相比的。

作家陆文夫有篇小说叫《美食家》，写苏州一位朱老板每天大清早一定要赶着去吃面馆里的头碗面，称之为“头汤面”。为啥？因为“头汤面”清爽，煮面的锅子里的水从第二碗以后就开始发浑变浊。我们常见到一些面馆里煮面的水，黄乌乌冒着白泡泡，那当然不好，所以这朱老板有这个讲究。但他没吃过我们的片儿川，这片儿川面条在锅里下了十碗二十碗之后，那煮面的水依然光清。所以他如果吃上片儿川，就用不着“赶投胎”似的去赶那一碗“头汤面”了。

当然，这片儿川无疑是一碗碗烧、一碗碗端上来的，可不像浙南一些地方，七八碗面一锅子下去，然后着急忙慌一齐端上，那面稀里糊涂地胀白，是大锅面，是叫花子面。片儿川就灵光灵清。你看那干净利索的老板或老板娘掌勺，右边一只镬，把十来片肉片儿、七八片笋片儿、一撮雪里蕻依次放下，然后放入一大勺汤汁——正宗的片儿川用的是土鸡汤。这同时，左边面锅里放下面条，最多半分钟捞起和到镬里，不放水，只些许盐与味精，马上装碗。这火候与佐料是恰到好处，无须细说。

黄先生“有客从远方来”时，就请去吃片儿川。这时候就得加点浇头做下酒坯[1]，譬如七八只河虾，再加二三片熏鱼，或一只猪蹄，或两只腐皮饺子、两只油豆腐包，总之因人而异……喝酒的就陪黄兄笑眯眯地就着“过桥”的片儿川下酒，这真是不亦乐乎。

吃惯了本地的片儿川，黄先生到外地就不好过。在上海，他吃不到合他心意的面。在北京，他曾急吼吼去吃炸酱面，哈，原来是跟所谓的“大碗茶”一样的“马路面”。山东的打卤面、云南的米线对他而言也是勉强。山西呢？山西据说面食最多。在太原，在那个乔家大院，黄先生吃了好几种，啥刀削面、拉面、手捏的“猫耳朵”，还有稞子面，等等。在我这个南方人看来，那真是叫作“花头精”[2]。当然，山西的醋是真好。再说国外，想想看，原不用筷子的地方哪会讲究面条。一些中餐馆里有面条，可都燥乎乎、皱巴巴，哪能与家乡面条相提并论。

不过要打住，闲话不可讲过头，黄先生特别要当心。片儿川不可能盖过所有。而且，他过去不是说过“肚饥最好吃”之类的话吗？是啊，想到年轻时候挨饿，那真是啥都好吃。假如有一碗面，譬如洋芋艿、笋干菜下大麦面，怎么样？好！现摘蒲子[3]、四季豆和小麦面？好！尤其是荞麦面，豌豆烧烧，麻油浇浇，那真是“头皮挠挠，福星高照”了。有道是：头一碗，关得门吃；第

---

① 下酒坯：下酒菜。
② “花头精”：形容华而不实。
③ 蒲子：瓠瓜。

二碗，开得门吃；第三碗，叫得人来吃。

还能吃得上这样的荞麦面吗？当然吃得上。可是黄先生还有那时候的“草口”[1]吗？

---

① 草口：胃口、兴致。

# 猪头肉

绍兴话讲：越困越懒，越嬉越馋。黄先生退休之后便是又懒又馋。最近有朋友说他写博客好比炖猪头，分明就在说他懒惰。不料懒尚且可，馋却使他只想弄点猪头肉来吃吃，椒盐蘸蘸。

可是猪头不知何处去，此地空有猪肉摊。他寻不着。一问，说猪头是另类，另有加工销售渠道。或送往食品企业加工，或供给一些食铺做馅子，或供给工地、工厂食堂，将就着给打工兄弟们吃了。咳，这里头或有难尽之言。

说来也怪，猪头肉似乎历来只配劳力者消受，它似乎进不得大雅之堂。如果你拎着两斤猪头肉，去讨好级别在副教授或副处以上的成功人士，或者非农村出身的白领，那么你真是上海人所谓的“拎勿清的猪头三”了，他们会嘟哝：“啥么事？来砸阿拉台面！”这就是说，猪头肉是上不了台面的便宜货。所以，生猪头历来只有生猪肉的一半价钱。

这实在是太委屈猪头肉了！是谁把猪头肉的地位弄得那么低？你想，门腔（猪舌头）、顺风（猪耳朵），明明是第一流的下酒坯，猪浑身上下哪样能与它们相比，是谁生生降低了它们的身价？庄子曾说，猪头以下叫作“每下愈况”，这就是对猪头肉的权威肯定。即使是猪头的其他部件，譬如拱嘴、下胲、眉骨等，也都是似精非精，似肥非肥，软硬兼备，糯而且脆，嚼起来“口齿噙香”——这是林黛玉说的。林妹妹当然不适宜吃猪头肉，她那是在说菊花香；黄先生则无非借这个好词来说猪头肉香，他是只晓得口腹实惠的现实主义者。

那么，猪头肉既然好吃，究竟为什么便宜？是为了照顾少钱的农民工兄弟吗？不可能。是因为猪头肉是“动风发疾”之物，有疮疾之人不可吃的缘故吗？也不是，生疮的人毕竟极少数。那么，是因为猪头难侍弄吗？是的，猪头要弄干净还真不容易。可是照理，越费工时，价钱应该越贵，难道侍弄猪头的工夫就不值钱吗？黄先生百思不得其解。

一个一二十斤的猪头取来，第一步工作是去毛，这可不是简单活。奇怪，杀猪佬只管猪身上的毛，一头猪杀翻了之后放到架子上，被杀猪佬刮得煞是清爽，可猪头上的毛却“一毛不拔”。怎么办？猪头主人家只得用一块一头尖的毛石，极有耐心地往猪头上凿。眼、鼻、腮、耳窝一带的毛钳不动，只能凿，不停地凿，直凿得“皮之不存，毛将焉附”。好不容易净了头毛，进入第二步：洗猪耳朵、猪鼻头。将整个猪头从后面剖开，然后把耳道与鼻孔拉开清洗。洗猪头也不轻松，《西游记》里猪八戒常被妖精捉住，捉住之后要扛到蒸笼里去蒸，但蒸之前总归要洗一洗，妖精也讲卫生。却不料因为洗的时间长，最终总让八戒“熟里逃生”。可见洗猪头之复杂。好，第三步自然是炖或蒸，对猪头来讲，黄先生相信蒸比炖好，因为蒸更显得过程的潜移默化，要蒸得猪耳朵有点红彤彤，蒸得筷子往猪鼻子上一点，那猪嘴一荡一荡像要说话似的。好，第四步是拆骨头。蒸熟之后稍稍等一会，猪头还热气腾腾，就把猪头颅骨、颧骨拆出。拆出的骨头会带出一些碎肉来，那么这点碎肉蘸点盐花顺手送进嘴巴，美味无穷。第五步工作是压，用半爿石磨似的石头把猪头压实，干净人家则把猪头用纱布包上再压，压的目的是排除猪头内多余水分，也使得猪头更结实些、好看些。羊肉要压过，猪头更得压。以上五步工作完成，“眉开眼笑”的猪头便闪亮登场。或置之案板切分了直接吃，或切碎了再回锅用花椒、桂皮、老抽红烧。这红烧猪头肉烧好了放到大钵里会结冻，结冻之后将钵头翻转，把猪头肉扑出，圆头圆脑地，整个放在大盘子上，颜色远比琥珀漂亮。那令黄先生出神的猪头肉冻在他眼里简直就是顶级美味！

过去农村杀猪，养猪人家一般留下猪头给自家吃，大多是腌过之后做腊猪头。富裕人家有三四只，挂在屋檐之下，风一吹，寿猪头荡啊荡的，两只招风耳摇啊摇的，看看也舒服。

黄先生还想起小时候，上虞章家埠岳庙前，有两三家两面临街的熟货摊，一面是柜台，另一面是摆着三四张条桌的酒肆。柜台上叠错着十几个古色青釉大盘，放着鸡、鸭、鹅、牛、羊、猪肉，以及香干、素鸡、花生之类，而以猪头肉为主流。柜台另一边，常坐着一些肌肉发达的农民或脚班工人或嵊县来的“撑船头脑”。他们大声说着话，大碗喝着酒，大筷搛着猪头肉，不由让我艳羡垂涎。读书回家路过时，瞥见那熟货摊桌面上扑着的琥珀似的冻猪头肉，真想让母亲花上一两角钱，买它个一高脚碗去吃吃。

有人竟把猪头肉比作诗，别出心裁。仔细想想，猪头肉是有一种激情与想象力，咬嚼起来又“朗朗上口”，又像好的诗歌一样“价廉物美”，这不就是盎然的诗意吗？

咳，该打住了。至于猪头肉为什么便宜的问题，以及猪头肉与诗歌的关系问题，其实都是无须争论的问题。反正正宗的猪头肉也没了，正宗的诗歌也少了，省得多嚼舌头。有道是，天下事，了又未了，不妨以不了了之；世上法，法无定法，当可知非法法也。你瞧，文章做不下去了，黄先生总把老子、庄子他们请出来，因为他们一请出来，世上所有问题不了也了之了。

# 老话说教养

过去，农家子弟大多读不起书，能认得“上大人牛羊口”就算不错。老歌有唱：小呀么小二郎，背着那书包上学堂。但事实上乡下孩子背得上书包的能有几个？能够读上中学的更是凤毛麟角。上虞老辈人讲，那时候读中学，一年要一船米的价钿，所以农民百姓很少有读书“出山”[①]的念想，只能苦守田园，世代种田。

但是，老辈农民虽然普遍缺少文化教育，却从来不缺乏生活教养。农民群体的勤劳善良、居仁由义等，都是“代看代，代传代”的品行，是世代厮守的乡风人情所然，老话叫作“从爹娘的脚眼肚里带出来的”[②]。若是与少数受过正规教育的“大户人家男女”相比，他们虽不可能那样文质彬彬，但却有更多自然朴实与单纯乐观的天性。若是路见不平，先站出来的也总是他们。

言归正传，第一句关于教养的老话是“三岁至老”。待农家孩子稍懂事，爹娘大人就开始做规矩。因为他们遵守一个普遍原理：“小树要修，小人要管。”所以要不时教训关照。那些关照话语都关系日常行为习惯，譬如：坐有坐相，立有立相，吃有吃相；坐勿可跷脚，站勿可耸肩歪头；吃饭时饭碗要捧牢，饭粒跌落要拾

---

① “出山”：有出息、成才。
② 本句意为“天生的、血脉相承的”。

起，搛“下饭”（菜）勿可乱拨，斯文些！再譬如：裤脚管（裤腿）勿可一只高一只低，走路勿可看闲野，见到熟人一定要兜呼（打招呼），两只手勿可插在袋里；小佬倌要有礼貌，不可以“是无等等咒”（煞有介事），别人家东西千万拿不得，等等。这些是日常的习惯养成，总之是要“养正”。

过去农村里作兴“有打有骂有值钿[①]”。孩子不规矩叫“讨债”，爹娘大人轻则呵斥，重则立即扒下裤子用乌梢丝啪啪打屁股，声音响却不大痛，以警告为主。爹娘边打边责问“侬为啥要去弄？侬哪头学来的？侬给我点头还出来”，啪啪啪，“侬造话（谎话）讲讲哉？侬下回弄弄哉？”孩子于是哭着回答“勿话哉啦，勿弄哉啦”，遂释放。这样处理之后，或许有时候孩子他娘会摸出一把“番薯胖”（一种脆番薯片）或罗汉豆以示慰问：“啾，讨债坯，拿去吃。”小家伙破涕为笑，人见了就说：“伊会哭，伊会笑，两只黄狗会抬轿。”

孩子贪玩是正常的，爹娘的教养是以不忘记昼夜、不玩得像灰拌泥鳅为度，这叫“有寸当”（有分寸）。孩子贪吃也正常，有吃的就让解解馋，但不可以成为“馋痨坯”，尤其反对偷食，或蹭到邻舍隔壁去吃白食。否则，“吃得惯，下巴底下生个襻”，大起来会“东倒吃羊头，西倒吃狗头”，要被人家“捏鼻头”。总之幼小要有规训，否则就是“呒爹娘监训”，要被人家“牵大人头皮”[②]。

---

① 值钿：痛惜、爱怜。
② 本句意为“指责爹娘没有管教好自己小孩”。

这是自尊自重的养成。

到了七八岁上学年龄，如果家有余资，小佬倌又证明确有“书心”，那么就须支持。大多数孩子则开始帮助做生活。家里家外拔草、挝柴、摘豆，山上山下放鹅、放羊、看牛，规矩是要忠于职守，不作践庄稼，但偷空摸螺蛳、挖野笋是可以的。牧童骑牛背，横笛信口吹，做村童时候味道最好。

待到成年，要吃苦“做力气生活”[①]了。有句话：后生勿出力，长大呒出息。于是大人会吩咐：“生活会教人。”看样做样，做样像样，所以“宁可慢慢来，勿可立得呆”。有的小后生做得吃力了要作嗲，嚷嚷着“腰骨酸煞哉”，想偷懒，大人就一个喷头[②]：“小人有啥个腰骨！”“井水挑勿干，力气用勿完”，或者“坐坐要坐煞，做做勿会做煞”[③]，等等。这是要孩子劳动自强。事实上，农村里真正快乐的人就是那些“做性好”（会干活、爱劳动）的人。

老话讲“懒人甭人教”，是说懒人是因为失去教养而造成的：游手好闲，于是越嬉越懒。但其实旧时个别的懒汉，还往往出自原本的有钱人家。这些子孙本来是饭来开口，衣来伸手，“文不像读书人，武不像救火兵”，不料后来家道中落，终因不会劳动而无法自立。过去也有少数爹娘，唯恐孩子吃力，所有生活都由爹娘包揽，宠溺一贯，结果是男孩子不锻炼，手无缚鸡之力，只晓

---

① 本句意为“从事体力劳动”。
② 喷头：训斥。
③ 本句意为“干坐着会坐出病来，勤勉劳动却不会得病”。

得空着手踱进踱出，扫帚横倒勿晓得扶起；女孩子则幽笃笃坐坐，补补衲衲不会，灶上灶下不会，客人进门也不会照应，只晓得喊：姆妈、姆妈……这是一类教训。

勤劳刻苦靠教养。刀在石上磨，人在世上磨，后生一定要吃苦。何况旧社会常常兵荒马乱、灾害连连，人民必须得靠勤劳节俭而坚强求生。像我们上虞的许多村落，尤其是那些“独家山村”人家，都是老早战乱时颠沛流离而形成的，所以山乡人民特别能将勤劳与顽强的品质传代子孙，不可能养出游游荡荡、无所事事的“爹养佬”[①]。也因此说过去农民的教养，首先就是热爱劳动，自强不息，由此而朴实守正，这几乎就是顺天而成的天性，也因此而“忠厚传家久，勤俭继世长”。

农民百姓固然不识《大学》，却懂得“大大学，明明德”，知道要光明正大，做人不亏心。他们不识《中庸》，但深知“随理务当”，不好说满口话，做任性事。有一尺水，行一尺船，农民人家更知道要步步务实。那种“讲讲三六九，做做勿接头”[②]“稂不稂，莠不莠”的人，还有那种“眼睛生得额角头”的子孙，旧时农村少之又少。因为这种人不接地气，人见人避。

勤为本，孝为先，勤与孝是两大教养。有道“孝顺爹娘自个福，当值田稻自个谷”，勤劳孝顺的父母能养出勤劳孝顺的子女，这是良性循环。但老话又有“孝顺孝顺，孝不如顺”，这话其实是

---

①“爹养佬”：与今日“啃老族”意思接近。
② 本句意为“只嘴上会说，干活却不济”。

讲顺从父母比孝养父母要难。孝是天地良心，不孝者极少，而顺从父母的态度方面，就比较会多有折扣，其中或有父母不妥的原因。过去上虞人民把传说中的大舜视为至尊榜样，因为大舜名曰大孝，其实为主是“大顺”。

也因此，过去乡下若是打听一个青年人的人品，譬如做媒，关键问题往往是：“屋里头听话不听话？顺从不顺从？”打听的结果若是“像爹像娘，从小听话”，那好事往往玉成。

七八岁孩子要帮家里劳动，其实这个年龄的小佬倌最喜欢做“活脚船”，去给人捎话或送点小东西。譬如被派到邻近外婆家去慰问，这时候做娘的会再三吩咐：“东西管牢，话勿可传错啊；早去早回，外婆屋里饭勿可吃、东西勿可拿哦……有无听见啦？”娘的话犹如“临行密密缝”，孩子则连声“哦哦”回答，这叫“哦哦吱声”。于是孩子见了外婆，放下东西，传达完毕，就直奏：“外婆喂，姆妈叫我饭勿可吃，东西勿可拿，早些回去。”——那时候农家孩子大多说一是一，听话诚信。

“天下无不是的父母”，这话是讲父母教养孩子，总归是要孩子好。但“若要好，大做小”，父母大人须言传身教，以身作则，不可光说教，那是“嘴热”。这样才能“代看代，代传代”。过去，我们上虞乡下有许多家谱，总把祖训族规置于开首。祖训条目虽多，却都有着提纲挈领的明确的教养方针，那就是：“明孝义，做好人。”无论务农与否，有文化与否，发达与否，孝的核心是做好人——存好心，说好话，做好事。由此而人自勤，心术正，邻里亲，朋友信。也由此而潜移默化，传递化育于后代子孙。

这样说来，真正的教养，是言传身教的精神传递。想到我们上虞，人们一向把老师称为“老师大人”，这是一种拜托，拜托老师像爹娘大人一样关照孩子，并更有效地让孩子养成各方面的良好习惯。现在时代变了，但教育的本质不会变，所以说一些有关教养的老年人老话，想来或许同现在的素质教育相关。

# 公社干部杂忆

20世纪70年代，我在绍兴上虞汤浦乡做过七年公社干部，其间，可回味的事儿还真不少。

那时候公社干部长期驻村队，与群众同吃同住同劳动。汤浦乡共十一个大队，我先后驻过越明、下漳、里村，这些大队都有适当人家可落脚。在越明，我住在水龙家。水龙是大队会计和支部委员，比我大三岁。他家是单个小台门[①]，朝南一排四间二层，又加道地宽敞，亮堂而安静。他们一家十二口人，父母健在，兄弟四人，水龙当大，不分家。我在他们家吃饭，水龙母亲和老大、老二两媳妇从不上桌，就围坐在灶头水缸边上，我走近看看，她们会笑着说：菜是一样的啦。当年农民的菜一律自给自足，水龙家会种菜又会张罗，相比别户显然要丰富体面些，鲜的，咸的，以及下酒菜几乎都有。他家常吃大麦面，如今城里人很难想象那面条下锅的壮观场面。我那时候身体棒，草口好，满满一大海碗下去还要加添头，每回吃得精光。

饭钱怎么算？早饭一角钱加二两半粮票，中晚餐各一角五分钱加半斤粮票。我大概每半月付一次，每回总是稍微多付点。水

① 台门：院落。

龙母亲开头会客气，后来笑着说："好咯，黄同志给我们发财哉。"当时公社干部驻村，每天有一角二分钱与半斤粮票的补贴。

那时晚上多数时间不回公社，在越明大队驻队就住水龙家，与水龙他爹一铺，一觉睡到天亮。床背角落有一只五石缸，长年放着腌菜，并无臭味。水龙父亲名叫贵山，我叫他贵山叔。贵山叔衣着老派，冬天时穿大襟棉袄，裤子则是极厚的一条灰蓝色有褶皱的镶边袍裙，足有五六斤重。他平时少言寡语，却始终和颜悦色。有几次我跟着贵山叔等人一起到离村七八里外的白木畈去种田或割稻，他会带上饭包，外加一瓶番薯烧①。上午完工，即招呼我在田埂上坐落对饮，吃炒黄豆。这种劳动生活，是一些古代诗人所神往的。

那时候正当"农业学大寨"年代，越明大队是上虞学大寨的示范点，来人多，会议多，所以特别忙。但白天主要是干活，其中最苦的活要数耘大寨田。那几十亩大寨田多是砂石，跪下去耘田，耘得膝盖血红，实不容易，但我咬牙坚持住了。再是冬天到大甘山去建东岙水库，社员都带着饭包（萝卜饭、番薯饭）上山，大家默默干活，但有时会有人突然喊道："黄同志唱歌哉！"我于是就来一首《西边的太阳》。

当时我们这些大学毕业生心思平顺，叫干啥就干啥。这不是被动，而是心甘情愿。作为公社干部，必须与群众打成一片，这

---

① 番薯烧：以番薯为原料制成的烧酒。

样就会始终处在亲切与信任的氛围之中。而且碰到紧要关头，必须挺身而出。譬如在汤浦的几年，我碰到过三次火灾。记得一次是腊月晚上，大雪纷飞，在上街大队率众救火两小时之久，我一只耳朵被烫坏，全身衣服被水浸透。社员有说，黄同志真是个好党员。而其时我尚未入党。

又如防洪。汤浦这块盆地有舜江、达郭溪与下漳溪三条内河，逢汛期暴雨，外面曹娥江洪水一抬，里面三条河一起暴涨，汤浦周遭立刻一片汪洋，多有决堤发生。有道“大灾三六九，小灾年年有。鸡鸭搬上楼，烧饭窗门口”。一次防洪中，白木村羊脚骨堤埂发生漏水险情，紧要关头，大伙抢运土方填筑，我与几个社员跳入水中，用一张张捆好石头的晒谷簟护住漏水的斜坡，终得平安脱险。也就在这年冬天，声势浩大的长山改道水利工程终于顺利上马。

汤浦公社曾出过王志良同志那样杰出的党员干部，他是一面旗帜。作为公社书记，他在一年之内，认得全公社每个生产队长，认得全社各方田地包括各队夹杂的“插花田”。作为公社书记，他在大会上高呼：“汤浦要以水利建设为纲，纲举才能目张。”他大声直言：“党员不带头，就是假党员。”也就从此，汤浦这“老大难”终于团结发动起全社力量，完成了小舜江改道和长山改道，圆了汤浦人民世世代代的梦。我与王志良同志共事过两年，他两袖清风，又谈笑风生、一心为公，又有实干气魄，在众多朴实无华的公社干部之中，他的确是非常突出的一位。

当时汤浦公社共有十个脱产干部，公社大院里平时就只三个女同志留守（文书、播音员、厨师），我们一星期左右回一趟公社开会。公社大院是开过茶栈的老式三层楼，二楼中间是个会议室，中间一张桌子足有十平方米，围着几条一个人扛不动的长板凳。我与人武部长小王合住在三楼一个大间，他个子矮，但有些格斗功夫，我与他比试摔跤，大多是我先落地。

再说公社院子里有蔬菜地，有竹园和水井，于是有时就去翻弄菜地，或去竹园掏马鞭笋，或帮食堂里挑几担井水。我也算掏马鞭笋的高手，不一会儿就能掏出一小篮，弄点肉丝、香干炒炒。还有，我从春晖高中到杭大中文系读书时，一直做篮球队长，汤浦公社隔壁正是汤浦中学，于是也常到他们球场上打球。留在汤浦老友们的回忆里，“黄同志打球，你防不了他，你跳起来落地了，他还在空中荡着”。说来话长，那都是半个世纪前的事了。

……

早来年华似水，活泼奔放，苦就是乐。而转眼间退休已近二十年，人也龙钟，笔也迟钝。曾有过念头，写一部《公社干部》的纪实小说，无奈志大才疏，迄今未成。

# 传来

我在乡下有很多朋友，其中一个叫作传来，传来是从小叫惯了的小名，他的大名只在户口本上。

绍兴乡方，孩子的小名似乎不宜贵气，取得俗些、贱些，反倒命大福大养得大。个中道理，就是人同物一般，娇贵了反而不好。这也仿佛现在说的做人要低调一点一样，低了大不了是个低，高了则往往扛不住。

传来这名字要解释一下，绍兴土话所讲的“传来”，译作普通话就是“路上拾来”。有一次我与传来他妈妈开玩笑，他妈妈笑着说：“是呀，不晓得的人还真以为我们是路上‘传来’的呢，伊拉不晓得，我生了传来，真好比‘传来’顶好的东西一样高兴呀。”原来，传来的命名，又有高兴的意思。

传来家有一只狗，有我齐腰高，唤作“自来”，不晓得这狗名有什么典故。我只是有一次开玩笑说：“传来、自来两兄弟。”传来老婆笑着说：“有时候传来出去，屁股后头自来没跟去，村里人总要问伊‘倷兄弟呢？’我也这样被问过，真当有些好笑。”

传来有个儿子名叫“会大”，我见着的那年还只三岁，肉鼓实实的，像只小狗。传来去山上干活，传来老婆有时候也要到外头去一趟，譬如到溪边去洗衣服，这时候，家里就留下自来与会大。

自来很自觉，陪着会大在道地上玩，又做保安又做伴。当然道地上还有别的动物，譬如会生蛋的母鸡、啾啾啾的小鸡等。这时候有一只母鸡要生蛋了，腆着屁股钻到道地角落头的鸡窝里去了，会大便匍在鸡窝外头看鸡生蛋。自来呢，就趴在一旁，时而嗅嗅会大的屁股，疼爱有加，难以言喻。但是，假如这时候有一只不识相的猫或者狗胆敢出现在门口窥视片刻，那么，自来肯定会在最短时间内让它们屁滚尿流，或者像绍兴土话所讲的，“匹炮格逃起哉”。

传来家道地前，有一条乌黑的公路在青山绿水间蜿蜒伸向黛色的大山深处。传来家就在山前，一个山窝小村的村口。三间两层楼瓦屋加一个灶披间，后门头是发电站通下来的清流潺潺的渠道，屋前是羽毛球场大小的道地，三面都是竹子夹着荆柳刺藤的篱笆，东首是他们进进出出的摇门。我那年是秋天去的，满篱笆的牵牛花、野菊花，还有五角星花儿，真是花儿照眼明。在那里，近望是郁郁山林环抱的山边村舍，还有自得其乐的村夫与村姑，远望是“决眦入归鸟”一般的悠悠群峰。然后啊，我就在自来和会大的陪伴下，等待着传来笑嘻嘻地去酒缸里舀酒，等待着传来老婆用柴灶烧的喷香的午餐。

# 民师班的老学生

1978 年春天，上虞师范学校重建，我即被调去教书，称为“归队任教”。之前，我大学毕业后已在农村劳动和工作了好几个地方，辗转十年之久。这年刚开春，一天我正在水利工地干活，县文教局一位局长忽然莅临，他说道：“教育事业荒废多年，当务之急是培养合格教师。绍兴地区就要开办上虞、诸暨、嵊县三所师范学校，先在 30 周岁以下民办教师中择优招生。”他说：“你是杭大中文系毕业，去师范工作正是学以致用……”我二话不说，当下答应。当时，招入上虞师范学校的归队教师除我以外另有四位，其中一位张家昆先生，是中华人民共和国成立初的清华高才生，有过诸多曲折，落实政策之前他还在生产队看羊。

再说上虞师范办学头八年，招收的几乎全是民师学生。民师班两年一届，我连续教了四届，到 1986 年最后一届为止。学生遍布绍兴各县，其中多有老三届高中生，学业基础相当好。他们比我小不了几岁，做爹做妈的已有不少，与我则亲如朋友弟妹。

那些年正是拨乱反正、教育重振之时。考进师范的这批民师学生，好比土地改革时分得了土地的翻身农民，因为心中有了希望而高兴而认真，所以根本就用不着老师做多余的思想工作。他们珍惜学习的机会，他们强烈地渴望知识，有着自觉学习的内在驱动力，要把过去失去的时间追回来。当时我教文学作品选，他们开始从头读古今中外的名家名作，勤做读书摘记。学生认真，我们老师就不敢稍有懈怠，总想着让学生有获得感。记得那些年应学生的要求，我每学期都要给他们做几次文学讲座，精挑细选经典作品。我准备得用心，学生便听得十分专心，常常是我侃完两小时，夜自修下课铃声骤然响起，他们还舍不得离座。如今想来，也真是一种缘分。

民师班学生刻苦用功，早操、早自修、晚自修、熄灯就寝，皆自觉自律。我做班主任的几个班，从无学生旷课。女同学不娇滴滴，男同学不懒洋洋。大冬天做早操，天上还亮着星星，学生一准到齐，偶尔个别掉队的见着老师，就点个头笑笑。披星戴月不觉早，单衣薄裳能忍冷，那时候风正气畅，师生个个精神饱满。

但民师学生生活艰苦。他们每月只十几元伙食补助，有不少学生还得节衣缩食来补家里零用。许多同学舍不得花钱买车票回家，也为了不浪费学习时间，一个学期只回去一趟。上虞同学中有些路近的，为了去帮家中劳动，周六下午骑车回去，周日傍晚一准回校。记得有一次周一早上第一节课，铃声响起我进教室，身后有位同学气喘吁吁赶到，那天下雨，他裤腿上全是泥浆，原来他昨天在家赶种番薯迟了，只好今天一早赶来，脸上满是歉意。他家离校有三十里地。

多少年过去了，如今这些老学生还记着，说我们老师从不批评学生。是啊，我们舍不得批评，又怎么能批评这些艰苦求学的农家子弟呢。

那些年，我们上虞师范特别强调“师范性”，认为毕业出去教书，必须具有良好的教师素养，必须具有扎实的知识基础和教学基本功。基本功主要指普通话，“毛、钢、粉”三笔字，以及音乐基础知识、简笔画等，要认真考核，不及格要补考，成绩都要记录在册。所以多数学生练习得很苦，但他们“读书不畏难，苦战能过关”，最终几乎都顺利达标。当年我们排演话剧《于无声处》，共六个角色，由三个学生外加我在内的三个老师一起，我们六人小剧组从百官镇演到下管镇，从丰惠农村演到上浦水利工地，受到群众热烈夸奖的情景至今依然难忘。

我的这些民师学生毕业之后，个个都在工作岗位成了骨干，我经常能听到他们事业有成的好消息。他们中的相当一部分成了各地中小学的教学骨干或学校领导，成为作家、书画家的也有好几个。学生中也有毕业留校的，他们的教学水平、工作能力与写作能力，不在一般的师大毕业生之下。

民师班学生情谊深，待老师格外亲热。记得那时，有几位上虞同学回家后，会从自家山地上摘来樱桃、杨梅，掘来芋艿、番薯给我，几位外县同学过年回来，会带些糯米糖、春卷饼之类，来慰问当时同我住在一起的我的老母亲，我会回送他们一点书籍或笔记本（还一定要我签名的）。在毕业离校前夕，他们还会以小组为单位轮着“设宴”相请，婉谢都婉谢不了……

俱往矣，快四十年过去了，当年的一代民师学生，如今也多已退休。但是他们叙旧依然，相会经常。现在又有了微信，其中七八一班、八〇一班、八四四班这三届的同学几乎都入了微信群。他们新鲜得很，他们不会落后，但同时也喜欢我这老先生参与叙谈，于是我的手机也就时不时叮咚叮咚，这十有八九就是这些老学生们在亲切呼唤——这是我的福分啊。

# 龙山

黄先生现在常常黎明即起，三日两头跟着几个“老退友”去爬龙山——上虞百官的龙山。

龙山不高，200 米足矣；龙山又不低，拾级直上山顶，正好有 1200 级。不低不高，望之可亲；上山下山，恰到好处。龙山树木葱茏，且亭台相望，山道宜人。尤其是山腰间从半山亭至龙王潭再到东山马岙这段山路，约三里之遥，上下平缓有致，转折蜿蜒有趣，又出奇干净。路两边松篁交翠，山花照人，好鸟互应，冬则朝阳相随，夏则凉风自生。行走在此间弯弯山道之上，或小坐在龙王潭边上简朴的竹亭瓦廊之中，真是体验到这山与人的亲近。

龙王潭水质好，比山下著名的舜井更上一等。黄先生早晨上龙王潭，往往先泡上一杯茶，茶杯茶叶是他固定放在那里的，开水早已有人烧好。他有时想帮着烧茶什么的，那些老同志就是不让插手。于是舒舒服服喝上一会儿茶，无拘无束谈上一会儿天，然后起身随意徜徉。你若想去山顶，尽可放心把随身衣物挂在此地。龙山的路走起来适意，无论石板石条路、硬土沙土路，还是岩石上凿出来的岩道，都是那样舒服与干净——路也让你开心。或找一块雅致的领地，练几套拳脚；或登上山顶，南望虞南、四明起伏群山，北望虞北、宁绍富饶城乡，开阔一下心胸；或走向东山，看太阳从兰芎山冉冉升起；或去马岙，体会山风的潇洒。总之，你若无闲事挂心头，那么上龙山是惬意的，一年四季哪怕下雨下雪，也都是惬意的。

百官人亲近龙山、爱护龙山，所以龙山的人气旺。早晨人最多，那真是男女老幼，熙熙攘攘，往往是前者呼，后者应，往来不绝，摩肩接踵，如行闹市。早晨的龙山不仅带给你洋溢的热情，更带给你扑面的朝气，那是龙山人精神焕发的朝气。你起个大早，赶到龙山，旭日尚未东升，这时候三五成群的人们红光满面地就已经迎面下来了。他们手提肩挑的，是从龙王潭取来的水。这是龙山早晨的一道特别的风景线。然后吧，你呼哧呼哧继续上行，你会赶上一个个老同志，他们听着收音机，或戴着耳塞，慢悠悠走着；然后你会被一个个年轻后生擦肩赶过，他们天天晨练，上山如履平地，只需 40 分钟就上下打个来回。有些老同志也有一口气上得山顶的，但多数就像黄先生似的，在山腰间盘桓。龙王潭上下的坡路边，有一个个平整雅静的小土台，都是老同志们开辟的领地。他们几个几个一伙，在那里打打太极拳，摆摆龙门阵，他们兴致勃勃，每天都有说不完的新鲜话题。

龙山人气旺，人情味好。百官人性情从来通泰，上龙山的人更落落大方。大凡健康并且上些年岁的人，总归客气而有教养，也甘心尽些义务。黄先生认得几位老兄，其中一位姓陈，81 岁，从机关退休后天天早上在龙山，自称“龙山人”。他天一亮就到龙王潭报到，然后“洒扫庭除”，仿佛“门前三包”，再戴上手套，拿个长钳，拎个纸袋，上下来回拾垃圾、搞卫生。又一位姓马，早些年从部队上退下来，便与其他几个老同志专职茶水，柴火是他们定时从山上捡来，劈好堆拢的，茶灶茶壶是他们备的。黄先生想凑合帮忙，老马他们就是不让，说："你还小哩，70 岁才有资格烧茶提水。"再一位姓王，原是百官四村人，每日拿着镬头等家什修路平路。龙山上行走着许多这样的"龙山人"。有一回大暴雨，后山路上泥石堆积，他们就接连干了好几天。龙山的干净舒适，离不开这些义务劳动的龙山人。环境的和谐，离不开龙山人的文明礼貌。可以说，每一处称得上好的地方，必有那么些好的人存在。

补记：曹娥江由西南到龙山头一碰，便掉头北上。峙立江边的龙山龙头上有烈士陵园，此处俯瞰曹娥江与江上几座大桥以及城西开发区风景，秀丽多姿。陵园于 1985 年建有两座小亭：龙山亭、烈士亭。有亭联，一曰：

当年鏖战壮士碧血荐社稷

今朝繁荣龙山新颜慰英灵

一曰：

苍山峙大江勋业垂后世

红日行长天浩气卓千秋

说实在的，龙山上其他都好，只这两副联儿不算上佳，黄先生觉着欠熨帖、欠别致。可是猛然记了起来，这两对联不就是他黄先生当年在师范任教时所亲自撰写的吗！幸好未具大名。可惜不能改了，遗憾！

# 六十年前的章家埠

我的老家上虞章家埠，在我幼年时是个相当繁华的集镇。有顺口溜说道：

章家埠——

三庙、六祠堂。

两爿酱园、三个当（当铺），

万升、隆茂（两家南货店号，兼开钱庄）开钱庄。

三星馆、聚兴馆（饭店），

嵊县癞子（章家埠码头多嵊县货船。嵊县癞子多，身体极好）吃勿光。

小郎官铜钱少，

两分洋钿——

一只肉馒头、一根葱管糖。

嵊县癞子，以及两分钱可以买一只肉包加一根葱管糖的事，且按下不说。光说老街上的店号，饭店还有润和、颐和、福星馆、同兴楼等，布店有大升昌、瑞泰、锦源、杜坤记，药店有大德堂、大元堂、天元堂、仁德堂等，这可都是像模像样、有金字招牌的店铺。我家开银楼——招牌是“久成银楼”，对面就是大德堂。这大德堂药店除“店王”[1]宝灿麻子之外，还有小丘先生等三四个长年伙计，和一个叫奇松先生的坐堂郎中，生意和信誉都好。久成银楼东首是岳庙，岳庙前是山货市场，光东西南北四根大石柱下，就都有一个熟食摊店，里边放几张条桌、长凳，蛮乐位[2]。我小时候看着有点馋嘴，但母亲说，那都是撑船佬、卖柴佬吃的。岳庙后背靠曹娥江，埠头上来便是一家茶馆。江风吹吹，茶吃吃，优雅干净，朴素便宜，这样的茶馆现在哪里还寻得着！

那时候的章家埠，有两个地方特别值得参观。一个是新庙前的镬厂，镬厂里十几个工人都像黑旋风李逵，黑凛凛的，牙齿雪白。但参观的重点不是他们，也不是铸造铁镬，而是厂里头养的十几只老鹰，大大方方，威风凛凛的，不上链子，更不关笼子，就随意停着。有时候一两只老鹰扑棱棱腾空而上，其他的老鹰也不会大惊小怪一窝蜂飞，真是大家风范。当然偶尔有个别叫嚷，便有老板——我同学的爹出来，只一声吆喝，那愣家伙脖子一缩，再不作声。

另一处是打菜油、豆油的油车那儿。小时候最敬畏的莫过于那几头巨大无比的水牛，但水牛大概只拉碾油饼的大石轮，打油则靠“油车撞”——用大木头来撞。五六个壮汉，统统赤膊，像智取生辰纲的“赤发鬼”刘唐及阮氏三雄似的。这些伙计分两边按着巨大的包铁皮的檀树树干——上面有铁链挂下来连着，不停

① 店王：绍兴一带对店老板的称呼。
② 乐位：本书也写作“乐胃”“乐惠”，意即“妥帖惬意”。

地撞向前方一块锃亮的铜镜似的地方，那后面就是装实的油料。“呼呵嗨哟——嘭！呼呵嗨哟——嘭！”那撞击处下面的石槽上便有油汩汩流出。

别了，油车撞和镬厂里的老鹰！别了，清净秀丽而富庶的儿时的章家埠！只是想起来，那时候的章家埠好，是因为没有折腾和破坏。那年头就叫“无为而治”。你想，当时曹娥江不治，水是清澈的，那个鱼虾之多啊；山是不治的，那个郁郁苍苍山货之多啊。我读书的伴月庵小学，当时还有两位尼姑在，周围风景之好，满目清秀！松鼠在树下倏倏地跑，花喜鹊在树上嘎嘎地叫，黄鼠狼有时候“唰”地蹿过，啄木鸟在后山笃笃地敲。

我小时，章家埠千把户人家，只总共一个“干部”，人称“杜镇长”。此人本是个破落子弟无业之人，大家照顾他，才弄个“镇长”的活儿，让他能有口饭吃吃。大概旧时人想法简单：县里弄几个官好像还有必要，一个小镇，弄什么鸟官。于今想来，真是怪哉！

# 四月初夏

我家楼前人行道边上有二十几株梧桐树，一年年底被园林工锯掉了一大半，只留下下半截树身，光溜溜立在那儿。不料这一修就过了半年，一直盼到立夏的前几日，眼前忽然一亮，见着这些树干上有一些枝芽如春笋一般顶了出来，之后鲜枝嫩叶争相冒头，一天比一天好看与繁荣，别有一番让人疼爱的况味。初夏，我想这便是初夏的魅力。

你看立夏伊始，樱、梅、杏、桃诸花事纷纷告退了，树木便转向绿叶的事业。芳林新叶催陈叶，城里马上是一片片新绿，乡下很快是无际伸展的碧野。在初夏，早晨的空气是最新鲜的，由无穷的新鲜绿叶为你提供。晚间，有时能听到远处高楼上随风传来的渺茫的琴声，隔着满窗摇摆的树影，十分怡人。

《诗经》云："三之日于耜，四之日举趾。"在江南，旧时立夏开始，农民成日赤脚在水田忙碌，草籽田已经耕过两遍，这时候垄沟里小鲫鱼活泼泼地跳着，耕田师傅随手捉住，丢进身后系着的背篓里。有道"立夏开秧门，夏至见稻娘"，立夏之后开手种田，到了芒种就是忙种，"芒种芒种忙忙种"，得抓紧时间了。现在的田野风景不同了，田都成大块，都是机械耕作，常见成群白鹭来田间分享现成食物。旧时白鹭很少而怕人，如今则多，见谁都不怕。

田间忙，地头也忙。大多夏季蔬菜种在农历四月，除却各类青菜，还有黄瓜、冬瓜、苦瓜，豇豆、毛豆、四季豆等，都是，有些还要搭棚。我如今老了，真想在近处弄一小块地，种点蒲子、黄瓜之类，看着它们一天天长大。山上空气最好，但野山又不敢去，尽管幽幽山谷中有难得的幽兰与丁香。

初夏和风遍野，阳光正好，这也是鸟儿们活动的最佳时节。漠漠水田飞白鹭，阴阴夏木啭黄鹂。常常听到那布谷鸟“咕咕——布谷唧”的声音,好像勤劳的崧厦人喊的“绷阳伞哦补雨伞”[①]。燕子则开始不息地穿堂筑窝。四月初夏，大约是鸟儿们的哺育时期。如山里的雉鸡，雄雉鸡管家，雌雉鸡养小孩。偶尔被惊动时，雄雉鸡“啪啪啪”飞出来，那声音犹如一只被抓住的大公鸡发出嘶喊:“别别别……”够惊心动魄。

“绿遍山原白满川，子规声里雨如烟。乡村四月闲人少，才了蚕桑又插田。”但民谣又云:“做天难做四月天，蚕要温和麦要寒，秧要日头麻要雨，采茶姑娘盼阴天。”总之，农历四月天有点众口难调。但其实，这也是讲四月里忙碌，对于农事，老天很难让人样样称心（其他月份也总有些不如意的事），人会料，天会调，于是全靠农民自己来辛苦调动了。

初夏属于小荷才露尖尖角的一代，处处带着春的气息。初夏亦是意气风发的青年，时时会有新的作为，领着我们上前去。祝福大小伙子们努力向前。

---

① 崧厦位于上虞区北部，以制伞业闻名。

# 关于相貌

黄老先生最近患病，虽说是区区肤疾，却严重影响形象。有一次他老太婆同另外一位老太婆电话里说：“原来那么好的相貌，现在弄得好像戏文里做出来的‘贼骨头’一样，鬼看见了都要吓煞。”电话那边那老太说：“这个好啊，省得人家看相。”这里的绍兴话的“看相”，就是悄悄喜欢上的意思。

不料黄先生听了竟想入非非起来。下面就是他的一些非非之想。

在整个动物世界中，人的相貌差异最大。美则极美，丑则奇丑，无论种族。然而这种巨大的差异仅仅在于面部部件的组合不同，或者说某种基因的序列不同。大家都是鼻子是鼻子眼是眼的，可相差真不可以道里计，真叫作“人比人气煞人”。人不像其他动物，譬如小毛驴，望过去都差不多，眼睛都水汪汪的，你无法确定哪一头驴的眼睛特别含情脉脉。这里头，最关键的原因是驴与驴比，驴的生活质量都差不多；而人与人比，人的生活，尤其是精神生活，那是天壤之别。人的生活质量，部分影响着人的相貌，也影响其生育质量。于是一代代进化，人与人之间的模样差别就越来越大。

那么，是否能说老早时候人的相貌差别没现在大呢？回答应当是肯定的。在地球上某些部落，在我国某些地区，人们之间相貌差别不大，便是一个证明。

青壮年注重相貌却羞于谈论，原因多多。首先是一种生理和心理的掩饰。相貌跟性是有联系的，所以便不好意思谈。而世上大多数人相貌平平，所以谈论相貌便缺少兴趣与价值取向。“相貌好又不能当饭吃”“相貌好多惹是非”，这是相当普遍的审美意识。再者，从古到今，中国历史上有好多太过正经的年代，关注与谈论相貌，被视作是不求进取的表现。所以，虽说爱美之心人皆有之，却偏偏是此心不可说也。这里头教训多多。至于议论人家相貌而招杀身之祸的，历史上也不乏记载。譬如南宋时的奸相贾似道，有一次当众杀了一个侍妾，原因是这侍妾见了湖边走过的两名男士，居然感叹出口：“美哉少年，壮哉少年！”贾似道后来又杀了歌女李慧娘，因为她赞赏才貌双全的裴生。据说李慧娘死后成鬼复仇成功。

从历史看，唐代以前比较开放或者说大方，先秦时候尤甚，谈论相貌简直百无禁忌。

譬如《诗经》里头，谈女人相貌的诗篇俯拾皆是：“有女同车，颜如舜华”“有美一人，清扬婉兮”“手如柔荑，肤如凝脂”“巧笑倩兮，美目盼兮”……同样，那时候女人们欣赏男子相貌，也放开谈。有一首《猗嗟》，用现代话说是：

我爱你美好青春，
我爱你高大英俊，

我爱你像秋天荡起的江水一样的眼睛，

我爱你舞姿翩跹步法精深……

孔子说过：“吾未见好德如好色者也。”这话充分证明当时注重相貌的社会风尚。这其实没什么不好。

那时候路上见到一位漂亮的异性，可以当面直说对方的容颜美丽而被认为得体，不会被认为“发神经”。那个时候也完全可以自己说自己相貌好。《战国策》里讲到一个人叫邹忌，“修八尺有余，而容貌昳丽”，这是说他又高大又靓丽。这老兄有一天早上起来对着镜子一照，觉得自己相貌真不错，于是见人就问：“我跟那位美男子徐公相比，究竟谁更美些？”哈，现在还找得到这样单纯的人吗？

汉代也讲究相貌。富翁之女卓文君看中了英俊的司马相如，宁可私奔，然后系上围裙当垆卖酒。传说中的秦罗敷之美貌，达到“耕者忘其犁，锄者忘其锄”的程度。说明美貌具有巨大的吸引力，并且成为社会的普遍追求。曹操在战役间隙只要听说附近有美貌女子，就再忙也要去看望。他的爱子曹植到了洛川便流连忘返，只为一睹洛神风采。洛神相貌如何？有分教：仿佛兮若轻云之蔽月，飘摇兮若流风之回雪，皎若太阳升朝霞……说明那时候人确实比较唯美。

讲究相貌的结果是相貌差的人倒霉。《三国演义》里那个庞统是个大才，可是孙权见他“浓眉掀鼻，黑面短髯”，就心中不悦。后来被介绍到刘备那儿，刘备见他相貌丑陋，“心中亦不悦”，没奈何，叫他到偏远的耒阳县去做个县宰，幸亏后来诸葛亮力荐。还有一位后来为刘备立大功的张松，“其人生得额镢头尖，鼻偃齿露，身短不满五尺”，曹操见到他“五分不喜”。反之，相貌好的人运道就好些。关羽相貌堂堂，光五绺长须就光彩照人，所以曹操看到关羽是“十分的欢喜”。又如赵云，高大魁伟，英气袭人，刘备一见便“深爱之”。

到了唐代，社会仍不忌讳讲相貌。李白讲相貌：“自古有秀色，西施与东邻。”这个东邻就是：“东家之子，增之一分则太长，减之一分则太短；着粉则太白，施朱则太赤；眉如翠羽，肌如白雪；腰如束素，齿如含贝；嫣然一笑，惑阳城，迷下蔡……”（《登徒子好色赋》）李白讲杨贵妃：“云想衣裳花想容，春风拂槛露华浓……”那杨贵妃的相貌，犹如在晶莹露水中的美丽的牡丹那样冶艳丰美。忧国忧民的杜甫有时候也讲相貌，他写美人“肌理细腻骨肉匀”，真是绝。杜甫赞美我们绍兴女子，说“越女天下白”。说明唐朝时我们绍兴姑娘的相貌还是相当可以的。

宋代之后，理学大盛，讲男女大防，人心人性都开始包装起来，说话变得文绉绉含蓄起来，讲相貌就隐隐约约、吞吞吐吐了。只有少数人坚持人性为本，依然讲相貌、讲品貌，像元代的王实甫，明代的汤显祖，清代的曹雪芹，所以他们的著作，也就成为不朽之作。

《西厢记》写张生初见崔莺莺：

颠不剌的见了万千，

似这般可喜娘的庞儿罕曾见，

则着人眼花缭乱口难言，

魂灵儿飞在半天。

真是绝妙。可惜这样的诗句太少。现当代更少。脑子里只记得徐志摩的两句：

最是那一低头的温柔，

像一朵水莲花，

不胜凉风的娇羞。

还有，就是戴望舒《雨巷》里的丁香姑娘了：

我希望逢着，

一个丁香一样的，

结着愁怨的姑娘。

她是有，

丁香一样的颜色，

丁香一样的芬芳，

丁香一样的忧愁，

在雨中哀怨，

哀怨又彷徨……

闲话收起来。黄先生现在这模样还想逢着丁香姑娘吗？人家早吓得一溜烟跑了，还哀什么怨、彷什么徨啊。

继续再做梦罢！

# 穷开心

上海人所谓的“穷开心”，有好几层意思。一是穷却开心，穷无隔夜米，照样笑嘻嘻，这个是正宗的穷开心。二就是非常开心，上海人又叫作“老开心”。三就是指小老百姓寻开心，说说笑笑，打打闹闹，逗逗玩玩，吹吹拉拉，唱唱跳跳。反正一切娱乐活动，你都可以看作穷开心。

穷开心好，真穷开心的人肯定老开心，那么老开心的人肯定穷也开心，并且会想方设法地寻开心。

从前中国人大多数都穷。但穷要穷得开心，而且要穷得有志气，这是老百姓爱听的大实话。当然，穷得没骨气的也有，没骨气的穷人就不在穷开心之列。孔子讲过有两种人的人品最差，一种是“富而骄”，一种是“贫而谄”。穷得低三下四一副哈巴相，穷得没了人格，哪里还有什么骨气，就一点不像穷开心。

这样说来，“穷开心”还同“有骨气”相连。所以，过去的读书人提倡“君子固穷”，但“安贫乐道”。《论语》里头，孔子表扬一位叫颜回的穷学生说:“贤哉回也！一箪食，一瓢饮，在陋巷。人不堪其忧，回也不改其乐。”这个颜回吃的住的都极差，可是他始终快快乐乐地参加各种教学活动，而且各方面都名列前茅。所以孔子反复宣传：好啊，颜回这小子！毫无疑问，在孔子眼里，颜回的穷开心正是读书人必须有的一种品格、一种骨气。这才值得提倡学习。

也许可以说，中国历史上有建树的知识分子绝大多数出身寒门，都是穷开心专业户。

记得我读中学时的校训：艰苦朴素，乐观向上。这艰苦朴素其实就是穷，乐观向上就是要开心，两句校训连起来就是穷开心。可惜我们没有恪守校训，读书读出来都没什么建树。

试想，历史上有建树的穷开心千千万万，如果排名次，坐第一把交椅的会是谁呢？我敢说是庄子。因为他穷得最乐观旷达，最有境界。他是货真价实的穷，也是无可比拟的开心。他家常常揭不开锅，可是他天天鼓盆而歌。还有，他因为空着肚子睡觉，所以睡着睡着，发现自己变成了一只轻飘飘的蝴蝶。为什么他要变蝴蝶而不变别的呢？因为蝴蝶可以飞来飞去，多自在，多开心。是啊，他饿着肚子还要寻开心，他做梦还要寻开心。这仿佛就是咱们老底子中国人的本色。

如果问，中国历史上谁最幽默，谁最浪漫，在我看来，毫无疑问仍然是庄子。如果问中国历史上的文化人，谁给后世留下的哲学故事、笑话奇谈、经典成语最多，还是这位老兄。这位常常吃不饱饭的穷开心，不要说中国，全世界也找不出第二个。

东晋的陶渊明亦是穷开心的典型人物。他为了五斗米一月的工钱去做了彭泽的县令，又因为“不肯为五斗米折腰”，只尝了八十三天做县官的滋味，就回到老家吃自己的了。“不汲汲于富贵，不戚戚于贫贱”，是陶渊明的做人原则。哪个领导想来搞点猫腻，他才不干呢。家里虽穷，但穷得不窝囊、不淘气[①]，那就是开心颜。他一转身就回家，穷不怕。可是穷也得吃呀，那就像过去知识青年下乡时说的：“我们也有两只手，不在城里吃闲饭。”有两只手可以劳动嘛。不过陶渊明属于“回乡知识青年”，不属于插队知青。他回去之后，“种豆南山下，草盛豆苗稀。晨兴理荒秽，带月荷锄归”，就是劳动干活。他是赤脚诗人，他会歌唱：风啊，吹动南亩的麦子；麦苗啊，好像有翅膀就要飞起来一样。他去采点可以泡茶的菊花，信口就来：“采菊东篱下，悠然见南山。”这是最典型的穷开心的诗句，被后来的苏东坡们崇拜得五体投地。

陶渊明写的《五柳先生传》就是他的自传，全文一百七十来个字。开头讲到自己“好读书，不求甚解”。喜欢读书，但不自寻烦恼，不钻牛角尖，这就是讲他读书开心。再讲到“性嗜酒，家贫，不能常得”，这好像不大开心，可是亲戚朋友常常叫他去饮酒，他是召之即去，去之能吃，吃饱了就回家。老酒吃饱了就走，连什么谢谢都不说。除了酒，心里什么都放下了，这是真开心。再讲到自己：“环堵萧然，不蔽风日；短褐穿结，箪瓢屡空，晏如也！”住的穿的吃的，反正都是绝对贫困，但他“晏如也”，就是宽悠悠的，一点无所谓。穷啊，可是他“常著文章自娱，颇示己志。忘怀得失，以此自终”。他常写些诗文自娱自乐，不去想个人的区区

① 淘气：上虞方言，并非指小孩顽皮淘气，而是“受气”之意。

得失，就这样到生命结束为止，这个叫真坦然。你想想，陶渊明有哪几方面的穷开心？一是读书开心。二是饮酒开心。他饮酒的风度可想而知，他那是“醉里乾坤大，壶中日月长”。三是写文章开心。他写得自在，写得飘逸，写出来虽然没很多粉丝，可即使孤芳自赏，也是开心。何况他有几个知交，常在一块儿“疑义相与析，奇文共欣赏”。那是天下第一等快乐的事情。四是他种豆种瓜，劳动开心。五是他与实实在在的穷哥儿们在一起开心。所以陶渊明穷则穷矣，穷得开心也哉？

按黄先生意思，《五柳先生传》实可更名为《穷开心五柳先生传》。现在的人写博客，也是“著文自娱”，也是在向陶渊明学习，有时候虽然读者不多，却也是再三端详，自以为得意，也是穷开心。

陶渊明穷也实在，开心也实在，我们呢？穷得不大实在，开心得也不大实在。这真的是并非两难的两难问题。为啥不大能开心起来呢？是犯贱吧！是穷骨头喜欢过穷日子吧，还是脑子里念头多了，还是外界的有形无形的压力多了呢？实难一言以蔽之。

# 老鸦

高高山，低低坳，高山头顶大树杈，住着两只老老鸦。

说起来呀，这对老老鸦可有些年头了。人们只记得很久以前，年年四五月里，这大鸟窠里总有三四只出头乌鸦飞出来。这些年轻小家伙一出来就远走高飞，因为照规矩，他们必须天各一方，找一处安身之地，并且很快就得有自己的家。真是时光如流水啊，这两只老老鸦完成了养儿育女的任务之后，早已过起清静的日子，他们的窠也早已空荡荡的了。

空荡荡的老窠里，老两口子就更需要守在一起，并且得多说说话，多做做事儿，当然，大多是可说可不说的话、可做可不做的事。这几年来，老母鸦会常常打扫孩子们曾经住过的那些角落，常常会说起当年哪些个孩子所出现过的哪些个情况。在刮风下雨的时候，老公鸦会先堵上那边的小洞洞；出太阳了，他们也总是先打开那边的小缝缝，好像人们小心地扒开百叶窗的一叶。阳光啊，首先要洒进孩子们的房间；可是对于小鸦鸦来说，这一缕光照是足够的了，是最适宜不过的了——老两口总还是那样想，那样做。

岁月不饶人啊，对老鸦也一样。每天清晨他们互相梳理的时候，都会叹息：啊，当年乌黑锃亮的一身羽毛哪去了，那时候强健有力的热情与骄傲哪儿去了！你瞧那老公鸦，羽毛已经难以覆盖全身，过去美丽的鼻须已经灰白，头上早已秃顶，像那该死的秃鹰。最难看的是他老弓着背、缩着头颈。老母鸦有时候忍不住，会大声叫唤："呜哇！身子挺起来，头皮抬起来！别虫头虫脑的！"说这话的时候往往是有客人要来的时候，尤其是一些别的母鸦要来的时候。这时候老母鸦事先总要提醒他注意仪表，因为老公鸦的模样就是她全部的面子，尽管那些母鸦们的到来，让她心里居然生有一点说不出口的而且是毫无必要的提防。好，老母鸦一叫唤，听话的老公鸦身子就立即挺直，可是一分钟之后，他又恢复成勾头缩脑的老样子了，有什么法子呢！其实啊，老母鸦也不大直得起来了，只不过她本来个子就小，再缩也缩不到哪儿去，所以乍看似乎还不太老态。但是，她睡的时候，脚总是弯勾着，叫她伸直，一会儿又勾拢了，这又有什么法子呢！

不过，他们总而言之还是挺愉快的，因为他们还能自理。老公鸦早上起来先吭吭地咳嗽一通，之后飞到对面山涧喝点水，马上神清气爽。然后就四处觅食。凭他的经验，找点吃的还不成问题。老母鸦呢，就在家门口来回，她也还能自食其力。有时候老公鸦带回来好多好吃的，她就一边叨念着，总归疼惜他的身体，一边把一些虫儿、肉儿、果子在窠里分类放好干晾着，再把一些果仁、谷子之类的东西放到窠边的树洞里。这树洞是他们的酒窖，平时盛着新鲜的雨水，上面有树枝做的盖子，放进各色谷子、果仁之后，过些天就酒香扑鼻。喝酒啊，再没有比这更方便、更舒服的了。在果酒飘香的时候，他们又是多么希望孩子们在身边啊。

但是最愉快还是月明星稀的晚上。这时候两口子来到窠门口，脚下是软绵绵的干草，干草下面是有幽香的柏树枝和樟木棍儿。这时候，他们吃着各色果仁，喝着那树洞里舀出来的可口可乐般的橡子酒，然后一番嘀咕之后，就铁铸般地站着，俯瞰月光下的山川风景。有时候，喝了酒的老公鸦会被这少有的景色所陶醉，他忽然一挫身，扑喇喇腾上天空。你想想，那乌鸦展开的翅膀遮住了半个月亮，那景色是怎样的庄严与迷人。于是，老母鸦也“乌啦”一声飞起来。他们会径直滑行到山下，去拜访高贵而聪明的猫头鹰老哥，听他讲生态哲学。然后转到亮闪闪的沼泽那边的桦树林子里，去专听夜莺老妹子那徐娘半老式的歌唱。一直到“更深月色半山凹”的时候，才飞回自己家里做梦。

这对老老鸦做着一样的梦。乌鸦老夫妻的梦是相同的，不像人类那样会同床异梦。他们在梦里觉得飞不动了，于是连忙托路过的客人捎口信给远方。他们盼望孩子们回家来看看，并且决定终于要讲一个隐忍难言的话题，就是以后怎么办。一会儿梦醒了，他们都笑了。

哈，真是无稽之梦！两口子异口同声地说。是啊，他们才不像人那样会发愁呢，因为乌鸦群中一直有养老善终的传统。等到他们真的老得动弹不得、嗷嗷待哺的时候，请相信吧，他们远方的子女一定会及时归来，这是说都不用说的事。孩子们一定会你一口、我一口地哺养他们，用乌黑油亮的羽毛温暖他们，用最亲切的“鸦语”安抚他们，用最体贴的方式让他们微笑的灵魂飞向乌鸦的天堂。所以，这真是哪儿跟哪儿啊，梦毕竟是荒诞不经的呀。

有诗为证：

马驰不觉东西远，乌哺何辞日夜飞。
有生何必老来叹，船到桥头自然直。

# 母亲清明祭

母亲大人九十岁归天，转眼已然十多年了。过去清明时节，我们老兄弟三人陪着老姐姐一起去母亲坟前说说话儿，真是团团圆圆的。可是大哥去世后，兄弟先失一人，从今往后大哥再不能去、再不能言也！母亲有知，亦当感叹生老病死何其速也！

有一年清明，去湖州给大哥扫墓，侄女们告诉我，在整理遗物时发现母亲给大哥的一些信。我说，母亲大人晚年时最喜欢给儿子们写信，每一封信要写上好几天，写在大小不一的四五张纸上。写信占了她相当多的时间。母亲的信，总归是生活上方方面面的关照，是随着季节变换的饮食冷暖的无所不包。母亲没上过学，是做生意的外公教她认了几个字。所以她写信有困难，碰到写不出的字，能画的就画出个样子，不能画的或去请教别人，或费尽心思要说上一大堆话，所以这信就很长很长。可是不孝如我，往往只一分钟就看完母亲连续花几天时间写的信，并且不大会去理会母亲的心思和兴趣，这方面我远比不上大哥与二哥。于今想来，还有谁能如此反反复复地叮嘱我、关爱我呢！

母亲非常爱干净。晒衣被前，晾竿先得揩上三遍。她洗的菜，荤素绝对会分开，菜叶则必须得一片片洗净，然后再用清水淋、清水浸。这种干净与其说是习惯，不如说多半是为了儿子们而干净。在家里，每一块旧毛巾都是洁净幽香的，每一件衣被都熨熨帖帖。我读书时假期回家，夏天时，母亲必为我驱赶蚊子，放下帐子；冬天时，母亲必为我铺好被子，让我睡进去之后再从头到脚把棉被“塞实”。然后，她在间壁床上轻轻唱着赞美诗。啊，那种遥远的感觉啊！

然而母亲一生艰辛劳碌。母亲十七八岁时外公病逝，不久她唯一的弟弟又淹死在曹娥江。母亲上有孤弱寡母，下有未及成年的二妹、小妹，正所谓“外无走转之亲，内无应门之童”，一家老的小的四个女的，全靠母亲独力支撑。母亲做姑娘时就是小镇上有名的能人。不过，那时候，母亲有外公传给她的小小银楼，后来改为杂货铺，日子还过得去。结婚之后，母亲先后生下大姐和我们兄弟仨。而父亲远在宁波，三五年才回家一趟，父亲原是个不肯顾养家眷的“宽爷”。据说我的小姨曾专程去宁波，要“捉拿”我父亲回家，他硬着头皮回来了一趟，又来不及煞地逃回宁波去了！ 1949年，我五岁那年，父亲在国民党飞机轰炸宁波江厦时死于非命。现在想来，真是“做官爹不如讨饭娘”，我家尤其如此，因为无论父亲在与不在，家里的顶梁柱都是我母亲。

我们老家上虞章镇当初曾是繁荣的小镇，有几十家地主和商人。比起他们，我们家便是寒门，但是我们三兄弟个个考上大学，这在当年可算是奇迹，镇上无出其右。而这也是我母亲的骄傲！

大哥读书时，我还年幼，比我大8岁的二哥去绍兴读中学时，我记得是用银洋、银器去换钱交的学费和生活费。到我读春晖高中时，比我大15岁的大哥早已有了工作，二哥也已在上海交大毕业留校，多少能补贴家用了，但是，母亲还得卖铜器、锡器供我上学。后来，我以高分考上大学——记得这一年全上虞考上大学的不到30人，老家章镇一百来个同届生，考上大学的只我一个。母亲笑了，逢人便说："儿子读大学，我餐餐吃粥、吃糊，盐搵搵都高兴。"

母亲培养了我们，可是我们带给母亲的仅仅是所谓的家族光荣，是空头名声，实际留给母亲的乃是长年的孤苦伶仃。1956年，我们的老屋被拆，又被明目张胆地抢去埋在灶屋下的许多银圆。母亲已无力再造新屋，从此一直租小屋住。母亲也许曾幻想着跟光宗耀祖的大学毕业的儿子们去住，一家住了再换一家。然而，我大学毕业工作了几年之后，母亲依然孑然一人，小屋里还没装上电灯！可怜的母亲啊，她一生都在牺牲。她的生活远比不上有一个做木匠的儿子陪在身边的其他母亲！

母亲最后的十几年一直与大姐为伴，还有与她的信仰为伴，也许是她心中的"主"使她解除寂寞与困苦，使向善的心更有寄托。她天天全神贯注读着《圣经》，唱着赞美诗，早晚两遍地跪着祈祷，每祷告一次至少20分钟。她祈祷儿女们安康，从大到小挨个祷告，再祈祷远在异国他乡的孙辈们的平安，然后再祈祷世界和平、国家安宁。马克思曾有言：宗教都是蒙着悲观色彩的，因为所谓的悲观促成人们把精神寄托给天上的神。

母亲去世前一天是星期六，她把50元钱交给一位教会姐妹，让她第二天去礼拜堂代为奉献。第二天，也就是星期天一早，母亲伏在写字台上做祷告，竟伏在那里一下子去了天国。

如今，大姐也已年过八旬，她和母亲一样乐观豁达，善良质朴。清明时节，我们老姐弟们去给母亲扫墓，母亲的墓前清清爽爽，清风徐来，好鸟相鸣，花香袭人。我们坐上片刻，心里宁静而轻松，就像小时候母亲陪伴在身旁的情形。

# 第二辑　谈文说字

# 养生杂谈

养生之道，过去是文人雅士的谈资，现在是群众百姓尤其是老年朋友津津乐道的话题。养生之道，讲究的是快乐养生。

要说，养生是养性与养身的合一。养性是性情调养，以保持快乐；养身是身体保养，目的也是快乐。但在古代哲人看来，养性为总体上位方略，养身则被视作具体辅行方法。所以老庄及儒家的养生之道，基本指向性心修行，是为不失本性之乐。《黄帝内经》也说：人的本质是精气神，把握住精气神的修养，是最本质、最正道的快乐养生，这叫作“治于未病”。而饮食与药物调养及劳逸得当，仅宜视为“随常”，不必太过执着。同样，上虞古代的两位思想家也持“养生即养性”的理念：汉代王充的养生观主要讲“颐神自守”，不信鬼神，少私欲，排杂念，且认为人的疾病多由不良情绪导致，这是科学的观点；魏晋嵇康著《养生论》，主张形神共养，尤重养性，以守住宁静、坦荡之心而自得其乐，自有“目送归雁，手挥五弦”的境界。因此说古人论养生，主旨在生命的价值意义方面，在于精神世界的快乐以及自我目标的实现，故重养性。

养性，即养心，古人称“心性不二”。性，“心之所生也”，是情操表现。所以明代王阳明讲：“心即性，性即理。”他由此提出

“致良知”以及“知行合一”的修养原理，构建了相当圆满的心性学说。他同时肯定“乐是心之本体”，保持豁达快乐的心态，是养身的前提，更是致良知以及实现知行合一的前提。王阳明认为：人是要有点精神的，无论处于何种环境与事业，都要让快乐永随始终。快乐就是成功。这就是养生目的论。

但快乐不是问题，问题是如何获得快乐，获得的又是怎样的快乐。养生哲学的核心内容就在于此。对此，儒、道、佛三家有着“和而不同”的理论解说，其中颇有精华可取。

儒家理论：快乐即内心充实，而充实就是有信仰、有担当的快乐，所以孟子讲“充实之为美”。就此，儒家常举三个范例：一、虞舜是儒家最推崇的明德之祖，虞舜最充实。舜自幼以孝悌为乐，成人独立后更以孝顺、勤勉以及与人为善为乐，然后执政为帝，则以德政治国为最大快乐。他作《南风歌》：“南风之薰兮，可以解吾民之愠兮；南风之时兮，可以阜吾民之财兮。”大舜以人民之乐而乐，这便是儒家所称道的实行“王道”的“王者之乐”，其乐泱泱。二、孔子最充实。《论语》：“子曰：学而时习之，不亦说乎？有朋自远方来，不亦乐乎？人不知而不愠，不亦君子乎？”此为“君子三乐”：不断学习进步就快乐，有志同道合的朋友在一起就快乐，自己能管住自己，自强不息而天道酬勤就快乐。这是“士”，即知识分子的敬业进取的快乐，也是孔子的切身体会。三、上古歌谣《击壤歌》所描述的人民快乐：“日出而作，日入而息。……帝力于我何有哉！”这是儒家所梦想的大同社会的人民快乐。劳动人民感到社会自由平等，因而自力更生，丰衣足食，生活自然充实快乐。这是普天同乐，也正是古来所有志士仁人为之奋斗的理想信仰。顺带一句，孔子、孟子都是快乐圣人，他们因为志向远大，积极关心国家人民，所以内心世界充实，彻底摆脱了低级趣味。孔子说“君子坦荡荡，小人长戚戚”，因为“坦荡荡”，所以“仁者寿”。孔子寿数七十三岁，孟子八十四岁，古时称长寿。

道家呢？道家以“清静无为”为快乐。“无为”这个概念，是指人要有内心恬淡的宁静境界，要有心性自由的逍遥境界。逍遥不是飘飘欲仙，而是不拘泥于尘世的浪漫。道家的浪漫主义是基于自然人性论的价值判断：人要像天地自然那样朴素无为，因而保持自然状态与本来面目，不假人为造作，自由天放就是好的。这个价值观构成了以精神逍遥为归宿的道家伦理学的基础。曾有人说，儒家是积极入世的有为哲学，道家是消极出世的无为哲学，这是一知半解。因为从哲学本体意义上说，老子、庄子主张的道家思想比儒家更“充实”，更具观察力，从而对自然世界和社会现实的认识更清醒，也更富想象力。老庄不像后来的儒生那样，有时讲大道理而显得“迂阔”，有时太追求上进而过于自我，所以道家的快乐指数更高，并无消极可言。在老庄看来，国家无为而治，就给了人民更多自主；人无为而治，就给了自己更多自由。所以他们的养生之道，在于构建安宁恬静的心理环境，让喜怒哀乐顺其自然，从而摈弃急功近利的世俗纷扰，消除患得患失的浮躁之情，并最终以微笑面对安息。这样，人的精神境界自成为一个“无待、无累、无患”的“自由王国”，拥有了“游刃有余”的自由和随遇而安的诗意人生，这就是道家所崇尚的超脱。顺带一句，老庄最超脱，因而最幽默达观，尤其是庄子。庄子家贫，但他贫贱不移，穷而弥乐，所以历史上许多穷开心者，如陶渊明、苏轼、曹雪芹、章学诚等都以他为榜样。庄子活了八十四岁，老子活了一百零一岁。

佛家呢？佛家以“破除烦恼，得究竟（根本）快乐”。这与道家的放下名利得失之心的人生观是一致的。要说，佛家善于吸收儒、道理论，譬如佛家主张以“明心见性”为功夫，这“心性之学”就从儒、道二家那里化来；佛家主张“清净乃心的本性”，这与道家更相一致。史传东晋时，支遁和尚曾住上虞东山，他演说《庄子》，说得谢安、王羲之乐而忘返，此中可见佛家与道家思想的默契。又，佛家所谓“心性本净，为客尘染”，而儒家言：“人之初，性本善。性相近，习相远。”两者如出一辙。但应该说，佛家更注重心性修行，更要求“心无挂碍”，自觉地拒绝客体（尘俗）污染，以实现一尘不染的洁身自好，这称为“修摄其心，是名身安乐行”。在佛家看来，人之烦恼多为自寻，譬如过分关心自家身体和物质追求享受，佛家就大谬不然，斥之为“养臭皮囊”。所以佛经说，要看得“色受想行识”五蕴皆空，然后使“眼耳鼻舌身意”六根清净——清净是快乐的最高境界。顺带几句，有人说佛家喜怒哀乐不形于色，吃素念佛，心如枯井，无有快乐，这种说法是“一叶障目”。佛教中最普世的大乘佛教就是快乐的化身。和尚“尚和”，本当无有妄念无有烦恼，所以不但自觉而且“觉他”，不但自乐而且“乐他”，因此成“皆大欢喜”。君不见佛祖拈花而笑与弥勒佛开口便笑，都表现着对过去、今生、未来的理性参透，是精神超脱的上智者之快乐。当然，这不过是经书上的着意渲染。

如此说来，代表着中国传统文化的儒、释、道三家都提倡养生快乐，只不过儒家重于责任担当，道家重于自然而然，佛家重于放下包袱，所以“和而不同”，都有其高尚性，因而有正面积极的意义。

然而，正如马克思所指出:“宗教是被压迫生灵的叹息，是无情世界的感情。”在旧世界，宗教的叹息式的感情表达，反映着底层民众苦海无边的生活实际，具有深刻的悲剧意义。宗教的救世言论，其实都反映着人们的物质和精神需求。所以，中国古代的儒、道、释所论的养生快乐之道，对于当时民众而言，虽不能说只是空中楼阁，却也不过是一种心灵的慰藉。历史上儒、释、道谈论的养生快乐，只有到今天才成为越来越多普通人的现实生活话题。换言之，只有在普通民众的生活改善了之后，才真有条件来谈论养生之乐，也才能真正从中国传统文化中汲取养生之道的有益教养。

# 读慧皎《高僧传》

慧皎（497—554），上虞人，南朝梁代高僧。慧皎的杰出贡献是撰写了《高僧传》，这是我国佛教史上第一部记载高僧事迹的传记体史著，是后世唐、宋、明代僧传著作所仿仰的开山之作。清代《四库全书》和20世纪90年代编集的《传世藏书》均作全本收录。

慧皎生于佛教大盛的南梁时代，其时江南寺庵已逾两千，僧尼十余万之众，以至于所谓“天下名山僧占尽”。慧皎由此起念：应当写一部《高僧传》，把有实际德行的高僧的典型事迹整理出来，以教育和规范“芸芸众生（僧）”。慧皎认为：道借人弘，理由教显，而弘道释教，莫尚高僧。这是说佛家三宝（佛、法、僧）之中，高僧的作用至关重要；而记述历代高僧行事，是能用于今世与未来的不二法门。

慧皎作《高僧传》更源于自信。他“学通内外”，不仅精于佛家本门，且“博综六经，尤善《庄》《老》”。而且他又是个藏书家，当时梁元帝萧绎酷爱藏书，其《金楼子·聚书篇》中有载：“……又就会稽慧皎法师处搜聚之。”皇帝都得向慧皎求书。

慧皎“春夏弘法，秋冬著述”，“弘毅”得很。他自述：“搜检杂录数十余家，及晋宋齐梁春秋史书、秦赵燕凉荒朝伪历、地理杂篇、孤文片记，并博咨故老，广访先达，校其有无，取其同异……”由此日积月累，集腋成裘，搜编自汉至梁共453年间的257位高僧的资料，再由源而流、由流而派地分编为十个科类，以展示历代高僧各自的德识艺门。

慧皎特有眼格，他的编选原则是“采高僧而不取名僧”。他认为，佛教史上真正的高僧往往与那些有地位但华而不实的所谓“名僧”混杂，要选，就要清理打扫，以实事求是的德识风范为准。慧皎称此为“实行潜光”，意思就是不看头衔看践行，名僧不一定品位高。

慧皎言道：“自汉至梁，纪历弥远，世涉六代，年将五百，此土桑门，含章秀发，群英间出。”然而“沙门所记，多有偏止，文人所传，亟有疏阙，混浊难求”，“或褒奖之中过于揄扬，或叙事之中空列辞费，求之实理，无的可称”。所以慧皎下决心重修，果然功夫不负，名成千古。

宋代高僧赞宁在呈宋太宗《进〈高僧传〉表》中称道：“释天可则，阿难记事而载言；僧宝堪称，慧皎为篇而作传。”他把慧皎撰写高僧事迹的成就，同阿难记述佛祖释迦牟尼讲经录的功绩相比称，其功莫大焉。此为佛学界对《高僧传》的至高评价。

十分可贵的是，《高僧传》不仅通过这些高僧丰富翔实的材料，客观反映了佛教进入中国后的发展潮流，还通过高僧们同社会名士的高雅交往，反映出佛学与传统文化的交流通汇，从而提供了研究当时的思想、文化、历史方面的许多珍贵史料。而且慧皎颇多故乡情结，《高僧传》好些精致片段与上虞及周边人事相关，因为故乡之山水，自古凤翥龙翔。

慧皎《高僧传》珍贵的史学价值，在于其中相当部分的内容是后人所能读到的第一手史料。譬如新昌大佛寺之草创，最早写到并写清楚的人便是慧皎。为后世做定论的史料更有：

东汉永平十一年（68）天竺摄摩腾来中国，动员汉明帝在京都洛阳建立白马寺，此为佛传中国之滥觞，也是东土建佛寺之开端。至于他去五台山破土建庙，揭开五台佛国历史，乃后来之事。

又，康僧会，世居天竺，东吴赤乌十年（247）到达建业，他设法说服孙权，始建佛塔，营造建初寺，然后又有了著名的甘露寺。是为江南寺庙之最初。

淝水之战前，僧人道安曾委劝苻坚放弃南下，苻坚一意孤行，结果大败于八公山下，由此成全了谢安“东山再起”之美谈。

《高僧传》中多有天竺、月支、龟兹等国僧人入境的记载，卷一记载：竺法护，世居敦煌，随印度高僧至西域，取回《华严》《法华》等经书，沿路传译，号为敦煌菩萨，影响巨大。然后就有了僧人乐尊等开凿莫高窟之事。再至晋宋间，罽宾和尚昙摩密多渡流沙，进甘肃敦煌，于闲旷之地建立精舍，植柰千株，开园百亩，敦煌初成大观。

卷五记载：东晋道壹和尚东适耶溪，与山阴帛道猷相会，“定于林下，纵情尘外”。帛道猷后来移就新昌沃州，受其影响，于法兰、竺潜、支遁等先后入剡，于沃州立寺行道，承先启后地开启新昌、天台一带佛门，后来竟成“三十六洞天，七十二福地”。

卷四记谢安给支遁写信：“思君日积，计辰倾迟。……人生如寄耳，顷风流得意之事，殆为都尽。终日戚戚，触事惆怅。唯迟君来，以晤言消之，一日当千载耳！”当时支遁因晋哀帝召而淹留京师，得谢安书信，乃决意还上虞东山，上书辞曰：“……所谓天何言哉，四时行焉。贫道野逸东山，与世异荣。菜蔬长阜，漱流清壑……”支遁果然回还东山。接着便是王羲之前倨而后恭的故事：王闻讯赶到，故意拿庄子《逍遥游》试探支遁深浅，“遁乃作数千言，标揭新理，才藻惊艳。王遂披襟解带，流连不能已”。“披襟解带”形容王羲之在听支遁演讲时得意忘形之态。此篇又记，草书大家郗超曾问谢安：“支遁何如嵇康？”安曰：“嵇努力裁得去耳！”谢安说像嵇康那样杰出，也要努力学习才能赶超支遁。嵇康，上虞人，竹林七贤之首，谢安的偶像之一。此中可见当时名流与高僧之间迥非一般的交往。

至于新昌大佛寺，卷十一载：“帛僧光。或云昙光。……晋永和初游于江东，投剡之石城山……见一石室，止其中，安禅合掌……乐禅来学者起茅茨于室侧，渐成寺舍，因名隐岳。”昙光是受归隐浙东的高僧竺道潜、支遁等影响去往新昌，他草建的隐岳寺，便是大佛寺前身。至于大佛，则是150年后的释僧护开始凿起来的。卷十四载：“释僧护，本会稽剡人也……居石城山隐岳寺。寺北有青壁，直上数十丈，当中央有如佛焰光之形。……于是擎炉发誓愿，博山镌造十丈石佛。……齐建武中，招结道俗，初就雕剪，疏凿移年，仅成面朴。顷之，遘疾而亡。”释僧护去世，由沙门僧淑接上，“继袭遗功，而未获成遂”，又牺牲。紧接着又由僧祐后继，“于天监十二年春动工，至十五年春竟”。大佛历经三僧，历时 25 年，终于如愿竣工，“坐躯高五丈，立形十丈，台架三层……”，即今巍然于新昌大佛寺之大佛也。

又，《高僧传》中屡次提及上虞谢灵运——谢灵运之向佛，源自多位高僧教化。如卷六记释慧远：“内通佛理，外善群书，辞气清雅，风采洒落”，“谢灵运负才傲俗，少所推崇，及一相见，肃然心服。后为慧远造碑文，铭其遗德”。碑文云：“习习遗风，依依余凄……风啸竹柏，云霭岩峰。川壑如丘，山林改容……”哀婉至极。

卷六又记：“释僧镜，陇西人，迁居吴地……东适上虞徐山，学徒随往百有余人。……谢灵运以德音致款。”此上虞徐山，应是今上虞章镇祁山——祁山寺。又，此地“晋宋间先有昙隆法师，亦为谢灵运所重。常共游嶀嵊，昙隆亡后，运乃诔焉”。谢灵运文云：“物以灵异，人以智贵。如彼兰苑，风过气越；如彼天倪，云披光发……”灵修高雅之至。

慧皎想必不忘故地，书中多次提及上虞。如支遁回上虞东山，众名士争着要坐到支遁边上以便沾光而发生争执的故事；又如卷四记东晋大师竺法义，年十三遇竺法深和尚点教，于是“栖志法门……游刃众典……至晋兴宁中，更还江左，憩于始宁之保山，受业弟子常百有余”。始宁，即当时上虞南乡。

当然,《高僧传》涉及面极为广泛,传中有大量中印文化交流情况,以及中亚的历史和地理交通情况,其中记述西域取经中那些舍身求法之高僧,最为动魄惊心。如卷三,写昙无竭(俗姓李,辽宁人)等和尚先过沙漠到新疆喀什,再翻雪山到巴基斯坦、阿富汗,再进入印度。文中描述:“宋永初元年,招集同志沙门僧猛昙朗之徒二十五人。发迹北土,远适西方……进入流沙到高昌郡,经历龟兹、沙勒诸国。登葱岭,渡雪山,障气千重,层冰万里,下有大江,流急若箭。于东西两山之胁,系索为桥。十人一过,到彼岸时举烟为帜,后人见烟,知前已度,方得更进,若久不见烟,则知暴风吹索,人堕江中。行经三日,复过大雪山。悬崖壁立,无安足处……辗转相攀。经三日方过,及到平地……同侣失十二人。”昙无竭等是西域取经第一个团队,比唐玄奘要早 209 年,其惊心悲壮如此,其坚定不移如此,其启发后世如唐玄奘者亦必然如此。

传记史著,也是文学,必须有文采,否则“言之无文,行而不远”,所以古代写史传者多是第一等笔杆子。慧皎和尚虽处六朝骈文时代,却不落窠臼,文字整散自如,一如风行水上,自然成文,此为善读书之必然。

慧皎弟子王曼颖言道:“法师《高僧传》,不刊之鸿笔也。绵亘今古,包括内外,不文不质。谓繁难省,云约岂加。”此非溢美之词,后世唐代、宋代的僧传“皆模范是书”,历久交碑,乃为定论。

卷三记:“隆安三年,释法显与同学慧景等四人,发自长安,西渡流沙，上无飞鸟，下无走兽，四顾茫茫，莫测所止，惟视日以准东西，望人骨以标行路。……至葱岭，岭冬夏积雪……壁立千仞……傍施栈路……蹑悬索过河，凡此数十处，皆汉之张骞所未至也……度雪山，遇风暴，慧景噤战不能前，曰：‘吾其死矣，卿可前去，勿得俱陨。’言绝而卒……”后来只剩下法显一人，寺僧劝止，法显曰：“远涉数万，誓到灵鹫……岂可使积年之诚既至而废耶。虽有险难，吾不惧也。”这等记述文字，即至今日，也了然可读。是为传世之作也。

慧皎善于以人物语言来树立人物形象。卷四中，时人嘲笑支孝龙：“沙门何不全肤发，去袈裟，释胡服，披绫罗！”他笑而不答。后言：“彼谓我辱，我弃彼荣。故无心于贵愈贵，无心于足愈足。”诚高僧之心语。

卷三记：竺潜在简文帝处，驸马爷刘惔嘲笑说：“道人何以游朱门？”潜答：“君自见其朱门，贫道如游蓬户。”乃启还剡之仰山，遂其先志。时支遁遣使求买仰山之侧沃州小岭。竺潜答曰：“欲来则给，岂闻巢、由买山而隐？”巢父、许由，皆是尧舜时期的大隐士。竺潜言语，可见大师风采之一斑。

卷四记：康僧渊，西域人，鼻高眼深，人戏之，渊曰：“鼻者面之山，眼者面之渊；山不高不灵，渊不深不清。”又记康法畅法师，人问他何以常执尘尾，答：“廉者不取，贪者不与。故得常在。”

卷六记：东晋大将军桓玄趾高气扬，问释慧远因何不拜王者，慧远答：“袈裟非朝宗之服，钵盂非廊庙之器，我沙门尘外之人，因何须致敬王者。”高僧语言即此超然象外。

慧皎讲“实行”，就是求大实在，语言求通俗，所谓“是真佛便说家常”。但他毕竟能浅则浅，当深则深。慧皎云：“依义莫依语，穷达幽旨，妙在言外，其在法师乎。”慧皎真法师也。

季羡林在《传世藏书》序言中有言：“人何其小，事何其大；人终为灰土，书终以传世。”这也是一千五百年前的慧皎法师的大愿吧！即此纪念。

# 读《易》不易

五经四书，读《易》最难。《易经》问世最早，是“究天人之际”的哲学，世称“五经之首，大道之源”。所以读《易》原是不易。

学术界有认定，上虞马一浮先生的易学研究，代表着 20 世纪的最高水平。关键在于他“读得进，读得出”，最善于深入浅出而举重若轻地阐述。譬如他解说“易”有三义：变易、不易、简易，即认为气（物质、思想、现象）是变易，理（道、规律、基本原理）是不易（不变易），须知变易原是不易，不易即在变易（相对的，常态的），如此看则为简易。对此，马一浮又用孔子“逝者如斯夫，不舍昼夜”一句为例说明之，他讲“逝”是变易，“不舍昼夜”是不易，而变与不变相对，成为常态，即是简易。能如此解说真可谓达人先生。马一浮还告诉后学者，读《易》要“略引端绪，不务幽玄”，此为读《易》法。当理解为，初读《易经》，不要一头掉入八卦、六十四卦的迷宫，要在哲学辩证与美学欣赏层面上去领略，方能长点见解与想象力。

按说，《易经》有三个篇章，这三篇章的前后相隔时间，约有四千年之久。首创者，相传是六千多年前的上古伏羲氏。他（或应是他们）指天画地，画成阴阳八卦廿四爻系列，代表了上古人对天地现象及其德行的认知。可不敢小看这八卦，这是天地洪荒之后石破天惊的第一声响雷，标记了中华民族的文化原点。学者认为，原始八卦虽然多作上古人的卜筮之用，却标志着古代科学哲学的萌发。阴阳变易之道是科学萌发的摇篮之一，中国八卦学就曾被爱因斯坦视为“打开宇宙迷宫之门的金钥匙”，具有深远的意义。

第二位创造者，是三千多年后的周文王姬昌。史传有称：文王因为得到岐周人民一致拥戴，而被商纣王拘禁于安阳羑里七年，这七年苦难恰恰成全了这位圣人的“发奋之所为”，也就是后来司马迁说的“文王拘而演周易”。他将伏羲八卦演绎成六十四卦、三百八十四爻，并且作了卦辞说明，即以阴和阳的对立变化，来阐述纷纭繁复的社会现象，这样就发展形成《周易》。这个“周”，既指周朝，又有周全和周密明辨的意思。如果说，原伏羲八卦主要表明天地现象的“象数”，为后人称之“洁净”，那么，文王六十四卦则主要表明现象的“理数”与“变数”，其中体现着由表及里、由此及彼、变生无限的理念，因此《周易》的“易理”也就更臻精微。

第三位伟大开创者，便是周文王后约六百年的孔子。孔子为六十四卦作解释，共计十篇，称作《十翼》，这就是《易经》的完善终结篇章。至此，人类史上第一部完整的哲学经典史诗、对中华文化影响最深远的《周易》，历经四千余年而成功汇集。大家知道，孔子最喜读《易》，学而不厌，“韦编三绝”而不知老之将至。

孔子后来叹息天不假年，对《易经》的理解尚未达广泛而深远。然而如果没有孔子的整理和逐一解释，《易经》就不可能由古时的卜筮之书变为讨论哲理的“通天人之际”的经典，不可能由单纯的宇宙理论演绎为立身处世的伦理学说，当然也不可能流传下诸如“天行健，君子以自强不息”“地势坤，君子以厚德载物”等真理。插一句，封建以后，后世大量学者偏偏热衷八卦、六十四卦的“象数”，而不重视其中的科学“理数”，他们不仅把《易经》回复至原始的卜筮排卦，还衍生出许多封建迷信，这是孔子所始料未及的。

回过头来再从八卦说起。伏羲氏那时是原始氏族社会，还没有文字产生，于是他们就用符号来表达天地阴阳的意识。先是“一画开天”，后世称为“太极，太一也”。“⚊”设为阳爻；再断一画为二画，“太极生两仪”，“⚋”设为阴爻；然后相叠为三，创立阴阳八卦，即：乾（天）☰、坤（地）☷、震（雷）☳、巽（风）☴、坎（水）☵、离（火）☲、艮（山）☶、兑（泽）☱。这八卦符号三爻相重，其中如乾卦☰，三爻皆阳，象征天道运行，永不停息，所以称其“卦德”为“健”；坤卦☷，三爻皆阴，象征大地包容，孕育万物，所以称其“卦德”为“顺”。然后雷、风、水、火、山、泽六卦，各有阳爻阴爻，或二阳一阴，或二阴一阳，而位数各不相同。这六爻的“卦德”分别为：动、入、险、丽、止、悦。这些都是对大自然现象的基本特性的象征认定，并与古人本身的思想行为相联系。这种阴阳相对与变生的理念，促使北宋的陈抟老祖演化创造经典的“阴阳双鱼”太极图。

我们知道,《易》是儒家经典，然而道家祖师老子的“道生一”“一生二,二生三,三生万物”的思想，却分明源出于《易》。因此康有为曾戏言：老子偷了半部《周易》。所以说，伏羲八卦中所蕴含的“天人谐和”的整体性、直观性的思维方式和辩证法思想，乃是中华文化的原点。也应该说，上古八卦虽为卜筮，却也体现着上古人民对天地阴阳变化以及其与人类自身变化之间复杂关系的认识，是人在“天、地、人”这“三才”关系中的一种处境自觉，也因此得到后世圣贤的特别尊重。德国古典哲学家黑格尔也曾对《易经》作高度评价，他认为《易经》代表了中国人的智慧，就人类心灵所创造的图形和形象来找出人之所以为人的道理，是一种非常崇高的事业。

至于周文王推演周易，他将八卦两两组合而排列为八八六十四种卦，成六十四种卦名。譬如“乾卦第一”，上乾下乾两个乾卦，六个爻都是阳爻。阳爻叫作“九”，规定要从下数起，这乾卦六爻分别为：初九、九二、九三、九四、九五、上九。譬如“坤卦第二”，上坤下坤是两个坤卦，六个爻都是阴爻，阴爻叫作“六”，从下数起为：初六、六二、六三、六四、六五、上六。这之中，每卦每爻都有意义，但如今留下来的只有卦辞。譬如“乾卦第一”的卦辞是“乾：元，亨，利，贞”。意思是：元始，发展，成熟、收藏（收敛）。

周文王只写了卦辞，至于各爻的爻辞，估计当时是有口传的，后来由孔子等采集整理，才写出《彖传》《象传》等来一一解释说明。这“彖”，就是断、判断；“象”，就是象征。譬如，孔子对乾卦卦辞的解释：“天行健，君子以自强不息。”又对乾卦从下到上的六个阳爻分别作爻辞解释，主要为：“初九，潜龙勿用”，意为养精蓄锐；“九二，见龙在天”，是初露锋芒；“九三，终日乾乾”，是勤奋不息；“九四，或跃在渊”，是有所作为了；“九五，飞龙在天”，是大有所为了；“上九，亢龙有悔”，意为高高在上，居高当须思危。如此等等。

又譬如第十一泰卦，下面乾卦，上面坤卦，从下往上读，便是三个阳爻顶着三个阴爻，乃是三阳开泰，春天来了，要祝福顺遂。周文王写的卦辞是：“泰，小往大来，吉，亨。”意为小人离去，君子到来，所以吉利，亨达。然后孔子解释：“内阳而外阴，内健而外顺，君子道长，小人道消也。”这卦阴气凝重而下沉，阳气清明而上升，阴阳交感，相需相得，于是万物纷纭，所以叫作“泰”。但是和谐统一是关键，否则阴阳相合也会变生相背，要当心好景不长，“泰极否来”。与“泰”相反的是“否”，否卦是坤下乾上，从下往上读，则为天在上而阳气上浮，地在下而阴气下沉，属于阴阳相隔。所以此卦告诉人，在逆境中要努力拼搏，要知道物极必反，要争取“否极泰来”。如此等等。

这样说来，《易》中之卦，都有着如同“正负能量”的不等量存在。这些卦义爻义，又好比我们讲“世上没有一帆风顺的事”或者“阳光总在风雨后”之类，其浅显道理是一样的。因此说，

《易经》是讲不变与变的辩证哲学，是讲人从天地现象变化中所领悟到的启示。而这六十四卦的卦辞、爻辞，就好比一则则的哲理短文，可以让人随意抽一卦来读读忖忖。至于怎么抽，上古人大概是用蓍草占阴阳，假如在现在，打个比方，就好比用六个铜板按次序地并且是随意地排在桌面上，这样按其“阴阳面”数，就能玩出六十四卦中的一个个卦来。这当然不足为训。

读《易》，当先读孔子写的《易经·系辞》，其中有较为具体的理论阐述，这是捅开《易经》门户的钥匙。譬如孔子在其中说：“一阴一阳之谓道。……仁者见之谓仁，智者见之谓智。……日新之谓盛德，生生之谓‘易’。”孔子的话都是“真能量”。因为《易》有利于人的“广德崇业”，所以孔子称为“至真”。后来上虞马一浮称其为“劝人真善美”。我们春晖中学早期校训“与时俱进”，就出于《易经》。

我们上虞还有一位达人先生章学诚，他引用《易经·系辞》一段话：“形而上者谓之道，形而下者谓之器，化而裁之谓之变，推而行之谓之通。”然后他说，“道”是抽象的，是不可感的，并且是作为可感世界的根据存在的，但“道”或规律离不开客观事物而独立，抽象寓于具象，历史经验教训寓于历史事实。由此，章学诚提出“六经皆史”的光辉论断，这是他深厚的易学功底使然。

《易经》作为中国哲学文化的原点，对于后世文化的影响是极其广泛深远的。它对于后世的伦理观、价值观、世界观的形成，以及哲学范畴的“一分为二”“合二为一”“量变质变”“否定之否定”等核心观点的提出，都有着先引作用。又由此而触类旁通，譬如对于《黄帝内经》中七情六欲、气血调和以及相生相克的辩证学说，对于中国古代注重阴阳辩证且富有象征意义的建筑美学，对于音乐的五音音阶等，《易经》都毫无疑义地有着其作为根源理论的指导意义。又如东汉上虞人魏伯阳的《周易参同契》，则是用《易》的阴阳变化之理，融注黄老道学，实践于炉火，而形成“叁同契”，成为世界上第一部化学炼丹著作。

……

有名言道：“一个民族有一群仰望星空的人，才有希望与未来。”读《易经》会让人浮想联翩，去想着从古至今的“仰望星空的人们”。即此再见。

# 晚读《老子》，“知足足矣”

人近黄昏，正是守静读书时光。新年新岁，看《老子》诸本，随读随想随记，此中雅乐，如老子说的“知足足矣”。

但《老子》毕竟难读。从古到今，《老子》注本不下千种，其中解释众说纷纭，又多附会冲突，甚至如南宋大儒朱熹，他的解释也被斥为肤浅与勉强。这里没有门户之见，只说明老子之道深刻非常。

老子是中国古代伟大思想家中神秘与尊贵之最。《史记》记载孔子见到老子之后对弟子说，老子有神龙一般“乘风云而上天”的不可知境界，“吾今日见老子，其犹龙也”。孔子这句话后来被宋朝人截用在杭州黄龙洞大门楹联上，上联是“黄泽不竭”，下联就是“老子其犹”这半句头——下头一个“龙”字，作谜底隐去了。老子，犹如潜龙。

老子的神秘在于“道”。《老子》五千言，开篇“道可道非常道”六字，就好似龙吟天语。古今学者有过无数解释，比较合乎老子原意的，我以为应当是：“道，如果可以说道明白，那么这个道就不是永恒之道。”就是说“道”是永恒的，因而是神秘的，是莫名难言的。但又如老子所言，“玄之又玄，众妙之门”，玄深的哲学才是认识真理的门径。老庄哲学开启后来的魏晋玄学，造就了嵇康、阮籍、谢安、王羲之等一大批名士，并点悟了唐宋以后无数的生花妙笔。这里要顺带一句，老庄之道与汉朝之后产生的道士（方士）无关，我敢说，老庄不具迷信，经典哲学排斥求仙的道术。

章太炎说过：“中国头一个发明哲理的是老子。”老子学说深远博大，“孔子儒家，拘守绳墨，眼孔比老子要小得多”。这话有点扬道抑儒，但我以为章太炎主要是想讲思想家与教育家的不同，或者说是哲学与社会学的品类区别。（按：章太炎的祖籍是我们上虞道墟。）

老子的“道”与“德”是两个系统概念。老子认为，“道”，是天地宇宙的基本法则与普遍规律，是只能推知的“无”；“德”，则是万物顺应“道”而存在的形态与品质，是可以察觉的“有”。因此，“道是无，德是有”，道的显现才是德；“道生德，无生有”，但同时是“有无相生”。总之，天地都是由“道”造成，于是道开天地，厚德载物。

“道”是“天地之母”，是宇宙万物发生起源的根本，这是老子哲学的核心观念。至于“无”和“有”，乃是“道”运作时的两种状态：“无”，是产生天地的动力；“有”，是万物的原始状态。所以老子归总说“天下万物生于有，有生于无”。今天我们所谓的“无中生有”，正是老子的科学宇宙观。

老子关于“无”的思想蕴含无比巨大的哲学意义。任继愈《老子新译》讲：“在哲学史上第一个作为万物之本的负概念——‘无’

的概念，是表明人类认识前进的重要里程碑。”首先，老子“从无到有”的自然之“道”，破除了人格神创造世界的传统观念。《章太炎国学讲演录》说：“老子不信天帝鬼神。孔子受老子学说影响，所以也不大相信，但孔子不敢打扫干净，老子就打扫干净了。”章太炎说老子是彻底的唯物者。那么，我们上虞人王充写《论衡·订鬼篇》批判鬼神论，他是否受到老子学说的影响呢？回答当然是肯定的。然而更深刻的问题是，这个“无”的概念对于现代科学界有关宇宙产生的宇宙爆炸理论和反物质理论、暗物质理论等，是否有哲学层面上的深刻启发呢？我想，回答应当是肯定无疑的。不消说，《老子》与《易经》的哲学思想，对于计算机时代也有灵感启发。我敢说，推而广之，任何科学理论命题总是从玄深哲学思考中产生的。

“无”和“有”（“隐”和“显”，“虚”与“实”），是哲学本体论或宇宙论的一对重要概念，老子是创始者。老子说“有之以为利，无之以为用”，没有“无”，就没有“有”。这正如没有“后”就没有“先”，没有“空”就没有“实”一样；也正如“九层之台，起于累土，千里之行，始于足下”，老子有许多辩证理念用来说明事物的对立转化与循环运动。那么这样说来，宇宙间的一切都是由不可道之“道”，亦即由“无中生有”的“道”而化生与衍生的。

这个被称为宇宙本源的“道”，是一个变体，是一个永恒的动体。“道”的变动，从无到有、从旧到新，其结果是老子所描绘的：“道生一，一生二，二生三，三生万物。万物负阴而抱阳，冲气以为和。”（按:《易经》称“一”是太极，一分为二，“二”即阴阳两仪，即天与地。然后许许多多的“合二为一”，成为表示多的“三”，“三”即演变为八卦……《易经》与《老子》哲理相通）于是，大到宇宙洪荒，小到秋毫之末，整个世界在“道”的作用下开始轰轰烈烈地演变——其实是悄无声息但永无休止地演变，老子称之为“大音希声，大象无形”。那么，这些伟大的演变又是按什么法则进行的？老子的回答是：“人法地，地法天，天法道，道法自然。”请注意，这个“道”就是自然本身，是同一概念。“道”就是自然运行，“道统天下”。但是，我这样说是有问题的，因为演变并非一律，且并非一直是正方向的，所以老子强调“道者反之动”，这是个定律。一是事物运动会转化与往返循环，否定之否定；二是“物极必反”。老子深邃而严密。

这样说来，“道”，首先蕴含着时间和空间的产生，即产生了被后来的佛教用以表示时间世代的“世”，与表示空间区域的“界”。有了“世”与“界”的“世界”，同时就产生了物质，就是佛教所谓的“色”与“空”。弘一法师把《心经》“色不异空，空不异色”这两个核心句大致解释为“没有时空，何来物质；没有物质，何用时空”，此义确当圆满。这里顺带一句，老庄之道极大地丰富了传入中国的佛教，以至于有时候佛、道难分。我这里再说句外行话：爱因斯坦的相对论，是假设证明“弯曲的时空”同引力、惯性之间的相互作用，证明时间与空间并不相互独立，一个统一的四维时空整体，并不存在绝对的空间和时间。那么，爱因斯坦伟大的理论是否同老子的“道”与“无”的哲学有关联呢？回答：我不怎么敢肯定。

道从哪里来？这正如时间和空间从哪里来一样，无法回答。按老子回答：道就是道，道不可道。所有“形而下”的现象都有“形而上”的“道”做动力，这是永恒之道，是老子称为“天长地久”的“常道”。常道不可道，譬如，我的可笑浅见——太阳天天上山下山，是谁计划安排的？这种伟大的力量是谁给的？我们不知道，我只知道“日出而作，日入而息”，否则就是“反其道而行之”的“德行”。又，为什么宇宙之大是“无极之外，复是无极”？而众星一颗颗地拱立在遥远的天边，又有什么可知的意义？再想想，世上万物为什么千差万别却又殊途同归？再譬如，我们看得到由力量产生的物质运动，而“力量”本身又是什么样子的呢？这是不可能具体知道的……这些，想必就是老子的“道”的应有之义吧。

客观宇宙间的神秘与万物内在的神秘决定了老子之“道”的神秘。但是，老子的伟大不仅在于他独到的宇宙观（包括关于天地品格的伟论），还在于他把宇宙理论同人间治世理论天衣无缝地结合在一起，把天意地气与人间世相作依照，表现出了强有力的政治意识和价值意识。

首先，老子的政治观是对应“天道无为”的“无为”。无为不是不作为，而是不乱作为。老子认为人间道应如天道：天道自然无为，道生万物，然后任万物自由，依天地自然理法而行，自生自成，自作自息——柳树发芽，百花开放，鹰击长空，鱼翔浅底，万类霜天竞自由——万物皆自尔如是，自然而然，无任何造作，这就是“天道无为”。那么人间道呢？老子认为人间道在现实世界往往表现为“强势有为”。老子关注乱世，他把人民的饥荒，社会的动乱，都归因为统治者所谓的“有为”，即强作妄为。而且往往是统治者越“有为”，社会越折腾，人民越受害。所以老子许多话其实是乱世之中的愤世之言，他甚至把统治者说成“盗夸”（盗魁）。他说“民不畏死，奈何以死惧之！”，这就是反抗。因此老子的理想，宁可是“小国寡民，邻国相望，鸡犬之声相闻，民至老死不相往来”。（后世的学者，竟有因此而把老子的思想说成是“小农经济的保守思想”的，说老子因循守旧、反对变革，我以为这种说法显然是谬误。）那么，后来东晋陶渊明虚构的桃花源世界，是否受老子启发呢？毫无疑问，老子是最早的乌托邦社会理念的提出者。老子的乌托邦理想是：一、统治者朴质，无为而治。二、政府只是服务人民的机构工具。三、人民无政治压力。他说，“太上之治”，即最好的政治状态，应当是悠悠然不轻易发号施令，国内事情有条不紊地一桩桩办成，然后老百姓说“我们本来就应当是这样的”。老子不乏幽默。

显然，老子“无为”的思想主要是针对统治阶级，这也是老子著书立说的主要动机。鉴于当时政风社情抢先贪夺，纷纭扰攘，老子希望统治者懂得“自然无为”，然后“少私寡欲”“谦下涵容”“返朴归真”，从而缓和社会冲突。老子说“圣人以百姓之心为心”，像尧舜一样，“我无为而民自化，我好静而民自正，我无事而民自富，我无欲而民自朴”，这样让人民自我化育、自我完善，那么，在人民的体力、智力和道德力量充分发展的地方，就必将实现富强与文明。这样说来，老子的“无为”是不是包含着要改革开放的意思呢？对老百姓不干涉、少禁令，自然而然地按内在规律驱动发展，这当然就是开放。

老子有言：“治大国如烹小鲜。”我的理解是，治理大国要像煎小鱼似的，要悠然自然，不可大作翻腾，这就是“无为”的象形。

我想，假如我们稍稍弄通了老子的“无”及“无为”的思想，那么，对于老子在道德行为观念上所提出的一系列命题，就会得到可以圆通的理解。譬如“不争”“守柔”“虚静”“守中”以及“上善若水”“不敢为天下先”等理念，都是源于“无”及“无为”的道德显现。还有诸如“有无相生”“祸福相依”“阴阳消长”等一系列辩证观念，这些其实都是“无”和“无为”观念的外延或例证，以道而“一以贯之”。

思想是矛盾的辩证思考。老子认为，按天道，世界和人类应该“天网恢恢，疏而不漏”，应该“损有余而补不足”，是安宁、虚静、柔和、不争的，然而当世之人却多惑于浮躁，进于荣利，迷于贪婪，乃至“损不足以补有余”。所以老子叹息说：“吾言甚易知，甚易行。天下莫能知，莫能行。”老子也因此打比方说：“众人熙熙，如享太牢，如登春台。我独泊兮，其未兆；沌沌兮，如婴儿之未孩。”悲夫，赤子之心也！老子的思想，说到底就是让世界

“返其朴”而“归其真”。

忽然想到罗丹的“思想者”，那一尊雕像使人想到崇高思想者的孤独苦闷与纯洁执着。是啊，伟大的思想家所拥有的，首先必然是一颗赤子之心，“老子其犹”！

# 《老子》与《庄子》之不同

读老庄，会大致比较。首先，《老子》是玄妙的语录，重抽象论证；《庄子》是诗化的道论，重形象境界。同是天地伟论，虽道心通汇，但风格各异，著法不同，也正因此构成博大精深的老庄大统。

道家庭院深深，老子建门户，庄子成大观。亦可谓老子举纲，庄子张目；老子定主旋律，庄子则发恢宏浪漫之华章。于是乎鲲鹏怒冲九天，燕雀笑谈蓬茅，忽而见庖丁解牛游刃有余，忽而听庄生梦蝶物我皆忘……此中光怪陆离，灵气相袭，开后人的眼界文心。

清代刘凤苞比较老庄之不同："老子论道德之精，却只在正文中推寻奥义；庄子辟逍遥之旨，便都从寓言内体会全神。同是历劫不磨文字，而缥缈空灵，则推南华为独步也。"鲁迅先生评庄子更精准："其文则汪洋辟阖，仪态万方，晚周诸子之作，莫能先也。"可以下定论，在产生文化巨人的风云际会的春秋战国时代，就哲学思辨与文学想象力而言，第一位非庄子莫属；就个性风度之伟岸超脱，以及视野之无论博大还是精微而言，第一位也当属庄子。后来魏晋风度之文人，笼而统之，都是步庄子后尘、拾庄子余沫者。

思想的创新当然是重要的。庄子创造性地发展和丰富了老子思想，因此庄子之道颇不同于老子之学。

第一，道的认知、感知问题。老子首先命定“道可道，非常道”，此主旨着重论道的不可感知的超越性。他树立一道“玄之又玄”的“众妙之门”，门径非常幽深。而庄子的道论则偏重对道与万物关系的实际探讨，他明确指出“道即万物，万物即道”。庄子举例:“天不得不高，地不得不广，日月不得不行，万物不得不昌，此其道欤!”推而广之，他认为世上任何事物都有道可言，都是道在起作用，包括所有“每况愈下”的东西。在庄子看来，虽然道的“规律性本质的本质”不得而知，但道的规律性现象却是可感可知的。他打开了道的“恍兮惚兮”之门，拉近了神秘之道与世人的认知距离。他以大量精彩绝伦的寓言故事来比喻象征道家的核心理念，包括“无与无为”“自然与人生”以及诸多辩证观念，由此吸引感悟文人学者乃至寻常百姓，功莫大焉。

道的认知问题关系道家学说之流传。试想，假设没有庄子，道家的成立流传是否会相当艰难呢?我想是的，至少会单一无趣许多。譬如我们上虞的嵇康，人家说老庄，他偏说成“庄老”，这就别有意味——他是庄子的铁杆粉丝。东山谢安与支遁、王羲之等凑在一起，一谈起庄子，就“神采飞扬，潇洒绝伦”，这批名士们心仪庄子。由此可见，庄子在历史上产生的巨大思想影响与艺术魅力，道家也正因此而能与儒家分庭抗礼，成为中国传统文化中的一大主干。而且可以这么讲，老庄之道中庄子的分量与孔孟之道中孟子的分量相比，庄子的分量显然更足一些。学者李泽厚说：“中国文人的外表是儒家，但内心永远是庄子。”此言意味深长。

第二，天地起始与“有与无”的问题。老子认为天地是有起始的，他断定“有生于无”，这是宇宙生成论中的一个光辉论断。老子说“有物混成，先天地生”，于是“有天地始，有万物始”。但是，庄子却认为天地都是“无始无终”的，所以，“有无”不能断分，是“即可言有，即可言无”，因为这个“有”与“无”即是变化过程本身，并且是无穷无尽的变化过程。在这个问题上，庄子更显示了宏观与微观的辩证圆通。庄子认为，如果说宇宙有一个开始，那么就必有一个“未曾开始”的开始，更有一个于“未曾开始的开始”之前的开始，如此上推过去无尽头，下推未来无止境，所以庄子的结论是：“无古无今，无始无终。”也就是说，如果有一个起点，那么这个起点之前就有无数个起点，同理，终点之后会有无穷个终点。“有”与“无”变化相对，起点与终点无限相对，这正是庄子宇宙观与生命观的超越性兼无限性的伟大通论。

庄子有一句定理：“一尺之棰，日取其半，万世不竭。”设定物质时空的“截断”是如此情况，那么延伸呢？则自然可以上下无限地延伸，这是运动变化着的无限延伸，所以庄子又有一句定理：“无极之外，复是无极。”时间如此，空间如此，生命呢？个体属于总类，宏观亦作如是论，庄子是正确的。后世苏东坡感言道：“逝者如斯，而未尝往也；盈虚者如彼，而卒莫消长也。盖将自其变者而观之，则天地曾不能以一瞬；自其不变者而观之，则物与我皆无尽也。”苏轼其实在作《庄子》解。

第三，天与道、天与人的问题。老子说：人法地，地法天，天法道，道法自然。但是，庄子将“天”与“道”视为同一，因为他认为两者都是自然无为的最高本体，不必相隔别。庄子讲“无为为之之谓天”，他解释说“何谓天？何谓人？牛马四足，是谓天；络马首，穿牛鼻，是谓人”。这是极为精确明白的解释。自然生成的就是天，就是道，就是“自然而然”。

同时，庄子将“天”与“人”对举，他认定世界只有两种存在：自然与人为。这好比我们说自然景观与人文景观这两种景观一样。在世界思想史上，庄子第一次明确提出“天人”对举关系，这一光辉思想使“天人关系学”成为涵盖最广的哲学学问。天是无意识无为的，人是有意识有为的，有为之人必须顺从无为之天，从天道，从天命而用之，否则就乱套。庄子说：“知而不言，所以之天也；知而言之，所以之人也。”因此庄子强调人要“天合”“天作”，要有“天性”：玄同、纯粹、朴素、虚淡。这就叫“天人合一”“不失自然”。做人如此，做工作、做学问亦当如此。

第四，“无为”与“有为”的问题。老庄之“有为”，是指与无为之天道相违背的“有为”，而唯其遵守“无为”，方能“无为而无不为”，奋发有为。老庄之中，老子以无为之天道着重批判统治者为所欲为，庄子则更深入、更淋漓尽致地论述了现实世界使人失去天性的情状与原因。在庄子看来，失去天性或本性的原因是“物之役”“情之累”“心之滞”“意之染”，于是产生“人为”而不合天性的种种造作。庄子揭露人因为社会环境地位的改变而“易其性”“淫其性”“伤其性”，这不仅仅包括相对张扬的上层权贵。《庄子》全书充满着对名利熏心者鄙视的态度，在庄子看来，这些人的“人为”，不唯是对事物的自然天性的戕害，更是对人的自然人性的戕害。庄子对社会现象的批判，所要体现的是“真人”“至人”“无功无名无己”的道德取向。所以庄子的“天人合一”，即是要“返朴归真”，这是庄子哲学的大要所归，其实质在于对人之真性的真诚呼唤。庄子这种回归自然、回归天真的意识和情感，比老子要强烈与生动得多，也比同时期的屈原要博大与深刻得多。如此说来，由“无为”思想而产生的悲天悯人的情致，也当数庄子第一。

在庄子看来，构成人生困境的生死之限、时命之囿、哀乐之情都是人们生活中客观存在的，问题在于构建一种理想人格，让喜怒哀乐顺于自然，以一种安宁、恬静的心理状态，实现对急功近利的世俗纷扰的回避，对浮躁哀乐之情的消融，以及对死亡恐惧的战胜，从而使人的精神境界完成对人生困境的超脱，让自己拥有一个“无待、无累、无患”的“自由王国”，拥有自由和美的诗意人生。如此说来，庄子的处之泰然、追求个性自由解放的达生之道，比老子的哲学更具有实际生活的启迪意义，于古人而言如此，对当下而言也是如此。

按说，儒家论仁义，道家说天道；儒家着重自身主观，主题是修身、齐家、治国、平天下，道家着重身外客观，主题是达生、齐物、无为、和天下。儒、道二家共同构建了中国数千年优秀的传统文化主流，所以尊道崇儒，都是大理所在，互为补益。就是庄子本人也不会轻视儒家，他只是讽刺儒生摇头晃脑之“迂”而已。然而令人深思的是，《红楼梦》的思想之中却鲜明地表现尊道轻儒，想必是因为曹雪芹热衷庄子之学吧，想必是在“忽喇喇似大厦倾”的当世，老庄之道特别展现出了神圣吧。如此想来，曹雪芹的“满纸荒唐言，一把辛酸泪”，其实不就是庄子呼唤人之真情和追求个性自由、解放思想的文学大翻版嘛！此话说来巨长，即此打住。

# 阳明心学三题答

近读王阳明，读得颇不易。阳明心学涉及儒、道、释三教，在唯心、唯物之间，许多相通相碍的哲学问题上多有纠连，其文字朴讷而内敛深沉。定心复读再三，便跃跃然来与朋友们谈论王阳明的题目，尚自不知入皮毛也未。

## 关于“知行合一”

作为一个哲学命题，“知行合一”的意思恐不完全是“知”和“行”的结合。王阳明言：“知，已自有行在；行，已自有知在。”就是说，“知”和“行”二者相即不离，本是自然一体的事；知中行，行中知，“知”和“行”并不存在时间上的先后之分。

我的另一理解是，事实上任何人都是“知行合一”的，无非品位不同，程度有异。老实人说老实话，有心人做有心事，都相对一致。知行不一的人呢，人前人后本来都不纯，台上台下本来都不一，所以其知其行仍然一致。所以我认为，人无论高低优劣，无论变与不变，都是“知行合一”的，这就叫素质。

同是“知行合一”，王阳明说圣人与普通人不一样，就在于圣人知行高远，其所知所行远非一般人所能企及。当然，“知行合一”的普世价值，在于言明思想与行为不可分割的一致性，其中着重强调的，是人的主观能动性和实践检验，这是为促进知行一体的自觉向上发展，或者说是为促进大众素质的提高。

在这个知行观问题上，王阳明显然比朱熹正确：一、王阳明认为知行关系是互相包含的，是一体一致的，并非朱熹所说的“知先行后”，“知”与“行”有所隔别；二、他认为知行关系应当是积极向上的，以“为善去恶”为核心，而不是朱熹张扬的“存天理，去人欲”之教条那样，一派冷冰冰的形而上学。所以我的理解：行知行知，行而知，知而行，就与我们俗语里“生活会教人”“摸着石头过河”的道理一样。道理应当如此，事实也确当如此。

王阳明认为，“知是行之始，行是知之成”，“知是行的主意，行是知的功夫”，知和行互为表里、相辅相成。所以“知而不行是无知”（无知也是一种知态），“行而无知是无行”（无行也是一种行状）。王阳明以“知行合一”的哲学高度，充实并圆润了古代儒家提倡的“博学之，审问之，慎思之，明辨之，笃行之”的治学理论。就是说，从“学、问、思、辨”不同方法途径所得来的“知”，其实都是“行”在其中，“行”中所得，然后都应当不断反复地“学、问、思、辨”，都应有行动落实，即所谓——“笃行之”。

“知行合一”，本身就是天理，就是“良知”，而所重者“信”。“人而无信，不知其可也。”作为信条，“知行合一”观要求人表里如一，有诚信，有担当。人往高处走，越高影响力越大，越要有崇高严肃的知行责任。而世事越复杂，社会越纷繁，“知行合一”的哲学价值与政治意义就越显得现实与深远。

## 关于“致良知”

王阳明“知行合一”之说，是在他38岁时被贬谪到贵州龙场驿之后所提出的，史称“龙场悟道”。“致良知”之教，则始于50岁时在江西平叛。传载王阳明当时悟出“致良知”三字之后激动兴奋不已，因为，“致良知”把“知行合一”学说全部带动串联起来了，有了“良知”的灵魂，有了“良知”的正确导向，王阳明的心学由此而登上峰顶，这是哲学精神之升华。

王阳明曾在南赣率军平息流民之乱，他当时讲“破山中贼易，破心中贼难”，是感慨于驱除私欲与偏见之艰难，此时“良知”二字似已呼之欲出。之后王阳明再在南昌平定江西藩王朱宸濠叛乱，居功至伟，未料大功告成后各种流言蜚语漫天而至，也就是在这时候，“良知”一念忽然涌出，犹如感动了上苍。他说：“某于‘良知’之说，从百死千难中得来。”他回忆自己的战斗经历与官场经历，有了深刻体会省悟：山民因何失去良知而疯狂为盗，藩王因何失去良知而血性为叛，上下一些官员因何失去良知而蝇营狗苟，为无耻勾结攻讦……王阳明千思百虑，认为总归是人在自身利害攸关问题上失去良知所致，是社会原因导致，而这些就是他呼吁“致良知”、竭尽全力地教人“致良知”的根本原因。所以我以为，“致良知”是王阳明最具亮点的哲学命题，也是他生命中最具气节的呐喊，又成为后来所有良知者都能意会的阳明心学的主题词。

插说几句，余姚王阳明祖籍是上虞陈溪，还有一位余姚黄宗羲，母籍是上虞五夫，他们都是我们上虞的至亲。黄宗羲亦是伟大的思想家，并且是不怕死的革命家，他是能公然宣称皇帝是“天下之大害者”的天下第一人。但他声讨封建专制的民主思想和奋斗行为，应该说得力于王阳明的“致良知”学说。黄宗羲提出“力行实学”，是对阳明学说的继承发展。他认为：“致良知”就是“行良知”，“致”就是“行”，践行，并非“达”或其他意思。至于“良知”，黄宗羲认为就是“本知”，是本然的“是非之心”，“良知”不完全是普通意义上的“好心思”。这些观点都是正确的。

王阳明的“良知说”源于孟子关于天性、本性的阐述。王阳明认为良知的自然释放，便是真善美，便是孝悌心、恻隐心（同情心）、是非心以及所有美好的性情与心情。良知属于道德觉悟层面，所以要“尽心尽性”，做“性情中人”，决不做两面人。王阳明认为人的本性是用不着去心外添加的德行：譬如孝，他说难不成要父母亲在身边才去寻求孝道；譬如救难，他说难不成要见到孩子掉到河里了才去思考该怎么做。良知是天理，是不假思索的本能之知。所以“良知”亦即“良心”，是“赤子之心”，或者也可说是“初心”。良知顺着天时地利，与时俱进，是中华美学精神中的精神。

王阳明说：“虞舜好问好察，即是致良知。”王阳明常拿虞舜的“十六字心传”教人，即“人心惟危，道心惟微。惟精惟一，允执厥中”。这是《尚书》所载的舜对大禹的告诫，舜帝要求大禹接位后始终保持清醒，深刻领会：人心叵测，道心幽微，唯有一心一意，方能秉承中正之道来治理好国家。虞舜的“心传”以及后来孟子的尽心学说，是王阳明心学之源。

王阳明说道：“自家痛痒自家知。”人的良知要慎独自知，这是修养功夫。所以凡致良知者之中，自然而致是圣人，勉力而致是贤人，不肯致者为愚人。事实上，因客观种种物累，人多在王阳明所说的“不经心”状态，于是多平庸，多私欲，而使良知淹没在贪、嗔、痴的心尘之中，以至于良心变黑。王阳明说，照本性，人皆可成佛，皆可为尧舜，但终因为“私欲日生，如地上尘，一日不扫，又积一层”。

有容乃大，无欲则刚，人心中自有孟子所言的“是非之心”，人心中自有向上的力量。在王阳明心中，这就是良知，犹如我们现在说的“正能量”。人不能成佛，也可以打扫门庭；不能为尧舜，也须当有德行。

“是真佛只说家常”，关于如何“致良知”，王阳明说得最多也最寻常，譬如他说道：

——立志，要在事上磨，有定力。静时动时都有事做，这便“站得住了”。

——立志，当在书上磨。“懒得看书，则去看书”“不强求长进，而自然长进”。

——“下学而上达。”凡用功之事皆“下学”。“栽培灌溉是下学，庄稼日夜条达畅茂是上达。”

——“大德是安民亲民。”不要只空说“明明德”。

——“至善就是无恶。”人本然就至善（至善非“尽善尽美”）。

——“贪心生，责此志。”做官要拷问良心。“致良知”当挂墙上。

王阳明此类言论多多，如做好心人、热心人、开心人，但归根是讲回归自然，有自然心态，做自然人。他认定“心外无物”，此话不是唯心的排斥客观，而是意在不要自扰。要“心净”，去掉做作心，于是“心净则世界净”。

## 关于“四句教”

无善无恶心之体，有善有恶意之动，知善知恶是良知，为善去恶是格物。这“王门四句教”是阳明心学的核心思想，也是王阳明一生总结性的结语。他与世长辞时只轻吐八个字：“此生光明，亦复何言！”他已没有时间对“四句教”再作殷殷解释，就让后世人去争论吧。

后世人果然争论了一代复一代，其中近代的上虞马一浮对四句教的分别点释，或为权威。他说：“无善无恶心之体”是讲性，人之本然；“有善有恶意之动”是气，心气流动；“知善知恶是良知”是心，心之认知；“为善去恶是格物”是变，讲变化气质。马一浮之学识素为学者所可望而不可即，所以被称为学术界的“云端上的人物”，而他的这些话也确是“云端上的语言”。

第一句“无善无恶心之体”。我以为这是说，人之初，性无所谓善，无所谓恶。一块荒地，混沌初开，养草也善，种花也好；草不惹花，花不嫌草。这是赤子之心，犹如圣洁的天空，或夜空明明如月，星星可掇，树影子也美；或晴空阳光明媚，青山绿水，一点不蒙尘。这就叫至善。须知道德层面上，有恶才有善；没有恶，何用善。

第二句“有善有恶意之动”。我以为这句话犹如老子曰：“天下皆知美之为美，斯恶已。皆知善之为善，斯不善已。”又若似西方一句名言：“人类一动脑筋，上帝就发笑。”当人在琢磨什么好什么不好、什么要什么不要的时候，是非善恶就已滋生，心思气质已经开始变化了。孩提时的无善无恶渐知善善恶恶，天真的无心人渐渐成“见得多了”的有心人。如此，审美意识取向，价值意识取向，乃至哲学的、政治的取向，照到心里，映出心外，成为与善恶意识一致一体的善恶行为，而其中最能调动本能作用的就是一个“利”字——名亦是利。因此，如果把“有善有恶意之动”看作人生的第二过程（即成长过程），那么这一过程的重要性甚至说决定性作用就毋庸多言。

第三句“知善知恶是良知”。对此句，王阳明有云：“良知是天理，思是良知之发用。盖思之是非邪正，良知无有不自知者。”就是说，良知是天理本然，由着思想意识变动而表现；人人都有良知（如知错认错、知罪悔罪亦是良知），而良知能够自知。所以说人的一念一行，为善的能自知，行不善的也能自知（除非寻借口，甩锅子）。依着良知，就能调节自家言论行为，或见贤思齐，或知错改过，而世界上亦有怙恶不悛之人，那是舍却良知的人，是人中败类。

第四句“为善去恶是格物”。既然知善知恶是良知了，那么就要“为善去恶”，知行合一地去“格物”，去专心行动，这才是“致良知”“行良知”。王阳明就此教导弟子：“人有习心，不教他实际地去为善去恶，便总养成悬空与虚寂。”所以要“格物”，要理论联系实际，解决实际问题，服务于社会的和谐发展。

# 读《千家诗》杂言

现在的家长都喜欢让孩子读诗背诗，我建议买本《千家诗》来读。

《千家诗》是传统的启蒙读物。旧时蒙学书叫作“三百千千”，就是《三字经》《百家姓》《千字文》《千家诗》。相比之下，《千家诗》作为一本诗歌集锦，更适合于小学儿童学习，也最具启蒙开悟功能，所以流传久远，成为明清两代广受青睐的儿童普及读物。

《千家诗》最早的编写者是南宋诗人刘克庄，他是当时江湖派诗人领军人物，世称“后村先生”。到了南宋末年，《千家诗》由谢枋得重新补选改编，从此全国流行。谢枋得是上虞东山谢氏名人，他既是著名诗人，又是一位杰出的英雄人物，世称“叠山先生”。《千家诗》就是由这两位学问洞透的大先生递补选编的。

“诗道如禅道，贵在妙悟。”中国文学史上，尤其是唐宋两代，独有“妙悟”的诗人层出不穷，他们善于捕捉生活中的一刹那的灵感，而使聪明的读者产生共鸣。但比较而言，唐诗更以情趣制胜，宋诗则多以理趣见长，两者相得益彰。《千家诗》正是依“尊唐崇宋”这个正确理念，然后取法乎上，精选了唐宋两代共 122 位诗人的 226 首诗歌。

《千家诗》所选诗歌均为小巧玲珑的五七律绝，有益于儿童启蒙。也就是说，这些诗都是点悟造化、感悟人生的上乘之作，同时又都是通俗易懂、最宜初学入门的小诗，所以历来为莘莘学子欣读。到了清代，受“诗必盛唐”学说之影响,《唐诗三百首》才登上大堂，同《千家诗》作双璧互补，但无论如何，就初学孩童而言,《千家诗》的学习价值仍在《唐诗三百首》之上。

《千家诗》为启蒙开悟，按春夏秋冬四季编排，几乎都是浅淡而隽永的即景小诗，而这正是诗的上品。有道“景随时迁，物由情移”，各色诗人排着队似的依次写各色时令景物，抒发各色雅情逸致，这便给读者精美纷呈的季节感、色彩感和情景感。又因为诗中景物多是读者平时生活中能感触到的，所以常常能引起诗情画意的共鸣。过去一些有学养的先生，逢着四时八节，便有感而发地挑些诗句讲给孩子们听，让他们念一念、抄一抄、悟一悟个中情理，这是很有意思的阅读和欣赏，有一种潜移默化的效果。

住在车水马龙的城市里，人们更需要有艺术的熏陶。在《千家诗》里，俯拾皆是“等闲识得东风面”的灿烂春景，“才了蚕桑又插田”的浓浓夏事，“白云红叶两悠悠”的优美秋色，“寒夜客来茶当酒”的清新冬情……在《千家诗》里，既洋溢着“千门万户曈曈日，总把新桃换旧符”这一种祥和积极的精神，又充溢着“浮云游子意，落日故人情”那一种深沉而豪放的情怀；既有“春潮带雨晚来急，野渡无人舟自横”这一种静默深思，更具“潮平两岸阔，风正一帆悬”那一种热烈憧憬……《千家诗》中的精妙诗句比比皆是，仿佛一个个最具悟性的诗人在与读者作心灵交流，情景交融而意味深长，这是美的熏陶。

生活需要有诗歌和远方，青少年朋友尤其需要。小时候有百十首好诗打底，长大了总归多一些诗情和文心。读《千家诗》之类的好书，实在很值。

# 大先生的小事情

鲁迅的事说不完，我凑些零碎小事来助助谈兴。

## 鲁迅的普通话

大先生在南京、北京待过多年，但乡音难改。他在北大、北师大做过多次演讲，据说每次一开口，听众都忍不住发笑，但两句话下来，便满场专注而寂静。这是因为鲁迅所讲的内容，是大学生们无可另求的一家之言，指导性强，又加精辟而幽默，所以最为难得，有听头。当时，许广平在北京女师大读书，自称每星期对鲁迅讲演翘首以盼，心悦诚服。有一次鲁迅向他们答谢，说："我的讲话如此之拙，而天气如此之热，可是诸位来听我讲，所以我是非常之感激。"许广平是广东人，大概广东人特别喜欢听绍兴话，总归许广平听得一个劲叫好，亦由此而终成眷属。

## 掉门牙

据传鲁迅掉过好几次门牙，周作人记得有一次，是鲁迅 18 岁刚去南京水师学堂读书时。那时还是清朝统治，南京的鼓楼与明故宫一带是满人驻地，一般不许汉人车马进出，鲁迅偏多次邀同学去那儿学骑马。周作人记述道："鲁迅此举，不惟少年血气之勇，更为民族思想所驱使。但有一回他从马上掉下，摔断门牙一颗。”鲁迅喜欢“笑人齿缺曰狗窦大开”之言语，想必也一定曾笑过自己来着。

## 勿可着鬼介来亨着[1]

鲁迅有一年底从南京放假回家，见着闰土（章运水，上虞杜浦人，大鲁迅三岁）。闰土命苦，因为穷困而离了婚，之后又想再续一个，对象是同村一位相好的寡妇。所以这次来绍兴，要去江桥头测字摊上测字算命，以作定夺。当时正好鲁迅赶上，便做伴同去。但见测字先生测字盘问，闰土如实交代，几句话才罢，忽见那先生啪地一敲桌，分明判说道：“混沌乾坤，阴阳搭戤（gài）……勿可着鬼介来亨着！”可怜闰土垂头丧气而归。鲁迅回家后把“勿可着鬼介来亨着”的话语告诉母亲，母亲叹息不止。（周作人回忆，当时测的一个什么字忘了。）

## 五味与三味

早时绍兴上虞一带，孩子出生吃开口奶之前，嘴巴里要抹点辣酱或黄连。这是认为做人开始，先得尝尝苦辣打个底，日后就能适应做人的种种滋味，特别是做好吃苦的准备。据传鲁迅一出生，一家人围着他，接连给他尝了醋、盐、黄连、钩藤、糖，这

---

① 本句意为“不可活见鬼那样”。

五味可谓周全，而各味分量自须轻重得当。殊不料这正应了鲁迅辛苦忧患的一生，甚而至于同大先生的相貌相关。陈丹青《笑谈大先生》：“老先生的相貌就是长得不一样。这张脸非常不买账，非常无所谓，非常酷，又非常慈悲，看上去一脸清苦、刚直、坦然，骨子里却透着风流与俏皮……”多元得很。

## 鲁迅十一岁读三味书屋

“三味”原意，寿家老辈的解释是：经、史、子三大类书都好比食物，经书是米谷，史书是菜蔬，子（集）书是点心。寿镜吾先生又转解为“人生三味”：“布衣暖，菜根香，诗书滋味长。”“布衣暖”就是甘当老百姓，“菜根香”就是满足于粗茶淡饭，“诗书滋味长”就是认真体会诗书的深奥内容，从而获得深长的滋味。少年鲁迅的博学养成，受到寿镜吾先生的深刻影响。寿老先生对鲁迅的评价是“自恃甚高”，而对他也期许最高。

## “呆皇帝”① “昏太后”②

鲁迅的祖父周介孚，进士出身，钦点翰林院。周作人称他“很是风厉，而且有点任意。喜欢骂人，常常从‘呆皇帝’‘昏太后’骂起，一直骂到家中子侄辈”（有点像鲁迅《风波》里的不平家九斤老太）。但介孚公毕竟多有自家卓见，特别是治学见解。鲁迅

① “呆皇帝”：指光绪皇帝。
② “昏太后”：指慈禧太后。

幼时喜欢博览，除经书外，《西游记》《水浒传》《鉴略妥注》以及许多古典诗词，还有《山海经》《花镜》等杂书无有不读，这符合爷爷周介孚的读书主张。他曾给鲁迅等规定过读诗次序：初学先诵白居易诗，取其明白易晓，味淡而永；再诵陆游诗，志高词壮，且多越事；再诵苏轼诗，笔力雄健，辞足达意；再诵李白诗，思致清逸。如杜（杜甫）之艰深，韩（韩愈）之奇崛，不能学亦不必学也。周作人说，爷爷的这个规定“似乎未必”，但由中可见老人家颇为自信的个性。鲁迅的傲骨，多似祖父。祖父与鲁迅最推崇两位“自命不凡”的人物：屈原与嵇康。

## 我以我血荐轩辕

1902 年，鲁迅 21 岁。是年 3 月去日本留学时，有同学胡朝栋以诗三首为鲁迅壮行，其一云：“英雄大志总难侔，跨向东瀛作远游。极目中原深暮色，回天责任在君流。”到日本后次月，鲁迅寄家信，附照，题字云：“会稽山下之平民，日出国中之游子。弘文学院之制服，……四月中旬之吉日。走五千余里之邮筒，达星杓仲弟之盼。”次年初，鲁迅带头剪掉辫子，拍下“断发照”，自题小像，以“我以我血荐轩辕”立志。

## “眼睛石硬”[①]

鲁迅曾在日本读书，当时清朝留学生数以万计，极多留着辫子，辫子顶着帽子，鲁迅戏称为“富士山”。大先生晚上常去书店，常碰见许多“曈曈（光彩照人）往来”的留学生，他称这些人为怪人，骂他们“眼睛石硬”。周作人回忆说：“鲁迅从仙台医校退学后，决心搞文学，对热衷于做官发财的留学生都很不敬。”

## 田野里得很

鲁迅在日本七年半，这是他“而立”之前最要紧的时间段。其中二十八九岁时多与章太炎交往，其间，多日听其讲《说文解字》。太炎先生留着泥鳅胡须，笑嘻嘻地庄谐杂出，看上去像一尊庙里的哈喇菩萨，而说话素朴无忌。如太炎先生讲“尼”字通“昵”，就连及孔子的尼丘故事。又如“也”“且”“容”“安”等字，都讲得“荤素搭配”。太炎先生讲课，自由得如田野里的风。鲁迅与周作人皆云：“田野里得很。”

① “眼睛石硬”：形容目中无人状。

# 说“空灵”

有一种美叫空灵美，山水自然有之，诗画艺术有之。

空山不见人，但闻人语响。

返景入深林，复照青苔上。

——〔唐〕王维《鹿砦》

——此即空灵。听到人声却见不到人，看不到夕阳却见着斜晖透进深林返照青苔，这秦岭山中特有的幽静情景犹如画在眼前，而其中之虚实空色，多有意蕴在焉，只让人自去领悟。

诗歌要有灵气，灵气在于简洁，在于“字短情长”，就是说字里行间留着启人联想寻味的“空白余地”，这就叫空灵美。

松下问童子，言师采药去。

只在此山中，云深不知处。

——〔唐〕贾岛《寻隐者不遇》

——一片空白。为何去寻访隐者，隐者何等样人，此山如何深邃，诗人又有何感叹，此等事情反正一概不提，只让人在可望而不可即的深山白云间自去理会，艺术魅力盖在此种空白之中。读此等“隐者之诗”，可略知诗家感悟之道：空灵非空洞，而是内涵丰富与凝练含蓄的辩证。

我们写诗作文，不怕取笑——往往是书读得少而闲话想头太多。常常是一五一十写得“满至塞缝”，把应留的“空白”都填写得水泄不通，还唯恐读者不领情。殊不知“游刃必有余地”，写得过于满实，便无处可存一点灵气儿。顺便带一句，《水浒传》中《林教头风雪山神庙》有一句:“那雪正下得紧。”对这句看似平常的景语，清朝那位评《水浒传》的才子金圣叹叹息道:“不会用笔者，一笔只作一笔用；会用笔者，一笔作百十来笔用。”简洁是天才的姐妹，写小说也要讲简洁，何况诗歌与戏剧。诗能启迪人开悟，原因就在简洁，简洁而生空灵。

“那河畔的金柳 / 是夕阳中的新娘 / 波光里的艳影 / 在我的心头荡漾”

——〔现代〕徐志摩《再别康桥》(节选)

——似乎更具空灵美。夕阳映照河畔杨柳的娇艳和依依，康桥边波光的粼粼和缠绵，那新娘之楚楚动人，那诗人柔情如波的心头涟漪……所有这些意思，诗中统统不说，只融于简洁的形象之中，这就叫“情在词外”。

山川钟神秀，人也一样。“神”与“秀”有外露，有涵藏，但应当是露出的少藏着的多，否则就影响气质。南朝刘勰就选出一个审美标准叫“隐秀”，他认为美必须依靠隽永，越是秀美的诗歌，表达往往越简洁，而越淡泊的句子，意思往往越深远，那才叫耐人寻味。

君问归期未有期，巴山夜雨涨秋池。

何当共剪西窗烛，却话巴山夜雨时。

——〔唐〕李商隐《夜雨寄北》

——天各一方的夫妻间的挂念问候。诗人其时的境遇心情，无非盼着日后归家团聚作长夜之谈时，再来重忆今日……种种憧憬统统置之言外而隐于空白，这真是隐秀，真叫空灵美。

古人言："诗道如禅道，贵在妙悟。"高明的诗人善于捕捉"一刹那"的感觉，那是妙悟；读者能从诗文之中引起灵通共鸣以至顿生浮想，也是妙悟。从语文教学讲，常理是要求教师先悟，然后去启迪学生，此是法中之法，不能以培养自学能力为借口，以己昏昏去开人茅塞。

不妨说说白居易《遗爱寺》，此等看似平常之诗，其实也是诗家三昧之上品：

弄石临溪坐，寻花绕寺行。
时时闻鸟语，处处是泉声。

先从粗浅说起，此诗二十字，所及景物却有六样可数：石、溪、花、寺、鸟、泉。然后组合推理：如"寺"与"溪"，则领会这遗爱寺必在溪边，然后溪边必有各色玩石，寺旁的花丛必是隐约而招人；既然时时鸟语，则寺院四周必是林木葱茂；既然处处泉声，则水必清澈可人，而寺院后背必有深山大岭……于是便有了总体感觉，遗爱寺（庐山香炉峰前）就在这样的山前，这样的水边，这样的花鸟泉石之中，所以诗人喜爱、寻访、流连之情备矣。此一则：先疏通融情。

乃二，再入其里，字鉴句赏。如，弄石：摩挲玩赏不止，足见溪边五彩小石可爱，字里仿佛有"这块好，那颗更好"那种目不暇接、手不暇拾之趣。再，寻花：何以寻？必是花香引人或花之幽雅逗人。而绕寺寻花，不唯写花之处处隐约，更显得诗人探花之浓浓雅兴。再，“时时闻鸟语，处处是泉声”，此为互文，时空中满是清纯和谐的声音，这是生命欢畅的律动，也就是遗爱寺留给人的充满爱心的温馨语言……这是二，可谓披情入文。

其三，由情而理。从诗的美学角度讲，首先是含蓄，即“情在词外”，无“我”的“有我之境”，无形容词的“空灵之词”，是“意胜”。其次是朴素，“平字见奇，朴字见色”，简洁朴质是诗歌语言的上品，古今中外的诗歌都一样……自不待多讲。

总之，写出来的少，包含着的多，这就是诗文的空灵。诗歌与文学作品的品位，如同清朝学者沈德潜所言，就是在诗人文学家“虽说明却不说尽”的“空白”或“留白”之中。诗也如此，文也如此，诗教三昧，如此而已。

# 感悟与境界

旧时童子上学启蒙，就是跟着先生念课文写大字，着重养记性。启蒙三四年之后讲究启发，先生就会出些题目让学生讲答或写作短文，着重练悟性，这叫“开悟”。到十五岁“束发”，相当于现在读高中，先生应当以引导点拨为主，学生就得以自学感悟为主。子曰“学而时习之”，实是指要用心去联想感悟，不是泛泛地练习；子曰“举一隅不以三隅反，则不复也”，则是强调养成举一反三、触类旁通的习惯。能感悟即是聪明。

感悟有生活的感悟，有读书的感悟，二者相关，都是上境界的过程。山川有神秀，诗文具灵性，关键在于有境界。有境界必出灵气，无境界则必无情趣；课文作品如此，教课文的老师也如此。

假如课文作品精美，教师指导精准，学生又读书精到，这真是所谓“读书三乐”。然而事实上往往“三缺一”——其中有境界的诗文最怕碰到无境界的老师来教，若教师教学干瘪枯燥，学生即使有灵气，也总归情绪低落，感也难感，悟也难悟哉。

且看汤显祖《牡丹亭·闺塾》中的《春香闹学》一则，杜丽娘与伴读丫鬟春香一起，听老师陈最良讲课文《诗经·关雎》——

陈最良：“第一句‘关关雎鸠’，雎鸠是个鸟，‘关关’，鸟声也。”

春香：“这‘关关’究竟是怎样的声儿啊？”（陈答不出，只胡乱叫了几声。）

陈：“第二句是说这鸟‘在河之洲’，这是‘兴’。”

春香：“兴个甚的哪？”

陈：“兴者起也——是带出下面的‘窈窕淑女’，有那等君子好好的来求她。”

春香：“为甚的要好好求她？”

陈：“多嘴哩！”

……

杜丽娘：“师父，依注解书，学生自会。”

这春香丫头前后有三问，一问“关关雎鸠”是怎么个叫声，她是调皮，不料陈最良真叫了，他这是煞风景。照理先生可以适当描述诗中鸟声所渲染的美景美情，可是他只会笼统地说“这是兴”，他不会形象描述。

春香二问：“兴个甚的哪？”她兴孜孜地要问出这鸟儿和鸣的美景与下面男女青年追慕的美事是如何和谐合韵的——这是鸟儿们的青春舞曲啊，可是这酸老头只知“兴者起也”，而不知这兴之所以起，他不会展开想象。

春香第三问问得更起劲：窈窕淑女，君子好逑——“为甚的要好好求她？”她这是提出君子淑女产生爱情的真情味问题，陈最良哪里回答得出，他脑子一片空白，只得操起师道尊严：“多嘴哩！”——他实在不会披情入文。

本具足诗情画意的课文被讲解得空虚枯燥而大失境界，所以俏皮的春香丫头大不满意，连杜丽娘也忍不住了，她坦率相告：“师父，依注解书，学生自会。”这位有相当自学能力的“窈窕淑女”掩饰不住对上课的无奈与失望。她后来走出课堂去花园别找幽情，良辰美景中忽然感及“如花美眷，似水流年”，岂能不独叹自怜也！

《牡丹亭》中一句绝妙好词：“原来姹紫嫣红开遍，似这般都付与断井颓垣。”——思量起来，那杜丽娘真似“姹紫嫣红”，这陈最良则恰如“断井颓垣”，却偏生做了她的老师。悲莫悲兮，杜丽娘之悲在此首引。

我五体投地崇拜汤显祖，不必说《牡丹亭》如何深刻动人，光这一则“春香闹学”，不但刻画出当时空虚的封建教育的缩影，还明显包含着这样的语文教学审美：生动形象的描述、丰富合理的想象、披情入理的圆通悟性，是构成语文教学美的三要素。而要达到这种境界，教师必须善于读书、善于感悟，像陈最良这样只会“依注解书”的教师，无论如何上不了境界，出不了灵气。

然而话要说回来，古时候也有的是教师学生灵性相映、热情相投的故事，《红楼梦》里就有。第四十八回讲香菱学诗，说的是香菱这个“灵丫头”去向林黛玉这位“灵老师”学诗。当时黛玉刚“菊花赋诗夺魁首”，心情不错。且看林姑娘如何教她，有分教——

黛玉笑道：“既要学作诗歌，你就拜我为师，我大略还教得起你。”又道：“学诗有什么难的。”“你又是这样一个极聪明伶俐的人，不用一年工夫，不愁不是诗翁了。”林黛玉首先表明自信，同时立即树立香菱的信心，香菱自然上了劲。

黛玉叫香菱学诗先打底：第一单元王维五言律诗一百首，第二单元杜甫七律一二百首，第三单元李白七律一二百首。先读王维，是要求用心体会诗的情景统一，感悟诗情画意之境界，先荡起“活泼泼的”诗心。再读杜甫，这是要求进一步体会“真景物、真感情”，感悟写诗出境界的功力。再读李白，这是要“返璞归真”，重在感悟写诗必有个性与想象力。林黛玉了解香菱的底子，她这叫“取法乎上”的三个教程，而这恰好是后人归纳的诗歌境界的三个层面。

林黛玉与香菱不时沟通，询问学习情况——“共记得多少首？”“可领略些滋味没有？”“你且说与我听听。”“你且写一首来看看。”林黛玉强调自学，又灵活安排“读说听写”综合训练，她锦心绣口而又融会贯通，所以香菱学诗“被引得入了魔”，连晚上做梦都是诗。精诚所至，她终于上了境界，显出灵气，而且似乎弄得整个大观园都有了境界与灵性。

读香菱学诗的故事，能读出林黛玉那种“率真的美”。她对诗歌的见解以及对香菱的教诲都直截而精辟。前人说：“率真而生情趣，情趣而生灵性。”善读书如林黛玉者，能很快地把灵气带给学生，与学生情趣相投，灵性相照，这是她的境界的必然——当然，这是作者曹雪芹的境界。

有时编新不如述旧。与朋友在一起说起现在的语文教学如何让学生多感悟境界、多出灵气，我首先想到的是汤显祖、曹雪芹这些伟大智者的寄托。

# 小说姓“小”

小说姓“小”，这话套自《庄子》。庄子说：“饰小说以干县令，其于大达亦远矣。”意思是，以虚构描述的细小言谈来追求高美，比之于政治教化的“大达之道”相差远了。这是“小说”一词的最早出典。

庄子把“小说”与“大达”对举，这话里头有着“小大之辩”的哲理，又有着“正话反说”的意味，庄子自己最擅长细节言谈。但明确的是，他对小说的概念作了基本界定：一、小说与政教文论不同，小说姓“小”不姓“大”；二、小说要“饰”，要有虚构的细节描述。否则就不是小说。

其实，在中国古代寓言和先秦诸子散文中，已经多少含有“小说”成分，其中属《庄子》最出色。至于先秦历史散文如《左传》《战国策》及汉代《史记》中的历史人物故事，则显然如同人物写实小说，多见细节描写，即便是史体。中国文学史讲明，唐代传奇与宋代话本小说的出现，标志着小说创作进入自觉和成熟的阶段，即虚构创作的纯文学小说阶段；发展到明清时期，小说则登上大堂成为时代文学的代表性体裁。而所有小说之演变，始终遵循着重视细节描写的原则，即必以细节取胜，无论长章短篇。

长篇大部如《三国演义》，上虞章学诚称其“七分事实，三分虚构”，把三国历史演绎得浩浩荡荡、高潮迭起而精彩绝伦。但凡精彩之处，皆由细节描写形成。如“三顾茅庐”一回，刘、关、张和孔明这些人物的形象呼之欲出，靠着各自不同的言行细节成为不朽的典型。如果没有细节，“三请诸葛亮”岂不是变成了“大事记”一则。与《三国演义》相比，后来的《封神演义》《说唐全传》稍差人意，原因是过程与场面叙述繁多，而细节描写显弱，人物个性就欠鲜明，故事情节也就不够生动。

短篇则如《聊斋志异》，各篇取材精巧，那多是“豆棚瓜架雨如丝”“爱听秋坟鬼唱诗”的鬼狐故事，其曲径通幽、引人入胜之处，全是那些销人魂魄者的巧笑窃语。蒲松龄笔下的“鬼人物”多有动人魅力，盖在于细节表现力的把握，由此而使真善美的“鬼话”胜过区区平常的“人间语”。与《聊斋志异》比，纪晓岚《阅微草堂笔记》的品位就低，因为后者多是未有细节精工描写的道听途说，虽多出奇事，却少了艺术加工，如此记事，难免“嚼白舌”。

细节表现力决定着小说的艺术价值。称得上大作的小说，总是从社会的大环境着眼，又必从生活的小细节入手。他们眼界高远，所以审美高于生活，善于排斥平庸无聊；他们取材深入，观察人事有穿透力；最关键的是创作手法的细而活，他们写人物的一招一式，故事的一情一节，都能写出个性鲜明的“这一个”，所以人物堪称典型，故事情节也就依着人物个性的自然发展而组织得天衣无缝。

文化艺术与时代的进步并非同步。如果说诗歌是唐诗达到顶峰，戏剧是元代《西厢记》夺魁，那么小说则是明清小说一览众山小，冠盖古今，原因在于这些小说都是“以小见大”的艺术创作的极致。如果说，书法家靠点横竖撇的功夫而出类拔萃，小说家则靠匠心独运的细节刻画而不同凡响。小说巨匠的“巨”，全靠细活。

金圣叹评《水浒传》一百单八将：“人有其性情，人有其气质，人有其形状，人有其声口。”同样是粗人，鲁智深粗得“阔”，武松粗得“辣”，李逵粗得“憨”，杨志粗得“憋”，这里头丰富细致之至。金圣叹说这些人物都是“上上人物”，乃是指描写艺术品位的“上上”，他们是具有典型性格的典型人物。又如林冲，当然是“上上人物”，我们看《林教头风雪山神庙》一节，全是用人物自己的行动言语细节写出其个性心理，写得连那雪、连林冲的花枪和葫芦都有了个性，写得那草料场的冲天烈火与林冲忍无可忍的中烧怒火都融成了一片，由此合情合理地完成了人物性格的剧烈转变。逼上梁山的“逼”，就是由一个个精密连贯的动人细节构成，令人叹服。

《西游记》有着神通广大的细节想象力，让人忍俊不禁。孙悟空光照全书，猪八戒则是最佳配角。这老猪和老孙搭配，自始至终是细节有趣的戏文。八戒有许多缺点，但他透明率真大节好；老孙也有细小缺点，但他磊落大气觉悟高。这对冤家师兄弟使人想到人世间的幽默与和谐，想到在真善美的信仰之下的各尽所能的社会状态。还别说，《西游记》其他妖精如牛魔王、铁扇公主等，甚至包括一些小妖喽啰，也有有趣的细节人情可言，这笔法与《红楼梦》中对一些小厮和使唤丫头的描绘相似。

说到《红楼梦》，那是细节描写的最成功典范。鲁迅先生说："自有《红楼梦》出来以后，传统的思想和写法都打破了。"所谓打破传统的思想，主要指打破儒家正统思想，特别是科举功名和男尊女卑的思想，由此引起人们"对于现存事物的永世长存的怀疑"。所谓打破传统的写法，则主要指打破人物个性的"指定化"和叙述化描写。鲁迅说评价《红楼梦》："……敢于如实描写，并无讳饰，和从前的小说好人完全是好，坏人完全是坏的，大不相同，所以其中所叙的人物，却是真的人物。"譬如，同样是极聪明女子：黛玉多情心，情深而纠结，这位阆苑仙葩使人爱怜至深；宝钗多机心，宽容时让人爱，冷酷时使人惊；凤姐多杀心，场面上谈笑风生，精明能干，到时候心狠手辣，她不相信善恶有报应。《红楼梦》写谁像谁，形神兼备，其细节描写最令人注目。

但有些读者不大有耐心看《红楼梦》，以为其中场面太过琐屑，殊不知这些"琐屑"之处恰是作者故意为之，最得个中意味。作者自云："满纸荒唐言，一把辛酸泪，都云作者痴，谁解其中味？"《红楼梦》之真味，恰恰在看似琐屑的一个个场面和一个个人物之中，从而形成大观园人物世界的大观。"怡红院中行新令，潇湘馆内论旧文""西厢记妙词通戏言，牡丹亭艳曲警芳心"，这些情切切、意绵绵的细节描写，不仅谱就中国文学爱情篇章中的千古绝唱，并且成为涵盖封建末期社会经济政治、贵族与平民生活、文学哲学及文化艺术等方面的百科全书。

# 诗与真

我不是诗人，但略知诗的高低。凡好诗，首先是诗情真切。无论豪放婉约，长歌小调，唯真切才能动人。

情真意切的诗，天然去雕饰，乍一看似乎“得来全不费功夫”。李白《静夜思》第一句“床前明月光”，平凡如同我辈语；接着“疑是地上霜”，也是信口而出，可是这“疑”字却露天真，那是一时恍惚，把投在床前的月光错觉为霜，也正是这“霜白激激”的月光映照，让诗人刹那间备感身在他乡的寂寞清冷，所以不由得“举头望明月，低头思故乡”。这望得着的天上明月和流水般的月光，与那望不着的天涯故乡和亲人，在一举头与一低头之中，油然融会成月夜思亲的“月光曲”，人间至情由此和盘托出，再无须细说。想来，世上的思乡曲可谓多矣，但其中的“千古第一”非李白莫属，因为他最本真与空灵，李白是庄子和屈原的境界合一。

诗的情和意常出于“刹那”。诗之真切可贵，原在于能捕捉“一刹那的感受”，而引起人之心灵的共鸣。“人同此心”，人皆能触景生情，但个中至真情味却唯有妙手方能道出。所以陆游讲：“文章本天成，妙手偶得之。”妙手自有其功力与心境，能道我辈所不能道。至于他们的诗意超脱，那是标新立异、锦上添花，也纯属自然而然乃至天衣无缝的功夫。“孤帆远影碧空尽，唯见长江天际流”，诗意本不在文字外表的奇崛与华丽。

文学史明确指出，平易真切的诗歌方称“大雅”，而自作多情的浮华之作，不入大雅之堂。从《诗经》“风雅”到屈赋、汉乐府，从魏晋曹操、陶渊明等人之作到南北朝民歌，再到浩浩汤汤的唐诗宋词等，诗的江河大海总是“碧浪清波”在荡漾，是可敬慕的诗人们“心中的歌”在咏唱。当然有例外，如两晋的一些玄言诗，尽谈玄论道，那是诗歌清流边的泡沫，是一种异化。

孔子说：“不学诗，无以言。”孔子推崇《诗经》，这话似乎说高，但其实意思是，学诗能使人说话平实、优雅而不乏情趣。孔子又曰：“诗三百，一言以蔽之，曰思无邪。”“无邪”就是“正”，诗歌首先讲求“风正气清”，讲和谐雅正。

我喜欢读《诗经·蒹葭》：“蒹葭苍苍，白露为霜。所谓伊人，在水一方。溯洄从之，道阻且长。溯游从之，宛在水中央……”这是苦苦寻求心中人，抒发执着爱情的诗歌吗？是的。这是百折不回地追求美好理想的诗歌吗？也是的。这诗凄美吗？是的，但哀而不伤。这诗壮美吗？也是的，但风流倜傥。我这样说，是在证“诗无达诂”的话。此类看似越平易的诗，诗中留存的空间越大，越让人体味良多。

现代的诗当然也以自然朴素为引领。我喜欢闻一多、冰心、艾青的诗，他们都是天真纯朴的诗人。我喜欢贺敬之写的（喜儿唱的）《北风吹》：“风卷那个雪花，在门那个外，风打着门来门自开……”这种词句因为朴素而别具美感，不唱也美。又譬如海子的诗：“从明天起，做一个幸福的人。喂马、劈柴，周游世界。从明天起，关心粮食和蔬菜。我有一所房子，面朝大海，春暖花开。”要说，这诗好似一个白领突然在地铁车厢里喃喃自语，却有着切近实际的一种理想境界：宁静而视界开阔，平和而悦目赏心，向往着劳动美与自然美的和谐。这是诗人沉在内心的回归心情所导致，有着陶渊明的影子。

当然，外国的诗歌同样讲求平易真切。裴多菲《我愿是一条激流》：“我愿是一条激流……只要你是一条小鱼，在我的浪花里，游来游去。我愿是一座荒林……只要你是一只小鸟，在我的枝头上，啼鸣作窝……”这一类亲切的诗，我们在《诗经》里能寻到好多。

但一般而言，外国诗人比较重理趣，喜欢藏哲理。如印度的泰戈尔，他的一些语录体的诗句很别致：“天空没有留下翅膀的痕迹，而我已经飞过。”“我取笑自己时，自我的负担就减轻了。”语言很平易，而意味亲和又深长。至于更伟大的莎士比亚，他有无数名句，但总是写得非常的简易，如：“玫瑰花是美丽的，但更美的是它包含的香味。”再如：“与情人去幽会，像一个放学归来的孩子。与情人分别，像上学去一般懊丧。”外国的许多大诗人，睿智而亲和，直白而幽默，因为他们不失真切的童心。伟大者从不失平凡。

如此说来，诗贵平易真切，道理是“真理都是朴素的”。有道

“是真佛只说家常”，那是进了“自在”境界，所以得心应手，言谈自如，无须硬做，而超尘脱俗（俗，不是烟火气）。白居易：“绿蚁新醅酒，红泥小火炉。晚来天欲雪，能饮一杯无？”《唐诗三百首》编者给这首诗下评语：“诗家三昧，如此如此。”“三昧”就是“悟道”的真功夫。白居易的诗，妇孺皆知；北宋柳永的词，则是“凡有井水处，皆能歌柳词”。诗词歌曲的审美，归根还是大众口碑。

说到唱了，那么曲词和歌词也同样如此，讲求朴素无华而合辙。如越剧《梁祝》《红楼梦》《西厢记》，那些曲词至今百唱不厌。如中国的西部歌曲，那些歌词简直全是大白话。又如现在的歌曲《我和我的祖国》，万众传唱，连老汉我也乐于放歌：“……我歌唱每一座高山，我歌唱每一条河，袅袅炊烟，小小村落，路上一道辙……”我喜欢唱这样的歌，首先是因为喜欢这样平易动人而跳荡的诗。这样的诗歌，真叫“给我碧浪清波——心中的歌”。

# 诗中听鸟

绿水青山，树多鸟多。咱们小区里，鸟比人还多。鸟儿多情，动不动呼朋引友，早晨长歌，晚来短调，这真是处处闻啼鸟。早上骑车出门，一路上都是“早上好”的鸟语声声。

想到古人喜欢摹写鸟语，一翻《诗经》，发现里头至少有十几句鸟语起兴的句子，譬如“关关雎鸠”“交交黄鸟”等。但这“交交关关”的鸟声之字，读出来似乎有偏，那雎鸠就是鸬鹚鸟，叫起来照理是“呱哇，呱哇”，怎么会是“关关”的呢？那黄鹂鸟叫起来应该是“姐哎，姐哎”，古人怎么写为“交交”呢？想来其中原因，大概是古人写诗注重音义凝练吧，认为实打实地写出来反而不美吧，更何况上古的诗本来就是为了唱的。

古代神话“精卫填海”说精卫鸟“其鸣自詨”，就是这海燕鸟的叫声是自己呼自己的名儿：“精卫！精卫！”如若按实讲，当是“唧嘞！唧嘞！”然而这样按实写出便是欠雅。古人知道：美在于“似与不似之间”，“不似是欺世，太似即媚俗”，大凡艺术审美排斥仿真，想必就这个道理。

状鸟语不易，所以后来诗人作家尽量回避，或者往往只从情绪感受下笔。李白《蜀道难》写杜鹃鸟“又闻子规啼夜月，愁空山”，这空山鸟语只让读者自己去体会，当然是不写出来的好。再如苏轼《石钟山记》:“又有若老人咳且笑于山谷中者，或曰此鹳鹤也。”他只打了个比方，这大鸟的声音想必可知了，如实写出来反会贻笑大方。

如实摹声的，似乎唯有杜甫写黄莺:“自在娇莺恰恰啼。”“恰恰恰……”老杜精确无比。至于近似摹声写的就比较多了，如《西厢记》中莺莺小姐唱:“绿杨阴里听杜宇，一声声道‘不如归去’。”杜宇即子规，亦即杜鹃鸟，大杜鹃就是布谷鸟，它唱起来的声音是“不如——归去的吧，不如——归去的吧”。其中的“如”字，应卷舌为颤音，如俄语中“p”的发音，并且得有一拍半的拖声，然后“归去的吧”是急促尾音，四声不到一拍，节奏很快。

再如《牡丹亭》，杜丽娘游春时所唱:“生生燕语明如剪，呖呖莺歌溜的圆。”这个“生生”就是“脆生生”，那燕语之清脆明快用剪子一般“唧”的一声相比。“呖呖”是描摹莺歌悦耳流畅，加上“溜的圆”，使人想到“黄莺溜溜地唱”那种活泼欢快的气氛。杜丽娘触景生情，她向往鸟儿能自由欢唱。

绿遍山原白满川，子规声里雨如烟。黄先生过去在山里劳动，听那布谷鸟“咕咕——布谷唧”的声音，他居然解读为“布尔——什维克”。画眉是鸣禽中的佼佼者，它的叫声发音则好比是“大唱—革命歌曲”，可见鸟语可以因人随解、因时而异。又如鹧鸪鸟，就是鹁鸪，辛弃疾词“江晚正愁余，山深闻鹧鸪”，这鹧鸪鸟的声音被念作“行不得也——哥哥！”调子自然是凄凉的。但山里人不觉凄凉，他们念作“郭公郭婆”，孩子们念成“葛公葛婆，摘颗吃颗”。那声儿就变得很开心了。也就因此而来，布谷啊鹁鸪啊，甚至喜欢对话的画眉，那些鸟叫声似乎全都可以随意而定。再如山里的雉鸡，被惊动而啪啪啪飞出去时，声音犹如被抓住的一只大公鸡发出嘶喊——“别别别，不要哦……不要哦……”惊心动魄。

按说，山乡的旷野鸟语才叫动听，城里一般是麻雀、白头翁、绿绣眼的天下，嘁嘁喳喳的。然而错了，现在城里到处可见喜鹊、八哥、画眉、斑鸠。我家对面几株大树，那是八哥与画眉的会所，成天有鸟儿问答。黄先生鹦鹉学舌，翻译几句鸟语听听：“今天出不出呀？”“不出不出。”“今儿个吃什么啦？”“一条黄鳝一只鳖。”“咕哒咕哒作啥啦？”“磨面啦。”“吃咕吃咕吃脱啦？”“吃完啦，bye 了！”

……

读过艾青《我爱这土地》——假如诗人还在，那么他现在或许可能会这么写：

假如我是一只鸟
我也应该用明亮的声音歌唱
这风雨过后的阳光土地
这涌动着我们爱情的清清河流
这不时吹来的自由与奋发的风
和那来自林间的无比温柔的
每一个黎明……

# 一颗星，骨楞登

夏夜纳凉，想起了儿时念的童谣，第一首便是：一颗星，骨楞登。两颗星，挂油瓶。油瓶漏，好炒豆……

这是最早会念的童谣吧，那时候奶牙还没出齐呢。现在老了，但乡土童谣不会忘记，而且觉得有回味。譬如说“一颗星，骨楞登”，这开头起兴起得好，形象而有质感，会发人遐想，念起来又上口又入耳，若换成“一颗星，孤伶仃”，意思虽合，体味就差些。第二句“两颗星，挂油瓶”，这句话难解。两颗星同“挂油瓶”有什么联系呢？虽然油瓶也有点亮晶晶，但仔细想想，原来为的是带出第三句“油瓶漏，好炒豆”，这是过个渡，是诗句“跳一跳”的章法。于是这油瓶漏下来的油用来炒豆，“卜哒卜哒”炒得那个豆儿开花，特别香，馋嘴小朋友会“口里水打桐油”，“簌”地一下挂下来，很是形象。

我希望现在还能看到这样的场景：两个小孩，一个合拢双手，另一个张开两手去搓摸一下，这样第一下，念作“一箩麦”（箩者，捋也，但“箩”好）；第二下两人轮换着摸，“两箩麦”；然后各自拍一记手掌，开始左右相对地对拍，“三箩开手打荞麦”……就这样：“一箩麦，两箩麦，三箩开手打荞麦。噼呖啪，噼呖啪，噼啪噼啪噼里个啪……”想想看，有句话叫“小时候快乐很简单”，那是单纯才快乐。

这样拍手互动的儿歌还有不少（边跳边念的儿歌适合七八岁以上的少年），譬如：“斗斗虫，虫会飞。飞到东，飞到西。飞到高山头顶吃白米，嗒嘟嗒嘟飞得起……”前头几句用手互搭，末尾“嗒嘟嗒嘟”念完之后，两手一下如翅膀张开，再鼻对鼻地相互哈哈笑一声，表示友好。傻乎乎吗？有点。但傻小孩好动，练练口齿，长长记性与“机心”，傻乎乎才显活泼。天性活泼的孩子最怕“是无等等咒”的一本正经。

“咚咚咚，敲门嚯氏侬？[①]隔壁老相公。侬作啥西来？我讨小羊来。小羊勿生来。我来讨大羊。大羊杀还哉……”哈，简直像个故事，又好像唐诗“松下问童子”那样，让人寻味。

“哥哥喔，雄鸡讨老嬷[②]，阉鸡吃糖茶，小鸡办人家，赖孵鸡娘来管家。”这里每句末的一个字要念得上扬，小朋友这样念起来，那么像我这样书读得有点读木的人，也会感觉到这眼前世界的清平和谐。

“啊啾一个嚏，皇帝讴[③]我做女婿，路远迢迢勿肯起！”这几句话语我估计不会是小孩子念的，应当出于可爱的大妈之口，但听到的小朋友心里会想：对的，着实在娘身边好。

亲爱的小朋友们，你们爷爷以上的一代，就曾念过这样的童

① 本句意为“敲门的是哪位”。
② 老嬷：老婆。
③ 讴：上虞方言发音的谐音，意即“唤、叫”。

谣，你会觉得搞笑吗，还是觉得幽默？

那时候，几个四五岁男小倌人穿着开裆裤在路边玩蚂蚁，放几颗咸鲞小骨头之类，然后一起念念有词：“娇蚨蚁婆婆喂，我同你话呀，傒柴绳草杠背得来，砧板薄刀驮得来，前门后门关得来，桥头有块精精肉呔……”这样轻轻地念，专心等待蚂蚁扛鲞头的精彩场面出现。这“娇蚨蚁婆婆”，走路颤颤巍巍的，多形象而亲热；又对“柴绳草杠”“砧板薄刀”的作用已经有所认识，“前门后门关得来”，乃是体贴入微的安全教育。总之不错。

忽然想到一个问题：这些童谣是谁创作的？回答是“白目秀才”，是咱们的先辈父母亲们。

“月亮婆婆贝贝，我种芥菜。芥菜开花，我种南瓜。南瓜拉藤，我种大菱。大菱三只角，妹妹要仙鹤。仙鹤嘟嘟飞，妹妹要雄鸡。雄鸡哥哥啼，妹妹坐花轿。妹妹许哒嚡里？妹妹许哒张家岭……”那时候，上虞下管张家岭樱桃就出名，那儿人虽然辛苦，但相当斯文干净，善于持家，所以姑娘家嫁到张家岭是不错的选择。

“月亮婆婆笃笃拜，拜得明年好世界。世界大，杀只鹅，世界小，杀只鸟。鸟到阿里起哉？猫笃块笃块吃过哉。猫阿里起哉？猫到树高头起哉。树到阿里起哉？树拨大风刮起哉。风到阿里起哉？风拨乌云带起哉。乌云到阿里起哉？乌云拨太阳赶起哉……”儿歌大多是接口令，其中一个个的形象相接，聪明的小朋友会跟着夸张的跳跃的形象去想象，于是连成一片儿童的想象世界。

若论形象跳跃，代表作要数《外婆喂，我要吃豆》：“外婆喂，我要吃豆哉。啥个豆？罗汉豆。啥个罗？三斗箩。啥个三？破阳伞。啥个破？斧头破。啥个斧？状元府。啥个状？油车撞。啥个油？鸡冠油……”这童谣长得很，咱们上虞各地又有各种说法。于是一连串的事物形象在小孩脑海里出现。小孩不识字，但形象意识早早有了。那时没幼儿园，就接口令之类，或玩别的，与自然亲近。

记忆中夏日晚上，院子道地里，星星就在头顶。母亲与大姐在边上摇着芭蕉扇，她们会讲些遥远的“朝事”，会念些古老的童谣。其中一首，她们是这样念的：“油菜开花么黄似金，萝卜开花么白似银。草籽开花哟满天星，大豆开花是黑良心。小麦开花呀摇铃铃，扁豆开花像九莲灯，花生开花末钻到地里变花生。蒲子开花是夜新鲜哉，白果开花呀更已深。更已深，人已静，格末眉毛下底要关门——起困起哉啦喏。”啊，这遥远而亲近的记忆！顺带一句，新版《上虞方言》有六十来首上虞童谣，是两个“老小孩”编的，其中一个便是我。

# 细说上虞话

上虞东南西北中，乡音俚语各有不同，所以本地人一开口说话，就能听得出他是上虞哪个乡坊人。可以说，跟周边几个县市相比较，上虞话要复杂得多，也丰富得多、有趣得多。“五里不同风，十里不同俗”，上虞很典型。

譬如讲“不要”这个词儿，上虞话之中至少有七八种叫法，百官人叫“哇以”，崧厦人叫“要以”，章镇叫“发以”或“fia以”，下管叫“消以”，东关方向叫“wia以”或“wiao以”，雀嘴里人则喊作“阿以”，大致如此。这样的语言现象，不要说周边地区，放眼全国，怕是也找不出。

存在即合理。作为一种原生的地方文化，上虞方言的多样性，根源于上虞“九县通衢”的地理环境和历史上几次大规模的北方人口迁入。也因此，上虞话中同义词语特别多，而同义词语多，上虞方言词汇量也就特别大。

举几个例子，譬如形容“毛毛雨”，上虞话有毛瀰雨、蓬蓬雨、飘飘雨、细毛头雨、磨碎雨等，意义相同，但形象意味却稍显区别。又如表示“过去、当初”，上虞话有：老早、落目、上界、咸早，夯卯、老底子、早辰光、老辈手里等。再如表示“地点、地方”，同义词有坞塘、埭坞、坞块、墟块、嗒块、段罕等。上虞话中同义词语特别多，细心人可以从中体味出上虞各地乡风乡情的和而不同。

上虞人喜欢用叠音词，这使上虞话富有音韵情态。譬如讲味道：偷偷鲜、喷喷香、火火辣、贼贼苦、汪汪酸、呒呒臭。这些词语同现在一般青年说的“真鲜呵”“好香呵”“这么辣呀”等比起来，味儿究竟是不一样的。

再如讲人身量：长幡幡、矮笃笃、壮脱脱、瘦精精、阔喇喇、小结结、大面堂堂、魁伟斯斯。讲物件杂多：劳劳什什、末末些些、列列杂杂、捋捋夹夹、挨挨碰碰。还有，以前上虞的儿童叫小动物——格格鸡、嘎嘎鸭、吭吭鹅、哞哞羊、汪汪狗、肉肉猪，这真是童心焕然。但普通话里不可能找出这些词儿。

上虞人喜欢用四字词语，这使上虞话多有一种平稳又亲和的乡土格调，而不是“石板石腔”的。譬如：小巧——小巧斯斯，鲜活——鲜活喷喷，田鸡——蛤蟆田鸡，邻居——邻里邻舍，笑眯眯——笑眯萝娑。又譬如讲下雨，雨打叶片是“悉里索落”，雨打瓦爿是“滴勒笃落”，雨大起来是“辟里卜落”，走在石板路上则是“岌嘞硌落”。上虞人蛮幽默。而且上虞话中有一些四字词语，譬如“蒙蒙起早”“鸡鸭居窠”“一天星斗”等，真还有一点上古《诗经》时代的情味，此中有诗情在焉。

上虞话生动有趣，最体现于丰富的比喻词语。如比喻人：绩斋婆婆、着天老鸦、调窠鸡娘、捻鲜老满，长手包龙图，搅塘乌鳞鱼。喻小孩：对食猫、哭作猫、偎灶猫、羊百跤、灰拌泥鳅、老三麻鸟、油里猢狲。喻人事的话语则更是“成多不少”：做活脚船、做小花脸、做小脚、吃头口水、吃陌生食料、吃回话烧饼……比喻词语多，又多带有调侃幽默成分，上虞方言词汇具有含蓄精彩的特色，是有阅读价值以及文学创作中的使用价值的。

应该说，方言与普通话虽然属于同一种文字体系，但在词汇构成、语法构成等方面存在着相当的差异，有很多方言词汇所表达的意义，很难直接用对应的普通话词汇来表达。所以从某种意义讲，有生命力的方言词汇是对普通话词汇的有益补充，这是一种语言营养补充。

譬如上虞话里讲人之性情：温和、好说话的叫“糯妥”，人品端正、行为合辙的叫“入调”，言行恭敬、做事认真的称“至恭”，仔细、细巧的叫“把细”，娇气任性的叫“俏插”，稚嫩不成熟称为“嫩出”，尖刻不饶人的叫“尖绷”，喜欢显摆托大的叫“海威”，直性子、不会拐弯抹角的叫“直拔肚肠”，空佬佬多愁善感，称之为“呒愁得愁，愁得六月呒日头”。这些词儿虽然不可能收入普通话词汇，却具有普通话难以表达的意义。

上虞方言拥有大量的单音节动词，显示出精确细致的语言表现力。如手的动作细分为：手捉为“抲”，手拿为“拖”，贴身为“揲”，折弄为“抈”，围弄叫“揄”，卷曲为“掖”，端起来为“掇”，手往上伸是“撩”，顺势抚摸是“捋”，轻轻打一记叫“抹”，重重一记就叫“掴”。又如用火动作细分为：“熯”是蒸，“煨”是烤，“炠”是炸，“燲”是烙，“熆”是冷饭加热，“焐”是同饭或其他菜一起蒸，如“饭焐萝卜靠酱油”。

再如用水动作细分为：“滗”是沥出，“沥”是滤干，“酘”是掺和，“溜”是搅动，“潽”是镬沸，“滚”是水开，“潒”是汏，“净”是洗，“涩沕”是浸泡。再如“做针线生活”，做鞋底叫“缉”，缝被子叫“绗”，粗针叫“缭”，细针叫“绕”，简单缝几针叫“缀”……不消说，这些方言词语蕴含着独特的语言知识技能，而这也是只能用普通话词语思维的人所欠缺的。

试想，假如我们的乡土作家写乡土文学，若能得心应手地运用这些朴素精致的群众语言，恰到好处地来表现千姿百态的群众生活与群众情感，那会多好。

上虞话里头当然拥有大量俗语，许多是堪称经典的“老年人老话”。但真所谓“夜头想得停停当，日里爬起陀门坊”，要想说得“有清有头”还真不容易。

说普通话、写规范字，是当下语言文字规范化的基本要求，但作为一种文化现象，上虞方言的丰富多彩、形象生动，尤其显现出上虞地方文化的典型和特色。时代发展日新月异，年轻一代青出于蓝，而上虞方言，更多时候将成为历史，保存在档案馆里。此文，也就让这些精彩的方言成为一种文化现象，留存于世吧。

# 关于“做”和“吃”

旧时农耕社会，上虞人十有八九是农民。种一年田，吃一年饭，做做吃吃。虞南山区农民，田地微薄，过去主要靠卖柴、卖山货，肩胛高头做人家，所以叫“冲担两头尖，拔出现铜钿”，又叫作“走石头饼子路，吃大麦番薯糊；卖蛋换盐，卖猪过年”。苦，百姓吃得起，但求平安。那时候，章家埠一带田地比较多，有句话“三年不发大水，黄狗都好讨老嬷”，但事实是年年洪涝，往往“种种一畈，收收一担”。艰难之中，想都不用想：要么多种萝卜瓜菜，“大话三十三，南瓜当晏饭”；要么靠副业养活，“戏文做勿落去出菩萨，人家做勿落去养鸡鸭”，越苦越要撑。“富有样子，穷有牌子”，牌子就是做，做人就是做，做人家就靠做。只要不懒，穷日子总好过，好日子也有盼头，这是农民的尊严。

过去虞北平原地区生活似乎好一些，田里地里是五谷杂粮加棉花络麻，湖里浜里是莲藕大菱加鱼虾田螺，会做的人，活儿多得做不完。不过，像崧厦地区人多地少，农作生活毕竟有限，所以崧厦人特别讲究精耕细作，尽力挖掘地力，“地头地尾勿落空，拔起萝卜就种葱”，不可能有闲荒的地、空荡的人。再是务农兼做手艺现象的普遍存在，既在屋里做，也到各处去做。崧厦一带不产树不产竹，可是木匠篁匠挨村挨堡好赶阵，有名望的能工巧匠好排队。“石匠咯榔头，鞋匠咯楦头，泥水咯桶斗，裁缝咯熨斗，木匠咯墨斗……”百作样样富有。而且做苦力的人也多，有道“天下三大苦——摇船、打铁、磨豆腐”，这些都是中途不可以歇落、不好偷懒的生活，但再苦也要做，“生活会教人”，做惯了就不苦。还有，崧厦人“绷棕绷”有好大一帮，更有“修阳伞哦——绷雨伞”满天下。人家看伊苦煞，伊是一豁碌笑煞，为什么？因为“辛苦勿赚钱”。这句话要理解为：“辛苦不？赚钱呀。”不苦咋赚钱？想想看，出门辛苦几月，然后回家将做得的几十块钞票一记头交到老婆娘手里，多少焐心。

人以勤为本，民以食为天，这两句书面话并用，就是讲人民“做做吃吃”。但现在的青年同志们恐怕未必晓得旧时人民物质生活的具体状况。那时候，“菜饭饱，布衣暖”是大众理想，“夫妻长淡淡，腌菜长下饭”是很达标的家庭生活水准。老百姓穷，但“穷有穷办法，腌菜也好请菩萨”。至于“乌干菜，白米饭，神仙看得要下凡”，那是白目才子形容的农家乐，而现实总归是“种田财主喝薄粥，卖柴娘子烧壳箬”，“种田财主”就是农民。农民过日子不得不熬省，有铜钿也割不舍去吃鱼吃肉。“五月五，买根黄鱼过端午”，这是向往。到了六十五岁，“六十六，吃六十六块肉”，那是盼望。老百姓一年辛苦到头，若是风调雨顺，可以平平安安地过年了，于是能实现“三十日夜咯吃，正月初一咯穿”，难得宽余几日。当然，并非平时一概吃不到荤腥，如有亲友讨新妇、起新屋，红白喜事定来约请，那么就要准备好贺礼。这一元两元的鸡屁股铜钿来之不易，于是就得更加厉行节约，然后清清空空地到那边去扎实斯斯地吃一顿。有句话:“月半吃餐酒，初一饿起首。”着实不假。

用不着说很久，20 世纪 70 年代，农村里还是腌菜、霉干菜、苋菜梗和咸酱、霉笋的天下，农民可以成年不上街买下饭。酱是将伏天里用豆麦粉做的酱饼晒干之后放在酱缸钵头里做成的，酱油是用自家做的酱到入秋后做的，所以叫“伏酱秋油”，农民平时只买盐不买酱油。但酱的成本较高，虽也是长下饭，端上饭桌却总是浅浅一碗，筷头搵搵吃。平常最常吃的就是腌菜、霉干菜、苋菜梗。霉苋菜梗或霉芥蓝头是“敲饭榔芯”，但也要吃得斯文，否则吃饭三碗勿饱、四碗勿了，搬不光地吃，一两个“大肚揼”就可以吃得侬镬底朝天。

早春没有新鲜菜蔬，农家就全靠这些长下饭。有客人来，要么弄点黄豆蒸蒸，或油豆腐熯熯，这油豆腐常常咸得舌头皮起泡，要么从“里抽斗”摸几个鸡蛋，拿出来炒炒，也有殷实人家屋檐挂着寿眉猪头，那么就割些下来，譬如拉些顺风（猪耳朵）来款待贵客。然后是“清明前后，种瓜点豆”，到了夏天，“小满黄瓜芒种蒲”，夏菜蔬登场了。接着是“头伏南瓜二伏茄，三伏冬瓜勿刨皮”，冬瓜连皮吃下。到秋风起，便是“处暑萝卜白露菜”种下去，“代压代，萝卜拔起种芥菜”，再然后是“小雪割菜大雪腌，冬至开缸吃过年”。这样春夏秋冬长吃素。吃素是普天下农民的常态，何用他人来提倡。“吃素能成佛，牛马上西天”，农民百姓心知肚明。

好吃好穿，谁人不想。农民最现实主义，那就是：不能如此，就得如此；有得如此，乐得如此。譬如农民最认可的有四碗小菜：青壳螺蛳剁屁眼，黄芽韭菜摊鸭蛋，乌背鲫鱼精肉嵌，湖羊尾巴太油[①]蘸。前两碗农民办得到，后两碗可能有些理想化，说说而已。其实农民最相信的一句话是“肚饥顶好吃”，肚皮饿了，吃啥啥都香。农忙时候，饭带到地头，田塍边上坐着吃，如若有瓶番薯烧酒配上罗汉豆，那真是“笑眯萝娑，还有啥话”，喜洋洋也哉。

穿着也如此，一贯艰苦朴素。只有少数财主人家会讲究些，走出来“红帽绿蒂子，长衫马褂子”。老百姓审美只以清爽整齐为上，无论新旧或有无补丁。“新阿大，旧阿二，破阿三，补阿四”，这话的主要意思不是轮大落小挨下来穿，而是新旧交替，破了就补，并非定规一二三四。只是有句话“笑懒勿笑穷，笑破不笑补”，衣服破了不补，懒兮兮的，或至于“日里跄四方，夜头补裤裆”，这样的男女才会遭人取笑。

大众百姓勤劳节俭，民风就正。那时候在家乡，贪吃懒做或者“讲吃场、讲穿场”的人很少，因为这样“各出头样”[②]的“各头”是要被大家“哼鼻头”的。农民的真理是“手脚勿停，饿勿煞人”，同时“省省做人家”。农民的理想是“三年烂饭买头牛，三年薄粥起间屋”，这样来建设小家庭。至于对自家孩子，则是“有打有骂

① 太油：一种高级酱油。
②“各出头样”：标新立异，讲究吃穿。

有值钿”，少数有条件人家，“手指尖上抠，牙齿缝里省”，这样来供养孩子上学。农家子弟读书不易，所以自觉刻苦用功的就多，读书读出山之后依然能保持劳动人民品质的也就比较多一些。过去下管一带就最以此出名。

如此说来，旧时候对于农村百姓而言，“幸福”乃是一种相当实际的感觉：自做自吃，自给自足，并且能供养孩子上学。这个“足”，是勤劳者知足的足，是良心知足的足，可不是“碗足盘足，良心不知足”“有得五谷想六谷”。于是，农家的幸福生活表现为：自家屋里是“老嬷倪子囡，碗盏碟子盘”，外交是“亲帮亲，邻帮邻”“亲亲眷眷盘来盘去，邻里邻舍碗来碗去”。同时，百姓们都信奉“行得春风有夏雨”的善念，而且都是“心直口快，菩萨甭拜”的人们。可以说，上虞的乡风原本如此。也可以这么说，正是家乡勤劳温馨、诚信和谐的环境，才促使有“金窠银窠不如自家草窠”的老话，也才会有读书人不忘根本的“乡愁”“乡恋”这些新话。新话哪里来？归根是老话。

……

芳林新叶催陈叶，流水前波让后波。老话说的是旧时，但旧时连着新时，老话连着新篇。现如今生活在翻天覆地幸福时代的人们，如果能在这些“老年人老话”中想到过去，想到家乡先辈的生活情操，想到他们勤劳善良的价值取向，那么，老话重提也就有了新的意义。

# 闲话诸暨人和余姚人

诸暨人大多讨人喜欢。

其一，诸暨人“粳”，绍兴人“糯”。有道诸暨人跟绍兴人吵架，开头一定是绍兴人占上风，他们嘴巴会说，但结果多半是诸暨人胜出，因为诸暨人勇而好斗，而且齐心。绍兴人一般是且战且退且骂，譬如一面拼命摇着船逃跑，一面对着已经赶不上来了的诸暨人大声骂道:“侬有本事来来看，我吧嗒一个巴掌掴过来哉呢!”

打架也好，打仗也好，靠团结。团结才生勇力。我过去教过的学生中有诸暨帮，绍兴上虞的同学看见他们，就不敢正面硬顶。

春秋时候，越国打败吴国，我敢肯定越国将士大多是诸暨人或义乌人。西施姑娘就是诸暨人。

我姨娘家在诸暨同山，同山有个村叫边村，村里人都姓边。当年日本人一把火烧了边村，为什么?因为事先边村人用扁担锄头打死了八个作恶的日本小鬼子。诸暨人之勇烈可见。

其二，诸暨人讲话有特色。粥，诸暨人喊作“泡饭粥”；夏天，诸暨人要加六月两字，称为“六月夏天”；早晨，诸暨人一般叫作“早五更头”；等一等，叫作“等么些得过”；中饭称为“晏点心饭”，正式点心却叫为“小点心”。诸暨人讲话口气硬，有强调色彩，词前头的附加成分念得特别突出：墨墨乌，血血红，雪雪白，一滴末点大，石匹石硬。

“老皮蛋”是诸暨人的说法，像我就可以被称为“老皮蛋”。不中用的东西叫作“老人东西”。诸暨人把人都称为一件件的：你这个人，说是“侬件人”；这个领导，便是“格（这）件领导”；这个聋子，叫为“格件贼匹倒聋格老聋膀”；个子矮小者，就被称为“格件僵掉佬”。

其三，诸暨人的客气是真客气，或者讲真义气。绍兴人客气，诸暨人则“石匹石硬”。黄先生到诸暨一个学生家去，其他十来个学生立刻都来了。“好啊好啊”说过，立刻就觥筹交错，一杯一杯复一杯。师生之间，宛如亲热的兄弟见面一般。

20 世纪 60 年代初我读大学时，诸暨横山一位同学邀我去他家。约下午三点吃“小点心”，同学母亲端上来一大海碗糖囫囵蛋，一共八个！得亏我吃得进。

再说说余姚人。我家楼下住着一位余姚老太。我招呼伊：“吃饭了吗？”

回答：“好吃快郎哉。”

“某某回来了吗？”

“一枪里还来郎绍兴，等子枪到快郎哉。”

“一枪里”是这时候，“等子枪”是等一会儿，“到快”是快到。“郎”以及“郎哉”，是动词后面的语气助词。譬如：“困郎壁隔”就是在隔壁睡了；欢喜煞郎哉，困熟郎哉，老酒吃饱郎哉，这些

“郎”都差不多意味。

余姚人有些个词语是倒着说的，例如隔壁叫“壁隔”，螺蛳叫“蛳螺”，墩磉（墩头）他们叫“磉墩”，有些令人发笑，但仔细一想，余姚人倒是正确的。笑他们倒有些像阿Q笑话城里人——阿Q对绍兴城里人把烧饼说成大饼、把大凳说成条凳很有意见，认为不通。

余姚话里经常用“塘头”这个词，“塘头”就是“这里”。但有时候“这里”“那里”都说成“塘头”，譬如余姚老太说:“塘头到塘头，一搭屁股点工夫到郎哉啦。”

还有个词语用得更泛，叫作“给”（似应读作 géi，第二声），就是第三人称“他”或“伊”。余姚老太有时“给、给”连用，指代不明，真不明白其中之“给”究竟为何许人也。想到几句话，说:“给只（跟）给话，给只给来郎打架，给去拆拆劝，给耶（也）打进咚郎哉啦。”这里头究竟分别有几个“给”，我到现在还“拎勿清”。

余姚人是厉害的，明代大儒黄宗羲、王阳明是余姚人，那可都是中国哲学史上了不起的哲人。余姚的经济自古发达。历史上，六千多年前的余姚河姆渡人且不说，北京十三陵定陵是明神宗朱翊钧及其皇后的陵寝，那皇后就是余姚人，可见皇帝喜欢“给啊给啊”的余姚人，并且喜欢听“塘头塘头”的余姚话。

# 第三辑　虞山舜水

# “东山再起”三题

在东晋时期，会稽是江南文化中心，东山则一度成为文化名流驻足之地。谢安当年犹如一只领头雁飞入会稽东山，于是王羲之、支遁、许询、孙绰这一群北来的“东土士人”便闻风而至。这是一支旷无古今的“道貌岸然”的队伍，他们向往秀美山川，追求隐逸风度；他们同政治若即若离而又热衷于思想文化交流，其卓荦不羁的气质风度，成就了中国古代文化史上的精彩一章，深刻影响后世的李白、苏东坡这些文化伟人。东山，首先是深层次的文化体相。

史称“大才盘盘谢家安”，谢安在东山盘桓了二十余年，与其说是韬晦养生，不如说是尊奉老庄“不争而为”的哲学，保持“出处同归”“宁静致远”的心态，由此而使东山成了当时寓居江南的清谈名士们最为心仪的地方。他们在东山多有居室，于是“出则渔弋山水，入则言咏属文”，那一种道学高玄而诗意曼妙的隐逸生活，给千载后人留下云霓般的想象。

## 性情之中的诗意东山

陆游《东山国庆寺》：“岂少名山宇宙间，地因人胜说东山。江拖银练秋波淡，峰峭芙蓉翠嶂环……”

“地因人胜”是说东山之地原属普通，而“江拖银练”“峰峭芙蓉”，却写出东山非同一般的胜境——这是诗的抑扬。东山至今不失秀美，而在一千六百多年前，当谢衡泊舟曹娥江东山野渡的时候，他眼前会是怎样一方寥廓景致！

有关谢氏定居东山，众说纷纭，比较可信的是：在西晋末年中原百万士民南迁之前，谢安伯父谢鲲已在南昌任职，接着他祖父谢衡与父亲谢裒从河南带着家族南下避乱，进入建康，住乌衣巷。因为会稽有远房长辈谢夷吾的后裔，所以谢衡他们就到会稽求田问舍，最终被带到上虞东山而尘埃落定。从此，建康乌衣巷和上虞东山成为谢氏的两个重要据点：前者为谢氏子弟入仕提供机会，后者则成为谢氏安置田园产业和立身进退之地。

当时建康附近为东吴贵族世家盘踞，会稽城一带已是客满为患，而上虞东山傍山带江，出处两便，人烟稀少，易于开发，就被“智者乐水仁者乐山”的博士生长官谢衡视作一方乐土，真是“乐土乐土，爰得我所”。此山在会稽之东，取名东山。

东山是意境中的山水。《晋书》：“会稽有佳山水，名士多居之，谢安未仕时亦居焉。又孙绰、支遁等皆以文义冠世，并筑室东土，与王羲之同好。”可以说，最早发现与认识会稽山水之美的就是这些东晋士族，而东山显然是会稽山水中的翘楚。公元 340 年前后，豫州太守谢尚、剡令谢奕、司徒掾谢万（谢安的堂兄、长兄、四弟）共在东山兴建园林式庄园，取名国庆院。不几年，谢安扩建始宁园别墅，又建起东西两眺亭及“明月”“白云”二堂。至于王羲之、支遁及后起谢灵运分别在绍兴兰亭、新昌沃州、始宁嵘山等地购置庄园，都在东山始宁园之后。

当时王羲之任会稽内史，得空就去东山。他给谢安弟谢万信中说：“比当与安石东游山海，并行田视地利，颐养闲暇……衔杯引满，语田里所行，故以为抚掌之资，其为得意，可胜言耶！”一次有人提议在会稽城内停山聚会，王羲之即去信：“停山非清谈之所，自可集东山谢安处。”他对东山情有独钟。

“林无静树，川无停流”“泓峥萧瑟，实不可言”，对于谢安、王羲之那样的文士而言，“山川自相映发”的秀美东山，与潇散的心灵相应，使他们深有获得感。何况东山背枕青峦叠峰，面向通海感潮的曹娥江，于是“弋钓为娱”“颐养闲暇”，遗世独立，“未尝有处世意也”，安心在东山隐逸。

东晋盛行门阀制度，当时江南人口又极度稀少，王、谢这些南迁望族可以借晋室名义占山圈地开发。自始迁祖谢衡卜居，到三世谢安、四世谢玄、六世谢灵运，东山庄园区域越来越大。谢灵运《山居赋》自述：“其居也，左湖右江，往渚还汀”“北山二园，南山三苑”，其间“阡陌纵横，塍埒交径”。当时东山占尽山居之华美。

有道：“事到无心乐，人若有品闲。”对于谢安，清静富足的东山便是风致超脱的率性所在：田地山川，琴棋书画，清客歌伎，老庄周易，更有谢琰、谢道韫等一群芝兰玉树般的子侄们相伴，更得性情中的天伦之乐。或雨丝迷蒙，一领蓑衣，去指石山下钓蓝鳊银鲻；或月出东山，一叶扁舟，于曹娥江上引诗朋酒侣。后来北宋苏轼居于东坡、游于赤壁，与友人“诵明月之诗，歌窈窕之章”，其意气情怀，与谢安何其相似。

## 人望之中的名士东山

有关谢安的处世立身,《世说新语》描述最多。作为政治家、军事家的谢安，首先是清谈家，而本质是读书家。史传谢安“少有重名”，不仅仅因为“风神秀澈”，更因其“才峰秀逸”而“亹亹逼人”的读书家气质，所以少年时即受丞相王导器重，又深得清谈大家刘惔（谢安姐夫）与王羲之等名流赏识推荐。

《世说新语》讲道：一次支遁、许询、谢安等聚谈《庄子·渔夫》，支遁曾就庄子《逍遥游》发表长论，其“才藻新奇，花烂映发”，王羲之听得“披襟解带，流连不已”。这一次仍是支遁先谈，最后轮到谢安开讲:“谢问曰:‘卿等尽否?’因自叙其意，作万余言，才峰秀逸，不可企及，又加意气风发，潇洒极致，四座莫不倾服。”支遁听了不禁赞叹道：谢安君一向钻研深透，所以自然特别优秀。

魏晋时期士大夫崇行清谈玄学之风，其中多有才华横溢而又风度特异的人物，竹林七贤中的上虞嵇康就是。在谢家，谢安的伯父豫章太守谢鲲也是十足的名流。谢鲲好老庄，通《易经》，能歌善舞，放达忘身，谢安说他“如遇七贤，必把臂入林”，就是说嵇康他们如遇谢昆一定会将其当作至交，手拉手地把他拉进竹林子里去。还有谢安堂兄谢尚，豫州刺史谢尚幼时被称作“座中颜回”，成年后刚直简傲，他在丞相府中长啸高吟，在大庭广众之下若无其事地大跳其“鸲鹆舞”（八哥舞）。谢安则青出于蓝，他年轻时被名相王导请入相府主谈玄学，王导夸其“不逊谢尚，更在谢鲲之上”，于是声誉鹊起，以至于他鼻音很重的读书声调也被名士们到处模仿。

可以肯定，谢安对老、庄、周易这“三玄”的研究学问高人一等，否则不可能得到上层特别看重。历史上，老子“崇本抑末，无为而无不为”与庄子“知足逍遥，清净无为”的思想，以及《周易》“变而易通”的法则，曾是统治者得以利用的思想资源，同时玄学思想的提倡，使一些知识分子产生了隐居的愿望，产生了对个性的追求，对名利的淡泊，对山水的热爱，以及对学术思想的执持。在这当中，谢安以其气质、学养和实践，成为泳涵老庄思想最深湛的清谈名士。可以说，“驭物而不为物累”的道家哲学及“变生不变”的相对主义辩证思想圆满地集中于谢安一身。

谢安有独上高楼的学问境界。《世说新语》讲“囊萤夜读”的车胤要向谢安请教经书中的疑难问题，又怕谢安厌倦，一旁的玄学家袁宏就说：“何曾见明镜疲于屡照，清流惮于惠风？”袁宏是谢安同乡，他把谢安比作“明镜”“清流”。有一回谢安解读古代“白马论”（逻辑学命题），哲学家阮裕见了叹息道：“这等问题玄之又玄，能解释明白就十分难得，像谢安那样寻求彻悟的人则几乎不可得。”对于诗歌，谢安又有高屋建瓴的审美水准，他认为诗的审美在于形象涵泳与“志”的高标。他对于当时名士仿写汉赋的风尚持否定态度，将其比作“屋下架屋，事事拟学”，认为文学必须有新意而自然，“如初发芙蓉，自然可爱”，才有品位。谢安对于谢氏子侄如谢玄、谢道韫以及后起的谢混、谢灵运等有着明显的影响。

在王羲之等人的心目中，谢安是“国之大望”，这样的才干如果一直“志在东山”，岂非辜负天下苍生！所以准备“与天下共推之”，试图强力推荐谢安。然而对“出处同归”的谢安而言，名利实不及自由，出山与不出山都要顺乎自然。谢安云：“万殊混一理，安复觉彭殇。”就是说宇宙万物都依自然之道，因此不必执着于生命的长短。这是谢安贯彻于自身的庄子“齐万物”的思想，他绝不浮躁，这与他弟弟谢万的表现迥然相异。

史载王羲之与谢安共登建康冶城，谢安悠然远想，有出世之志，王羲之劝言道：“夏禹手足胼胝，文王食不暇给，他们是万古榜样。如今四方不安，理应进取奋发，我们如此虚谈清言，恐非所宜。”谢安回答道：“秦任商鞅，二世而亡，难道是清言所致吗？”作为辩手，显然王不敌谢，且谢安成竹在胸，决不急功近利，轻言出山。他一直在等待，而且他善于等待。

王羲之《兰亭集序》是千古美文，但其中“信可乐也”的成分不及“岂不痛哉”的成分——他是大发时代忧虑。王羲之对谢安久居东山，“放浪形骸之外”“不知老之将至”的行状心态，满怀惆怅与不安，他期待谢安如鲲鹏早日飞出东山。这次兰亭聚会在353年，谢安33岁，王羲之怜才之情太重，举贤之心太切——《兰亭集序》事实上是对谢安出山的深度呼唤。可惜，谢安一直等到364年才正式“东山再起”，其时王羲之已与世长辞。

而且，谢安是清谈家涉足政治，不是政治家涉足清谈。所以虽然后来功盖天下，他还是准备“造泛海之装，待经略初定，自江道东还”，回归东山。谢安“东山之志始末不渝”，至死不失名士本色。

## 勋名之中的千古东山

谢安东山再起，犹如诸葛亮出隆中，诸葛出隆中而得西蜀三分天下，谢安出东山而保东晋半壁江山。对于这两位名相，唐代李白、杜甫各有推重，儒家杜甫当然看重诸葛，道家李白就特喜欢谢安：“安石在东山，无心济天下。一起振横流，功成复潇洒。”谢安无论处江湖之远还是居庙堂之高，都是李白的偶像。

谢安东山再起，直接原因是谢尚、谢奕、谢据及谢万等亲人相继去世。作为东山谢氏居家之长，谢安顺应了国家利益与家族利益的共同驱动。他先踏上吴兴太守这块跳板，随即进入内廷中枢，开始展示其非凡的政治和军事指挥才能。《晋书》称谢安：“每镇以和靖，御以长算。德政既行，文武用命。不存小察，弘以大纲。人皆比之王导，谓文雅过之。”“和靖”“长算”是谢安施政的目标，也就是团结一致向前看，关键是有效消除冲突，包括上层冲突以及北人与南人的冲突。“文雅”是谢安行事风度，是他镇定旷远的玄学情怀。

谢安绵中藏针，是历史上以柔克刚的成功政治家。当时如果没有谢安，那么权臣桓温就如同篡汉的曹丕、篡魏的司马炎一样，必将轻而易举夺位篡晋。史载桓温在考虑夺权之前召集顾命大臣谢安与王坦之，帐中已伏刀兵，此时此刻，王坦之已吓得冷汗津津失去常态，而谢安宽宽就座，侃侃而谈，非但高论迭出，且居然朗声吟诵嵇康玄言诗“浩浩洪流……”桓温一生英武，目中无人，而独对谢安心存敬畏，此时谢安非但无惧，反而谈笑风生，遂使桓温陷入被动，他被正气所震。当然桓温被制止还有其他因素：谢安 4 岁时就被桓温父亲桓彝呼作神童，谢家与桓温家族一直保持良好关系；另外，谢安妥善处理了桓温之弟桓冲的任职问题。这些动摇了桓温谋逆的决心。乱云飞渡不改从容，这是谢安“软的一手”。

谢安是东晋的救星，他使东晋孝武帝安安稳稳做了 21 年皇帝，淝水之战当然关键。但是应当指出，淝水之战的军事胜利，首先是政治上的胜利——谢安主导下的东晋政治的胜利。在前秦苻坚大兵压境之际，东晋政权的稳定压倒一切。为此，谢安首先安顿了桓温，他动之以情、晓之以理，并巧妙地采用拖延战术，几乎不着痕迹地阻止了宫廷变乱，这一着险棋他下得漂亮。然后他力排众议，下令大规模修建宫廷危殿以安定人心，他这是考虑算政治账。同时谢安抓住先机，以扰乱人心之罪查办了准备逃离京城的琅琊王司马道子的僚属，其中包括谢安小女婿王宝国。他杀鸡儆猴，朝野因此风纪肃然。

谢安当宰相时还出台一项重要政策：改度田收税制为丁口收税，目的是盘活劳动力资源，驱使广大北方流民开垦种粮发展生产，同时阻止土地兼并。谢安取得了成功。又，当时北方大批难民与逃亡士兵混杂涌入，多藏匿建康南塘一带，谢安坚决否决了大搜捕的动议，体现了在非常时期放开民生的怀柔倾向。历史也因此认定：由于谢安的镇定旷远，“南人与北人勠力同心，共御外侮，而赤县神州免于全部陆沉，东晋南朝三百年之世局因是决定矣”。“不畏浮云遮望眼”，谢安始终处变不惊，是老庄之学在政治上成功应用的典范。

李白道：“但用东山谢安石，为君谈笑静胡沙。”谢安在军事指挥上的潇洒风度，其实是未雨绸缪的个性表现。在淝水之战的战略战术决策上，谢安的军事艺术能力发挥得可圈可点。

一、组建北府兵，确立军队领导权。377 年，谢安提谢玄为广陵相，统领江北军务，不拘一格，招募劲勇。《资治通鉴》载：“谢玄募骁勇之士，得彭城刘牢之等数人，常领精锐为前锋，战无不捷，时号北府兵。”经过七年训练和战斗实践，这支军队被打造成为士气高昂、战斗力极强的铁军，最终成为淝水之战的决胜力量。

在非常时期，谢安必须确立自己对军队的领导。他我行我素，置朝廷舆论于不顾，在战前直接任命他弟弟谢石、侄子谢玄、儿子谢琰为东晋各部主将，由此而确定无可动摇的军事指挥权威。历史上像如此“举贤不避亲”的铁腕人物，唯有谢安。谢安自有

“硬的一手”。

二、稳住长江中游地区，牵制前秦大军。当时桓温去世，朝廷消除了心腹之患，谢安却提议让桓温之弟桓冲统领荆州。知人者智，胜人者勇，谢安此举团结了具有实力的桓氏集团，十分有利于保持上层与军队的一致。桓冲屯兵荆州，看似盘上闲着，却是布控局面的要着。

三、里应外合，卧底策应。原襄阳太守朱序降秦，为苻坚重用，正是中了谢安的卧底之计。朱序“身在秦营心在晋”，受谢安密托，在前秦上层不断传播东晋准备投降的消息，以骄秦军，同时给谢安、谢玄递送前秦军情机密。虽然淝水之战实际上只是一场前哨战，但临战前朱序的紧急情报，却使前秦千里营盘如多米诺骨牌全线崩盘。

四、把握时机，突发优势兵力总攻。谢安在看似若无其事之中，突然布置谢玄、谢琰、谢石及刘牢之、桓伊等将领任务：指挥胡彬水师飞速赶至淝水深处抢搭舟桥，乘敌不备发起步兵强渡；命刘牢之率北府骑兵，在淝水深处强渡，深入敌阵；命谢石督军，与秦将张蚝在淝水之西接战；命谢玄、谢琰、桓伊领八千北府精锐部队过河，在主战场作两翼进攻；事先按“攻心为上”指令，组织东晋士兵装成流民混入北营，与朱序联络，在晋军突进之后，相递传呼“秦军败矣”口号，以乱秦军……于是，运筹帷幄，决胜千里，秦军果然败矣。

前秦苻坚是不可一世的氐族英雄，他夺西凉、灭前燕、平梁州，取长安，一度统一北方，然后准备南下一统江山。他夸下“投鞭断流”的豪言，视灭东晋如疾风扫落叶，并且虚席以待，预先为谢安确定了礼部尚书之职。苻坚之骄自不待言说。《资治通鉴》中，司马光评说道：“苻坚之所亡，由骤胜而骄故也……数战则民疲，数胜则主骄，以骄主御疲民，未有不亡者也。”

故而淝水之战，谢安以八万精锐击溃苻坚百万大军，并非侥幸。知敌骄而使其更骄，知己兵员精而求其更精，而用兵则必求神乎其神。《孙子兵法》云：“兵者，诡道也。……卑而骄之，佚而劳之，亲而离之。攻其无备，出其不意……”淝水之战的胜利，是谢安谢幕前的经典华章。谢安功成身退，虽最后没有实现回归东山的志愿，但他的丰功伟绩与高风亮节，使家乡东山千古名扬。宋代上虞李光有《东山》诗为证：

……

始高霄汉鸿飞远，终惜云巢凤不还。
好是南阳扶汉鼎，勋名千古仰东山。

# “务实诚”才能“疾虚妄”
# ——论王充精神

2017 年是王充诞生 1990 周年（27—约 97）。

东汉永平二年（59），王充辞去功曹吏职回上虞故乡，开始创作《论衡》，时年三十三岁。王充后来或进或退，时辍时作，直至章和二年（88）在州从事职位上告老居家，才写定最后第 85 篇《自纪篇》，时年六十有三，前后竟三十年方才成书。王充自称：“《论衡》之人，在古荒流之地，幽居独处，考实论虚。”终于，他一无依傍地完成了被称为“中国批判哲学第一奇书”的伟大著作《论衡》。

## 一

上虞乡贤碑刻：“汉有大儒，王充论衡。”王充是中国古代思想解放的伟大先驱者，是章太炎所说的“汉得一人，足以振耻，至于今亦鲜有逮之者”的几乎唯一。

在中国哲学史上，王充的《论衡》有着“前不见古人，后不见来者”的地位。在王充之前，上溯春秋战国诸侯时代，那时候百家争鸣，思想开放，并没有占统治地位的主流意识，也就无所谓思想的挣脱与解放。西汉“罢黜百家，独尊儒术”之后，儒学成为“平章天下，教化万民”的主流文化，又相继产生“天人合一”的理论，以规范封建生产关系和阶级关系，于是形成了封建专政的所谓“大一统”思想，而东汉王充显然是对汉代意识形态发起系统批判的唯一一人。王充之后至魏晋，在反高压专制的嵇康（也是上虞籍人）等人被专制之后，自由独立的政治思想失去空间，属于政治边缘的玄学一度盛行，再之后社会人对政治意识逐渐由不敢怀疑到不会怀疑，时代批判之声停顿消失，一直要到辛亥革命与五四运动爆发，才正式拉开思想解放的序幕。所以，从历史价值观看，王充称得上文化史上千载难逢的觉醒者与反潮流者，是近代社会学家所称的“这一个”。

觉醒起于怀疑，怀疑启发批判。在王充前后，东汉时期有桓谭、王符、仲长统等怀疑论者，他们都批判过政治腐败与土地分配不均等重大问题，但深度有限，未成系统。王充出类拔萃，他关注社会实际，更关注上层建筑及意识形态等核心要害问题，他对儒家哲学的许多基础假设理论都进行质疑，包括天地的性质、人性的善恶与人命的遭遇，以及社会的政治结构与基层人民朴素的梦想意识。他由此批判了汉代统治阶级关于“天人合一”“天人互动”“君权神授”等主流意识，批判了当时一般人都接受的“天命”意识以及鬼神意识。王充卓绝超奇的思想能力，几乎对一代专制思想进行了扫荡。

思想解放即反对迷信，批判虚妄，宣告事实，追求创新。王充言：“诗三百，一言以蔽之，曰‘思无邪’；《论衡》篇以十数，亦一言也，曰‘疾虚妄’。”王充又言：“孔子作《春秋》，拨乱世，反诸正。是故《论衡》之造，起于众书并失实虚妄之言，胜真美也。……所以铨轻重之言，立真伪之平。”王充认为社会上一些儒生官员，“南面称师，赋奸伪之说；典城佩紫，读虚妄之书”，他由此迫切感到批判的责任。他言道：“孟子曰：‘予岂好辩也哉，予不得已！’今吾亦不得已也……故为《论衡》……冀悟迷惑之心，使知虚实之分。”王充所具有的，是为真理而斗争的精神。

王充的勇气来源于求实精神。他认为“务实诚”才能“疾虚妄”，而疾虚妄又是为了务实诚。他认为求实首先凭自己的感觉，即使圣贤，“亦须任耳目以定情实”。但是，自然和社会多有虚像，有假象，有冠冕堂皇的浮夸，所以王充认为，辨别是非“不徒耳目，必开心意”。如果不用心思考，那么“苟信闻见，则虽效验章明，尤为失实”，甚至会“以实事为非”，把正确看为错误。《论衡》有大量这方面的举例，其中多有时代兴衰的深刻历史教训。

“知为力”——“知识就是力量”的观点是王充最早提出的。王充的求实精神和超凡的思辨才能源于自强不息的自学精神，他具有广博圆通的知识支撑，是罕见的博学家。作为汉代百科全书式的著作，《论衡》涉及经学、哲学、史学、自然科学、文学、逻辑学、美学及教育学等各领域，而又交汇贯通成一家之言，所以清代乾隆皇帝读了《论衡》之后，认为虽然“背经离道”“非圣无法”，但又“喜其识博而言辩”，可以“效其博辩，取其轶才”，而准入《四库》。20世纪英国科学史专家李约瑟认为《论衡》是“非常重要的科学著作”，在其《中国科学技术史》中大量引用《论衡》原文。至于现代各门学科发展史，一般都必提《论衡》。而且，单就语言词汇而言，王充在汉语言发展史上就有着几乎里程碑式的贡献。

在思想方法上，王充以天道自然、阴阳和谐的道家核心思想来解释天地万物，以自然无为的辩证观来批判神鬼虚妄。但王充对道家思想有继承又有区别：一、道家侧重形而上，讲变即不变，王充主张形而下，重唯物实际，提倡与时俱进。二、道家讲与世不争，“上善若水之顺下”，王充主张奋发向上，“无为”是不当妄为，不是无所作为，不能“顺水推舟”。三、道家尚超脱，往往回避实际，规避矛盾，王充则主张主观能动，主张“怀疑、假设、类推、验证”。王充有言：“知屋漏者在宇下，知政失者在草野，知经误者在诸子。”他重视基层民间，重视海纳百川的包容思想。王充最令后人敬拜的地方，就是他敢于并善于联系实际，他弥补了老子、庄子“伟大而玄虚”，抑即所谓“空说无着”的缺陷。而且王充“训诂举大义，不为章句”，他反对搬用教条，痛恨乡愿行径，所以他能做到不唯上、不唯势、不唯圣、不唯书。也因此，王充《论衡》就是摆事实，讲道理，用许多实例来归纳论证一个道理。他极善于旁征博引，铺陈往复，其繁博与质朴的风格，又是古今著作中的难能可贵者。王充的精神，体现着独立的学术人格，是理论联系实际的求是精神。

批判，是哲学的本质特点和发展轨迹。黑格尔把哲学说成是“一只黄昏时起飞的猫头鹰”，这是说哲学首先是对过去历史的扫视与搜索。王充对古往今来一切虚妄不实的东西，几乎无所遗漏地扫视和批判了一遍，他正是古代哲学丛林中一位不可思议的枭雄。

## 二

王充批判“天人合一”，关键是否定“天命”的政治，否定“君权神授”“奉天承命”的传统意识。他将帝王天子从天上搬到地下而恢复为好或者不好的凡人，他否定把天地人事现象宣称为“天意”的统治意识，而认定为是自然和人类历史发展中的偶然与必然的辩证。

王充认为，天是物质的天，没有耳目知觉，没有嗜欲情感。“夫天者，体也，与地同。天有列宿，地有宅舍。宅舍附地之体，列宿著天之形”，天是自然之天，无为之天，天与地合气才产生天地万物。“天覆于上，地偃于下，下气蒸上，上气降下，万物自生其中矣。”他说人生于天地之间，就像鸟生于林，鱼生于渊等生存现象一样，都是“自然无为，天之道也”。王充说：“儒者论‘天故生人，故生万物’，此言妄也”，“如天故生万物，当令其相亲善，不当令之相贼害也”。上天既然有意地创造了人类和万物，何不令其相互亲爱，反任其相互残杀，又何不清明和平，反灾害相续，加害百姓，“是天何其拙也！”

王充言：“天地不生故不死，阴阳不生故不死。死者生之效，生者死之验也。夫有始者必有终，有终者必有始，唯无始无终者长生不死。”因此宇宙时空具有无限性，而人与生物有生必有死，只能依靠传宗接代而生机不息，“因气而生，种类相产”，由此而子子孙孙无穷匮也。这些都是古代哲学的光辉命题。

王充说：“人，万物之中的智慧者。”王充之后一千五百多年，欧洲文艺复兴时期莎士比亚等提出“人是万物之灵”这个观念，与“自由人性”理念一起，引起了人文与科学的革命飞跃。王充认为，人的智慧基于元气物质中的“元精”基因，“精神以血气为主，血气附于形体”，他认为智慧是精神的物质，精神的物质离不开形体，“形须气而成，气须形而知”，所以人死腐朽，“所用藏智慧者败矣，所用为智慧者去矣。……天下无独燃之火，世间安有无体独立之精?”个体精神必然随着赖以存在的个体物质的灭亡而灭亡。人死了，焉能为鬼；火灭了，东西焉能复燃。“精神的物质”——精神属于物质，这又是一个光辉命题。

王充批判鬼神论是批判天人合一论的顺理成章。天人感应虚化成人鬼世界与阴阳世界，而形成世人的迷惑之心，于是人往往不胜惶恐之至。王充的逻辑是，如果有鬼，那么鬼使神差在天意之中，天就是鬼；如果有鬼，那么“天地开辟，人皇以来，鬼以亿万数，道路之上，一步一鬼。人死前见鬼，宜见数百千万，不宜只一二鬼”；如果有鬼，那么夫死妻更嫁，妻死夫更娶，鬼宜大怒。今寂寞无声，平忽无祸，人死无知之验也。王充以大量篇幅来批判有鬼论，同时抨击当世风靡的祭告、卜筮、厚葬、淫祀之风，他为后世唯物主义者开了先声。

鬼神批判是政治批判。西汉末年，从朝廷到草野逐步形成谶纬神学（谶纬：谶书和纬书，谶书为隐语，纬书则穿会六经，然后合起来预决吉凶。《后汉书》记有东汉诸皇帝“信谶纬，多以决定嫌疑”）。至东汉，无论朝野都充斥天人感应的巫风鬼气，充斥着帝王将相由天神幽助的欺人之谈，这正是王充发愤著作《论衡》的重要原因。现在大多数人不会再相信鬼神，似不必赘言，然而鬼神论曾是中国古代几千年的思想构成，王充说：“世人无论智愚、贤不肖、人君布衣，皆畏惧信向，不敢抵犯。”鬼神思想曾经像大山一般坚不可破。王充的无鬼神论思想光照古今——不必说，即使时至今日也有着现实的针对意义。

王充从天道自然的朴素唯物观出发，否定“天人感应”的唯心论和鬼神论，由此落实到对社会实际的解释：“世之治乱”，政治清明与腐败，人君臣子贤与不肖，是历史发展的客观际遇造成的。而人的地位差别缘于个人才能与自然际遇的结合。王充说：“贤不贤，才也；遇不遇，时也。……处尊居显，未必贤，遇也；位卑在下，未必愚，不遇也。”其中包含着深刻的民主意识与人权意识。

王充认为国家给贤人广开发展际遇，那是治世的政治表现，但社会却往往是“人君犹以无能处主位，人臣犹以鸿才为厮役”，这才是现实中真正的“鬼怪”现象，而这些现象却统统被天人感应的迷雾所笼罩与掩盖。

王充认为天人感应的理论满足上层统治者的心理需求，并且适宜于培养佞人与乡愿。王充言:“屋漏在上，知者在下……损下益上，佞人之义也。”佞人就是“顺阿之臣，准主而说，适主而行，无廷逆之郗，则无斥退之患。或骨体娴丽，面色称媚，上不憎而善生，恩泽洋溢也”。至于乡愿，因为“同于流俗，合于污世，居之似忠信，行之似廉洁，上下悦之”。王充最厌恶“德之贼也”的乡愿，因为乡愿最具有貌似善良的假象。

上有所好，下必甚焉。王充言道:“长吏妒贤，不能容善。”善者往往被排挤，而不善者“无篇章之诵，不闻仁义之语，长大成吏，舞文巧法，徇私为己，勉赴权利，考事则受赂，临民则采渔，处右则弄权，幸上则卖将。一旦在位，鲜冠利剑；一岁典职，田宅并兼”。

王充对于时政流俗的批判是十分深刻与尖锐的。王充说：虎食人罕见，猛于虎的苛政则常见。他揭露基层官吏“居功曹之官，皆有奸心，私旧故可以幸，苞苴赂遗，小大皆有”。王充在《自纪篇》中说:“俗性贪进忽退，收成弃败。充升擢在位之时，众人蚁附；废退穷居，旧故叛去。”他对此深有同感。世态炎凉是封建势利社会的常规，符合天人感应理论的逻辑之必然。对此，王充得以自解自叹的理论是，人的“性与才”同“命与时”往往不成正比:“是故才高行厚，未必保其必富贵；智寡德薄，未可信其必贫贱。……临事智愚，操行清浊，性与才也；仕宦贵贱，治产贫富，命与时也。”他认为社会不公平积重难返，非一时所能改革。

王充《论衡》中“命与时”的观点是朴素唯物主义的选择，

是对社会人事有太多的不确定性的权衡解释，因而带有时代的局限，带着个人的印记。然而“圣人发愤之所为作也”，瑕疵难掩伟大。东晋道家抱朴子（葛洪，其叔公葛玄修道上虞）就认为王充是“若所著文，时有小疵，犹邓林之枯枝，若沧海之流芥也已”。他把王充的伟大比作森林与海洋。

## 三

汉代是大一统、大发展的时代，但同时又是“潮流虚妄”的年代。胡适有言：“王充力反时代潮流，独尊黄老，最不信鬼神上帝，遂开魏晋新思想之先河。”应该指出，在王充心目中，孔子确实是圣人，他决不怀疑孔子的伟大，尽管他不唯圣人，要“问孔”质疑。王充所激烈否定的是汉代的儒生学说。

王充言“儒者说‘五经’，多失其实。前儒不见本末，空生虚说，后儒信前师之言，随旧述古，不暇考实根核”，“世信虚妄之书，以为著于竹帛上者皆贤圣所传，无不然之事，故信而是之”。由此，以讹传讹。

譬如儒生说孔子先知先验，王充就否定，他说孔子有许多不知道的事，他连父亲的坟墓都找不到；孔子入太庙每事问，先知又何必问；孔子说老子“其犹龙乎”，他不识老子。孔子葬泗水边，“泗水为之却流”，王充问：“生时无祐，死反有报乎？”儒生传孔子死前预告，说以后会有个叫秦始皇的人要来烧他的书……王充说这是一派胡言。

汉儒生鼓吹善恶天报，富贵贫贱都是报应。王充说："虞舜圣人也，在世宜蒙全安之福，父顽母嚚，弟象傲狂，无过见憎，不恶而得罪，不幸甚矣。"更有"子胥伏剑、屈原自沉"，孔子则"屡遭厄运"，而"世间不行道德，莫过桀纣，桀纣不早死"。所以"操行善恶，性也；祸福吉凶，命也""性善而命凶，性恶而命吉"，司空见惯。

汉儒生求吉避凶，婚丧嫁娶、造屋入宅乃至沐浴都要占卜。王充言道："《书》列七卜，《易》载八卦，从之未必有福，违之未必有祸。""武王伐商纣，卜筮之：逆；占曰：大凶。太公推蓍蹈龟曰：'枯骨死草，何知而凶？'"对于天气变化现象，汉儒生多有神秘忌讳，王充则以大雨将临为例，"天且雨，蝼蚁徙，蚯蚓出，琴弦缓，痼疾发"，此物候也，何须惊怪。

王充反对汉儒生厚古薄今。"上世之人重义轻身……今世趋利苟生……此言妄也……古有无义之人，今有建节之士。述事者好高古而下今，贵所闻而贱所见。"又，儒家宣传"上世之人质朴易化，下世之人文薄难治"，王充对此打了个比方"犹家人子弟不谨，则谓他家子弟谨良矣"，其实是无着之论。

王充反对儒生把某些神话传说当作事实，把一些艺术的夸张当作理论依据，反对人云亦云。

譬如汉儒传书："舜葬于苍梧，象为之耕；禹葬会稽，鸟为之田。盖以圣德所致，天使鸟兽报祐之。"王充认为这些小儿故事不当成为正论，他说："使鸟兽田耕，不能使人祭。……天之报佑圣人，何其拙也，且无益哉……实者，苍梧多象之地，会稽众鸟所居。”

汉儒传言：“夏禹巡守，会计于此山，因以名郡，故曰会稽。”王充首先考实：“舜南治水，死于苍梧；禹东治水，死于会稽……”非巡守死。王充接着说：“百王治定则出巡，巡则会计，是则四方之山皆会计也。”“夫言因山名郡可也，言禹巡狩会计于此山，虚也。巡狩本不至会稽，安得会计于此山？”会稽非出于会计。

王充言道：“世人称美过其美，闻者快其意；称恶增其恶，听者惬其心。”于是“闻一增十，见百益千”。他举例：《尚书》讲尧德“协和万国”，就是溢美。孔子讲“大哉，尧之为君也，荡荡乎民无能名焉”，王充批评道：“言‘荡荡’可也，言‘民无能名’，不实也。”

王充自称：“何以为辩？喻深以浅。何以为智？喻难以易。”这是学问的至高境界，但基础是严谨的治学态度。在学术上，王充反对文人式的夸张。譬如他批评儒书所称“养由基射一杨叶，百发百中……见石为虎，射之，矢饮羽”“鲁班为木鸢，飞三日不止”“孔子游七十国”“春秋四君子，食客三千”“纣王酒池，牛饮者三千人”“武王伐纣，兵不血刃”，而“牧野之战”却写为“血流漂杵”。王充认为夸张是学术的浮夸，哲学必须禁忌此法，必须较真。

王充对学术的较真特别体现于《问孔》《刺孟》等篇章。他说：“苟有不晓解之问，追难孔子，何伤于义？诚有传圣业之知，伐孔子之说，何逆于理?”他批评孔子对学生曾晰祭神求雨持肯定态度，批评孔子对学生宰我昼寝的不当训斥，批评孔子把“信”置于“食”之上的信义空谈——“民饿，信安以立?”并且，他针锋相对提出“礼义之行，在谷足也”这一经济是基础的光辉命题。王充把孔子当圣人，但他却又能“当仁不让于师”，因为王充认为真理面前人人平等，他是无所畏惧的求真知者与有真知者。王充的认知论以及他的实事求是、独立不移的治学精神，值得一代又一代的中国人学习。即此纪念。

# 猛士与狂人

虞山舜水，孕育秀灵，自古以来出过一系列非常了不起的人物。其中东汉的王充与魏晋的嵇康，乃是中国古代史上推动思想解放的先驱者。这两位上虞先贤学问博大精深，又卓有独立的人格和大无畏精神，因而都成为标新立异、立一家之言的大家。为了追求真理，他们不唯书，不唯上，亦不唯圣人；他们反对偶像崇拜，崇尚务实求真，批判社会虚假丑恶，并深刻揭露产生社会弊病的思想根源。他们是后世思想家和革新志士的启蒙者。

鲁迅先生受梁启超的影响，熟读《论衡》，并多次推荐《论衡》。他从王充批判社会虚妄的哲学中汲取养分，把王充解放思想的理念当作自己的思想资料，这有许多记载可作佐证。至于嵇康，则更是鲁迅心仪的人物，他花几年时间精心编辑《嵇康集》，“从其身上看到了自己的身影，显得特别钟情于这位古代圣贤”。可以说，鲁迅既具有王充那种透析社会的现实理性，更具有嵇康那种“战斗狂人”的浪漫基因；鲁迅的“横眉冷对”，有着王充“愤世嫉俗”的影子，更充满着嵇康“轻时傲物”的硬气；鲁迅“嬉笑怒骂皆成文章”，既有王充文章的冷峻清拔之气，更是把嵇康犀利泼辣的笔风发挥到极致。

我们读王充与嵇康，能发现这两位人物之间，有许多相似相通的方面，而这些方面又多少都能看出鲁迅的影子——可以说，王充与嵇康就是东汉与魏晋时期的鲁迅。

第一，从出身看，王充与嵇康都是少年丧父的孤儿，出自“孤门细族”，但他们都是早慧型的人物，而且都是靠独立自学，而不是被时代思维模式灌注出来的人物。——鲁迅也如此。《后汉书·王充传》讲王充“充少孤，乡里称孝”，从小好博览群书而不拘章句。后来“家贫无书，常游洛阳市肆，阅所卖书，一见辄能诵忆。日久，遂博通众流百家之言”。《晋书·嵇康传》写嵇康“早孤，有奇才，远迈不群”，人道他“龙章凤姿，天质自然”，而且“学不师受，博览无不该通”。他二十岁以前即以卓越的诗文、书法与音乐教育理论名噪京师。

第二，从经历看，两位都是“从旧营垒里杀出来”的“反戈一击”的人物，这又与鲁迅相似。王充与嵇康都做过官，一个做功曹，为郡县助理，一个做中散大夫，为上级顾问。但他们官小名气大，巨鹿太守会稽人谢夷吾曾向皇帝上书，称“王充之天才，即使前世的孟子、荀子，西汉的扬雄、刘向、司马迁，都不能过”。嵇康则被已经篡夺国家大权的司马昭所高度关注，专派特使钟会去笼络。但王充与嵇康都弃官还乡，王充因为愤世嫉俗不合于世，回到上虞闭门著作《论衡》三十年，嵇康因为对当道者深恶痛绝，隐居山阳二十年。他们都用文字、思想和生命来完成对理想与人格的坚守，成为中国文人的理想典范——鲁迅“躲进小楼成一统”，与王充、嵇康何其相似尔。

第三，从学说思想看，两位都是道家思想的传承者。王充以天道自然的道家核心思想及其阴阳和谐的学说来解说天地万物，以自然无为的辩证观来批判笼罩当时社会的神鬼观念，以实事求是的重新检验的态度来辨别真理与谬误。王充最伟大的地方，就是他敢于并且善于理论联系实际，由此弥补了前代道家“空说无着”的缺陷，建立起相当全面完整的宇宙观、生死观、社会观之哲学体系。

嵇康则是道家思想的身体力行者。他宣称：“老子、庄周，吾之师也。”道家的自然无为，是嵇康人生的全部追求。他放情山水，“目送归鸿，手挥五弦”，任性畅达，表现出别具一格的非凡风度。他研究老庄周易，著诗立文，成为魏晋玄学的代表人物。（按：鲁迅的主流思想也是批儒尊道，他接受道家批判统治者为所欲为因而主张无为而治的思想是深刻的。）

第四，最重要的，从历史价值观看，王充和嵇康都是中国历史上思想解放的先驱者。这对千年之后的中国新文化运动及鲁迅等领军人物，有着直接的影响。

应当指出，中国在春秋战国时期，无所谓思想解放，因为那时候尚没有形成占统治地位的主流意识形态；社会宽容，百家争鸣，思想本来就是自由解放的。只是西汉“罢黜百家，独尊儒术”以后，儒学才被统治阶级作为“官学名教”而压倒一切，并始终压制一切另类思想。所谓名教，实质是把扭曲的“三纲五常”作为核心，成为规范封建社会生产关系和阶级关系的政治统治思想，以此“审察名号，教化万民”，于是所谓“平章天下”，实质就是抑制天下舆论。一直到王充和嵇康出现，世人才先后对当时社会主流思想开展各具特色的批判与否定。所以从历史上看，他们开创了思想解放的先河。可叹的是，由于儒家思想的根深蒂固，后来近两千年“君临天下”的封建史上，极少有像他们那样拥有巨大的勇气、胆略和水平的后来者。一直到现代五四运动才掀起思想解放的巨浪（鲁迅称之为“扫荡”），一直到改革开放的当代，才真正形成浩浩荡荡、无可阻挡的思想解放的时代洪流。

当时王充从天道自然的朴素唯物宇宙观出发，否定天人感应的唯心论与鬼神论，否定天是人间世事的主宰，认为所谓帝王将相有天神幽助全是欺人之谈。他认为人的地位差别缘于个人才能与自然机遇的结合，“贤不贤，才也；遇不遇，时也。……处尊居显，未必贤，遇也；位卑在下，未必愚，不遇也”。事实上这里头包含着深刻的民主意识。王充再从实事求是的辩证观出发，反对神化孔子和五经。他说：“苟有不晓解之问，追难孔子，何伤于义？诚有传圣业之知，伐孔子之说，何逆于理？”在王充之前，没有人敢从学术理论上系统地问难孔子，没有人反对偶像崇拜，没有人敢批评儒学中诸多似是而非的谬误。譬如孔子讲“去食存信”，王充从“经济是基础”的理念出发，针锋相对地提出“礼义之行，在谷足也”的光辉命题，摒弃了孔子的信义空谈。王充是文化史上反潮流的第一人。

王充继承了道家自然无为的思想传统，但是，他与先秦老庄思想又是有严格区别的：一是道家侧重形而上，讲变即不变，王充主张形而下，重唯物，重实际，他有与时俱进的世界观。二是道家宣称与世不争，“上善若水之顺下”，而王充主张奋发向上，具有积极的战斗思想；他把道家的“无为”明确诠释为“不当妄为”，更不为私利而刻意求为，“无为”绝非无所作为。三是道家尚超脱，往往回避实际，规避矛盾，王充则主张主观能动的认识论和验证论，旗帜鲜明地反对因循守旧、人云亦云的教条。王充有言：“知屋漏者在宇下，知政失者在草野，知经误者在诸子。”他重视基层、民间，重视“海纳百川”的包容思想。王充的哲学动摇了西汉之后儒学的正统地位，不仅对汉魏之际解放思潮的兴起起了催生作用，还是魏晋玄学形成的重要思想资源，对后代的革新志士起了极大的启蒙作用。章太炎评王充：“怀疑之论，分析百端，有所发擿，不避上圣，汉得一人焉，足以振耻，至于今亦鲜有逮之者也。”章太炎是鲁迅的先生，他对王充的高度评价，对鲁迅有极大的鞭策。

嵇康显然传承了王充的思想，但观点更为激烈，言论行为更为“异端”。当年，正是司马氏政权一面打出“汤武周孔”旗号来钳制舆论，一面实行高压政治的时候。在几乎人人不能不作假的年代里，唯嵇康如天马行空，龙性难驯，他针锋相对地提出“非汤武而薄周孔”“越名教而任自然”的政治口号。在许多诗文里，嵇康揭露儒学名教被上层利用，无非为了迎合君主意志，维护宗法等级制度，并以此剪除异己，来达到社会的一时稳定。用鲁迅的话来说，就是“拉大旗作虎皮”，然后“吃人”，再然后还要“立牌坊”。嵇康指出，仁义礼教已经走向极端，束缚和扭曲人的心灵，犹如网中之鸟，“振羽则能，动辄得咎”。他亮出“以六经为荒秽，以仁义为臭腐”的离经叛道之剑，正是源于对当时虚伪的政治本质的认定。在著名的《与山巨源绝交书》一文中，嵇康特别具体地讲到做官有“七不堪”，即不能忍受官场的平庸、拘谨、繁杂、俗套、应酬，以及只重形式不重人情的礼仪。嵇康笔下假恶丑的官场现形，表明他同黑暗政治的彻底决裂，这是一篇争取思想解放的自由宣言书。嵇康最终为自由而死，死得从容伟大。然而他生前的呐喊——有如千年之后鲁迅的“呐喊”——在时代沉寂而绵延的旷野上留下永久不灭的回声。

嵇康如同鲁迅所说的“猛士”与“狂人”，他敢想敢说世人所不敢想不敢说，然而他的头脑是极其清醒的。他说：儒家名教被上层利用而变成政策，然后“劝百姓以尊己，割天下以自私”，再让天下人竭力追求，“以富贵为崇高，心欲之而不已”。这些话比后来明清之际的民主思想家黄宗羲的“家天下”的观点还要直白与透彻（黄宗羲的母亲是上虞五夫人）。嵇康还揭示异化的儒家名教对人心人情的扭曲，他说“大道既隐，智巧滋繁，世俗胶加，人情万端”，意思是道家的主义信仰隐退了，于是社会人千方百计为自己动脑筋，造成人心涣散，社会变得更加世俗而混乱。嵇康诸如此类的呐喊，至今还有振聋发聩的警世意义。

批判，是哲学的本质特点和发展轨迹。革命哲学的批判，又是对传统文化的叛逆。我们对王充与嵇康的评价，还应当基于这样的历史文化主流传统，即在中华民族的文明发展史上，占主导地位的是儒家文化。而儒家文化的基本特点是：政治上的“法先王”，道德上的“求中庸”，行为上的“遵古训”，治学上的“重诠释”。在儒家文化为主导的文化思想中生存与延续的中华民族，历史上并不十分富有批判意识与批判精神。儒家文化虽然也存在发展与演进，但这种发展与演进，并不具有批判与涅槃的性质。从这一层面上讲，王充与嵇康对思想解放的推动，他们所独有的批判意识与批判精神，尤其显得难能可贵。鲁迅讲过，革命就是觉醒者呼喊被关在铁屋子里昏睡的人们，王充与嵇康就是中国古代史上最早的觉醒者。

王充是现实冷静的，嵇康是浪漫激越的。他们以各自的风采倡导时代思想的解放，核心思想和本质品格是共同的，是自由、公正、科学、创新。他们的尊严与高贵，犹如恒星灿烂，在历史的天空永放光明。

# 吴承恩和他的上虞恩师葛木

在中国，吴承恩的名字可谓家喻户晓，他是载誉世界的中国古代四大文学名著之一《西游记》的作者，但鲜为人知的是，时任淮安知府的上虞人葛木，竟是他恩同再造的“父师”。可以说，当时如果没有葛木的知遇、赏识、激励，就很可能不会有登列世界文化殿堂的《西游记》。葛木犹如独具慧眼的伯乐，是他发现并成就了吴承恩这个难得一遇的文学天才。葛木（？—1535），字仁甫，号卮山，上虞人，明代正德丁丑年（1517）进士。嘉靖八年至十一年（1529—1532），葛木任江苏淮安知府，一履任即创办了龙溪书院，并每月定时到书院亲自授课。在当时招收的生员之中，有一位就是后来写出传世佳作《西游记》的作者吴承恩。

## 葛木赏识吴家父子

吴承恩（1506—1582），淮安山阳人，在葛木任期内前后两次就学于龙溪书院（24 岁与 27 岁时），深受葛木的赏识喜爱。这里有几层关系，一是吴承恩的曾祖父吴鼎做过余姚教谕，祖父吴铭做过杭州教谕，祖辈两代都在浙江做学官，这是葛木注意到吴承恩的一个原因。二是吴承恩父亲吴锐是一个学富五车的性情中人，凡经史百家，莫不浏览，又好谈史谈政，喜奇闻怪事，但因家道中落，在山阳城里卖“采缕文縠”（丝织品）为生，经常忍受胥吏刁民敲诈，是一个出名的“吃亏是福”的小商，被市人呼为“痴儿”，但葛木得知后却再三称他为难得贤人，对其敬重有加。这是葛木对吴承恩格外关注的另一个原因。三是吴承恩自己“髫龄（童年）即以文鸣于淮”“性敏而多慧，博极群书，为诗文下笔立成，名震一时”。但是，吴承恩跟一般士子不同，他才华横溢，却轻世傲物而锋芒毕露，他视科举功名如草芥，却屡试不中，于是嘲笑纷至沓来，被人交口赞誉的日子一去不返。“胸中磨损斩邪刀，欲起平之恨无力”，当时吴承恩曾十分失望乃至失去自信，他进龙溪书院时的思想状态是有些消极倾颓的。在这种情况下，葛木对逆境中的吴承恩，除了赏识之外，更寄予一种深刻的同情，以及对后生晚辈的勉励与期望。吴承恩大器晚成，离不开葛木在他关键时期所起的关键作用。葛木是特具慧眼的。史载吴承恩 25 岁那年年初，即他入学第二年，淮安知府葛木拜吴承恩父亲吴锐为乡饮宾，作为地方德高望重的荣誉代表。可是“吴锐不至，三请然后赴”。葛木三请吴锐，把这位被许多势利小人呼为“痴儿”的民间小商推为上宾。这样的尊重无疑让吴承恩产生特别的心灵触动。为激励吴承恩，葛木创造条件发挥吴承恩的优势特长，以增进其自信。这年冬，葛木特意谦让，请吴承恩代写《告先师（孔子）庙文》，榜镌于学宫大成殿之侧。吴承恩善诙谐戏谑，很有“孙悟空式的调皮”，幸好在龙溪书院得遇大度又开朗的被他称为卮山先生的葛木。他后来有诗称道：“忆昔龙溪鸣鼓钟，后有王公前葛公……莫笑狂奴仍故态，龙溪我亦法筵人。”狂奴是吴承恩自称，“法筵人”原指佛筵上讲经说法的高僧，这里是说他自己常在龙溪书院发表言论，吴承恩在书院里是有出众的地位的。可以想见，当时葛木坐在一旁，笑容可掬地听吴承恩“夺席谈经”，这是吴承恩引为自豪的回忆情景。

## 吴承恩永生不忘恩师提携

吴承恩 29 岁这年秋，参加乡试又落第。葛木此时已由山东按察使副使升任山西布政使，赴任前回上虞省亲之际，特取道去吴承恩家中访问，不料与之失之交臂。未几，葛木从上虞北上，过扬州时又特派人去探望落第的吴承恩，对他“锡以教言”，时吴承恩因病回家，又未能亲承教诲。作为一位地位显赫的地方长官，葛木对处于落寞潦倒之中的吴承恩竟是这样的周到关爱。对吴承恩而言，这种使他免于失去自信的精神慰藉胜过一切。在冷漠势利的环境中，吴承恩对社会恨之越深，对葛木这样的好官和恩师就爱之越深；而当得知葛木猝然病逝，吴承恩则悲愧交集，五内俱摧，然后痛定思痛，长歌当哭，写下催人泪下的《祭卮山先生文》。葛木卒于山西布政使第二年任上，离开淮安才三年，时吴承恩刚三十岁。史载葛木灵柩过淮安，“士民奔拥，停灵月余，哭奠不辍”。深受葛木知遇之恩的吴承恩，其绵绵哀思又该是何等深痛。《祭卮山先生文》为千字文，满篇如泣如诉，声泪俱下而一气呵成。祭文以强烈反复的哀辞起首，写自己恍恍惚惚听到噩耗，跌跌撞撞赶到停放灵柩之地，凄凄戚戚听葛木家人哭诉之情状，于是“见闻既真，神悸心惑，惊怛号顿，五内震摧”。在吴承恩心目中，卮山先生葛木“烨如游龙，振如鹤鸣，戴星听政，中夜而即安。烛照刀斩，精神奋扬”，如此英气勃勃不怕劳累之人，这样的好官与导师，竟忽然之间撒手人寰，痛何如哉！吴承恩接着写淮安市民“罢市而哭，斸衣而奠”，而他们这些学子，曾受过先生的亲切教诲和知遇之恩，其悲痛之情更何以言说。他写道：“昔人有言：感恩易尔，知己实难。承恩，淮海之竖儒也，迂疏漫浪，不比数于时人，而公顾辱知之；泥途困穷，笑骂沓至，而公之信仆，甚于仆之自信也。公今逝矣，谁当念予虚浮无实之文……孰能了仆之心也哉！”吴承恩说自己是一个迂疏漫浪的小儒，辗转于困穷泥途之中而受人笑骂，当自己彷徨无助将要失去自信的时候，“而公之信仆，甚于仆之自信”，这是多么及时的鼓励与鞭策啊！人生得一知己足矣，他把葛木看成知己先生，称自己是卮山先生门下士。

吴承恩写到葛木离开淮安后前后两次去探望他，而他虽未能见到恩师，却总以为他日可以报答，岂知这一走竟为永生之别！“痛嗟哉卮山先生！痛嗟哉卮山先生！”吴承恩悲痛之情自难抑制。他写道：“老天不仁，夺我父师，我伤如何！”他评价先生“德在淮民，功在朝廷，名声在四方。刚大之气，昭为列星，激为雄风，岂再泯灭”！先生的精神是不死的，恩师的激励他将永远铭记不忘。吴承恩说自己过去实有负于先生，但是他表示：“自今以往，亦愿努力自饬，以求无忝于我公知人之明，庶他日少有所树立，亦卮山公门下士也，持此以报公而已。”吴承恩即以此“有所树立”的诚心和决心告慰葛木在天之灵。人生三十而立，吴承恩正是从此开始《西游记》的创作。可以说，葛木是最能打动吴承恩之心的人。吴承恩有幸，卮山先生葛木亦有幸焉！

## 葛氏功德永垂青史

《上虞万历县志》与《上虞光绪县志》有葛木及其父亲葛浩的列传记载。父子俩都是进士，又都为上虞名宦乡贤。葛浩官至大理寺卿，治政、治军多著丰功。2008年，在上虞市梁湖镇西华瑶村发现一块明代巨大石碑，上面刻有“父子进士”四个大字及“正德十四年”等字样。查县志，明正德年间上虞父子进士的就只有葛氏家族的葛浩与葛木父子。《上虞县志》载：葛木中进士后任刑部郎中，凡经手案件必再三查实证据，由此平反多起冤假错案。当时御史唐龙认为葛木辩诬理枉游刃有余，后来的刑部主事、著名学者王世贞则最推重葛木审理案件的文稿。葛木任淮安知府仅四年，淮安各色人物杂陈，是出名的难治之地，葛木则“镇以简静，加意抚字，节冗弛禁。毁淫祠为书院，进诸生，月课之。淮士民戴如慈父。迁山东副使、山西参政，卒于官。丧还过淮，士民奔拥，停留月余，哭奠不辍”。又，江苏《山阳县志》载：葛木“性明敏，遇事立断，吏不能为奸。时唐龙为督抚，政无巨细，悉采木议，郡有大疑大狱皆取决焉。轸民疾苦，以身任之。重学校，训士子有法度，文教蔚起”。无论能力、学问、人品、见识，葛木都堪称上善人物。但是，在葛木的相关事迹之中，最见光彩的显然是他与吴承恩交往的这一段佳话，原志书因多种原因而未曾提及，此亦一憾事也。特记以为文。

# 章学诚给后人留下了什么？

史学家的学问良知，就是识得和信从历史的本来面目。

——题记

章学诚《文史通义》启发人：看历史该怎么看，写历史又当怎么写——史学家的学问良知，就是识得和信从历史的本来面目。读此书又印证梁漱溟一句话："什么叫学问？学问就是有主见。"章学诚文史互通，洋洋三百篇，犹若连篇晒开历史主见的大晒场。梁启超因此称他为"集史学之大成的人"，而章太炎、胡适对章学诚的宏大新睿之观点，则直叹为"拨开云雾见青天""石破天惊"。

章学诚是个奇人，在几乎文人都爱随大流的清乾隆年间，他做人"不跟风、不媚俗、不畏讥、不愁穷"，做学问"非当然，非空谈，非浮艳，非讳饰"。他"宁作狂狷，不做乡愿"，最敬奉"史家正气归于求真"。所以梁启超又称他为史学界"思想解放的源泉"，是文史丛林中的"豪杰之士"。

豪杰之士自有豪言壮语，章学诚自云："吾于史学，盖有天授，自信发凡起例，多为后世开山。"对于史学史上三位顶级史学家，唐代刘知几与宋代的曾巩、郑樵，他直言道："郑樵有史识而无史学，曾巩具史学而不具史法，刘知几得史法而不得史意。此予《文史通义》所由作也。”章学诚底气之足由此可见，他撰写《文史通义》就是要超越前人，兼具史学、史识、史法、史意。他确实做到了。

《文史通义》非一般学人所能通读，但奇怪的是，前些年国内学者还仿佛在“望美人兮隔云端”之时，国外学者却对章学诚做了许多研究，其中美国汉学家倪德卫在专著中评价道：“章学诚是中国曾经出现过的最富吸引力的思想家之一，在他的思想架构中展示了极强的原创精神和想象力。他必将作为中国的一个哲学家而享有重要地位。而现在已经到了我们该认识这一点的时候了。”这是个非常突出而深刻的评价。章学诚史学理论是上升至历史哲学层面的理论，这是他的伟大。

章学诚生于清代盛极转衰的乾嘉时期。他认识到当时吏治的腐败缘于思想钳制的文化衰败，文化衰败又主要缘于统治者大力扶植“宋学”与“汉学”的意识形态。而宋代的朱程理学到清代已沦落为禁锢个人见解的所谓“代圣贤立言”的教学，起于汉代经学的“汉学”到清代则已成为远离现实的所谓“考据学”，社会文风学风由此而生气不存。章学诚说当时的读书人：“不敢抒一独得之见，标一法外之意，而奄然媚世为乡愿。至于古人著书之义旨，不可得闻也。”他批判道：“《易》曰言有物而行有恒，《尚书》曰诗言志，吾观立言之君子，歌咏之诗人，何其纷纷耶！求其物而不得也，探其志而茫然也……言之无物而偏欲言，诗无情志而偏欲诗，自此比比皆是矣！”章学诚为此大声疾呼：“学问经世，持世救偏！”治学必须发扬实事求是精神，以经世致用；学术必须联系历史和现实，以经得起实践的验证。

章学诚的《文史通义》具有极强的针对性，他发前人所未能发，言世人所不敢言，这在思想禁锢、学术窒息的18世纪中国，实为难能可贵。到了20世纪80年代以后，《文史通义》的研究始称“章学”，学者们淘宝似的发现章学理论隐含着相当多的现代色彩，他那些陈义甚高的理论观点使人兴奋、促人反思，具有深刻的现实意义。这应验了章学诚生前的预言——他必能“知己于后世”。

# 一代儒宗马一浮先生的国学梦

20世纪初叶是中国文化大转折、大繁荣的时代。新文化运动的浩荡洪流扫荡了陈腐的封建文化，同时激励了以“新儒学三圣”马一浮、熊十力、梁漱溟等人为代表的新国学大师。国学是以孔子“六艺”为核心的儒家经典学说，有两千余年传统的中国国学因为这些大师的努力坚守与创新，在经受世纪巨浪的洗礼之后，更显示出学说圆融、气质清明的主体面貌，体现了民族文化价值的时代重构。

马一浮（1883—1967），上虞长塘人。他的一生，是浸润与陶冶国学文化并以此为至上信仰而奋斗的一生。新文化运动的冲击，抗战时期的劫难，文化浩劫中的折磨，都不能让他对国学抢救性的教学研究产生动摇与退缩。他是学识精湛的“千年国粹，一代儒宗”，是中华精神文化家园坚贞的守望者和实践者。马一浮先生的学识与精神，特别是他那种“至诚至深”的文化品位与家国情怀，弥足珍贵。马一浮六岁时随父母从四川成都回故乡长塘读书，十二岁后在父亲指导下自学。父亲马廷培，曾在四川仁寿县做知县，熟通六经与宋明理学。母亲何定珠，出身陕西望族，擅长诗文。马一浮后来自述：“笃志国学，实秉父亲庭训；稍解诗文，则孩提受之母亲。”他十六岁那年参加会稽县试，在包括鲁迅、周作人在内的五百余考生中名列榜首。

成年后，马一浮靠自学掌握英、法、德、日多种语言。1903年起，先后赴美、英、德、日及南洋诸国，其间，精研《资本论》《浮士德》，翻译《日耳曼之社会主义史》《法国革命史》等。他在中西文化现状的强烈比照中觉悟到：国家的沉沦，必起自本土文化的沉沦，于是失去根本信仰而盲目追求。马一浮坚决反对把中国的落后迁怒于中国传统文化，他说：正是国人丢掉自己原来的东西，丢掉国粹，才造成国民精神的萎靡不振。他认为社会危机的根源不在政治危机，而在文化危机。

然而文化危机是中国文化哲学的产床，马一浮笃志国学，正是在二十世纪初民族患难与文化衰退的重重危机之际。1906年，他回国后潜心向学，绝意仕进。他说：“欲起敝扶衰，济民于水火，非自拔流俗，穷究玄微不可。”他给舅舅何稚逸写信，称自己不能像同乡的秋瑾、徐锡麟那样热血报国，但也有为国尽忠的操守，那就是“贯缀前典，整齐百家，搜访文物，思弘道艺”。这年他才23岁。在举国上下崇拜西学的形势下，面对“儒门淡泊，收拾不住”的国学危机，马一浮作为一个新的儒者毫无保留地挺身而出，这是他的人生选择。他认为，中国儒学并非封建社会的糟粕，而是人类思想的精华所在，他坚信“圣贤一流，实有其人，性德发露，确有其事”，他深刻体认儒学的真谛及其在人类生活之中不可或缺的价值理念。他坚信有着深刻的人性基因的中国文化与中国元素决不会消亡，中国人决不会失去自信。马一浮坚定的志向与自信力，是他深入国学研究的必要条件。

马一浮从此在杭州寺庙陋巷隐居苦读，一隐共三十余年，直至抗日战争爆发。开头几年专攻《四库全书》，尽读全书三万六千四百余卷，并作笔记无数，“凡中土诸子百家之学，汉宋经师之论，文史词章小说杂记，尤其佛经宗门源流，无不涉猎，并求其原委，明其旨归”。马一浮博极群书，然后由博而约，厚积薄发，这是他在国学领域内独上层巅的充分条件。

“小人常立志，君子立志长”，马一浮笃志国学，最见韧性。民国成立，蔡元培任教育总长，聘马为秘书长。马到任不足两周，辞之曰：“我不会做官，只会读书。”原因是他不主张“废经反孔”。蔡元培再任北大校长，邀其任文科学长（后由陈独秀担任），又以“道不同不相谋”不应。当时有人说他“自隐太过”，他说：“吾今于世，气类之孤也久矣，独尚友千载，知古人之必不违我，为可乐耳！”

之后，浙大校长竺可桢先后四次相邀，他又以教学主旨相左而婉谢。直至 1937 年抗战爆发，浙大迁至江西泰和，竺可桢以帮助马一浮运送藏书为契机，再次登门礼请，马一浮始以“教外别传（自由讲论）”方式到浙大讲习。马一浮长须飘然，在浙大讲习近两年，留存下著名的讲习录《泰和会语》与《宜山会语》。后来出版的《泰和宜山会语》，影响并滋润了几代学人。

“天下虽干戈，吾心仍礼乐”，在马一浮看来，只要有传播国学文化的一席之地，那就是“流离未失所”，就是“文化活力没有熄灭的象征”。避寇江西泰和排田村时，马一浮为浙大师生做首场演讲，先讲北宋儒家张载的四句话:“为天地立心，为生民立命，为往圣继绝学，为万世开太平!”他号召广大流亡知识分子:“竖起脊梁，猛着精彩，依此立志，堂堂地做一个中国人!做中国的学问!”马一浮声名鹊起，但是，他并不想久居大学，他的夙愿是建立古典式的书院，认为如此方能在官方教育系统之外保留一点传统儒学的种子。1939年，在当时国民政府的帮助下，他在四川乐山开办的复性书院，成为中国现代史上唯一的国学书院。马一浮被聘为“主讲”，主持书院工作。报考书院者800余人，但只录取30余名，因马一浮治学严格，“必须绝意仕宦，方可与议”。马一浮坚持毫不妥协的精英立场，他的培养目标是笃志国学而能专一静修的学者，是能寄托国学发展希望的精英种子。这段时期的讲稿和答问辑成《复性书院讲录》《尔雅台答问》二书出版。

然而时运艰难，至1941年5月，马一浮不得已结束了一年零八个月的讲学生涯。但复性书院并没有倒闭，而是转以刻书为主业，马一浮希望以此保存一点文化血脉。他说:“世之侵略人国者，必先去其典籍。民族之存亡，恒视艺文之兴废为验。……今寇患未戢，文物荡然，有心者忧之。”这几年间他刻印出的《群经统类》《儒林典要》两大部丛书，是马一浮担心可能因战火而佚失的珍贵善本。

为了刻书与维持书院生计，马一浮不惜纡尊降贵，多次向海内外爱好其书法的人士发布“鬻字刻书”告示。整个刻书事业就是靠他的大书法家的身份维持的，而刻印之书累计达三万余册！1958 年，他把这些藏书全部捐赠给了国家。“国学者，六艺之学也。”这是马一浮对国学的经典定义。“六艺”即《诗》《书》《礼》《乐》《易》《春秋》。称“六艺”，是从文化学术的教化意义出发的。“艺”，本义是种植，引申为培养教育。马一浮认为：“六艺是孔子之教，吾国两千余年来普遍承认，一切学术之源皆出于此，其余都是六艺之支流。”他指出：“古人论学主通。读书之道，不能为纷歧多变的现象所迷惑，要从中抓住一个根本的东西，这就是六艺。”马一浮认为，孔子儒学自觉地传承了虞舜文化与夏商周三代学术文化，而这些源头文化尽在六艺之中。他指出，所有不同于传统的文化在根本上的道理是一致的，这就是人性共有的“本然是善”“性德是真”“真善是美”，而六艺之学就是真善美之学，这就是普世价值。马一浮说：“今人舍弃自己无上之家珍而拾人余绪为宝，自居于下劣而奉洋人为神圣，岂非至愚而可哀！”他说，西方哲学艺术讲求真善美，而真善美皆包含在六艺之中：《诗》《书》是至善，诗教主仁，书教主智，仁与智，即善；《礼》《乐》是至美，礼是大序，乐是大和，合序与和，即美；《易》《春秋》是至真，易穷神通化，显天道之常，春秋正名拨乱，示人道之正，常与正，即真。

马一浮强调学习国学的基本态度与方法：

一、此学不是零碎断片的知识，是有体系的，不可当成杂谈。

二、此学不是陈旧呆板的物事，是活泼泼的，不可目为古董。

三、此学不是勉强安排的道理，是自然流出的，不可同乎机械。

四、此学不是凭借外缘的产物，是自心本具的，不可视为分外。

马一浮在国难当头之时弘扬六艺之教，表现出异乎寻常的从容不迫。他言道：

——今日欲弘扬六艺之道，并不是狭义地保存国粹，单独地发挥自己民族精神而止，是要使中国优秀文化普及于全人类，革新人类的习气的流失，而复其本然之善，全其性德之真。

——六艺是前进的，绝不是倒退的，切勿误以为开倒车；六艺是日新的，绝不是腐旧的，切勿误以为重保守；六艺是普遍的、平民的，不是贵族的，切勿误以为封建思想。

——六艺是真善美。吾敢断言，天地一日不毁，人心一日不灭，则六艺之道炳然常存，而有资格为此文化领导者，则中国也！

马一浮对于六艺的讲解集中于《复性书院讲录》《尔雅台答问》《泰和宜山会语》之中，这些讲录与答问圆融六艺，至为精辟。他言道："六艺统摄古今学术：今世文学属于《诗》，政事、社会属于《书》，人事、法制见于《礼》，音乐、艺术起于《乐》，哲学属于《易》。……至于《春秋》之义，以今人言语释之，则所谓有正确之宇宙观，乃有正确人生观；知宇宙自然之法则，乃知人事当然之法则也。"

马一浮的六艺论以孔孟儒道为主论，兼及道家佛门以及宋明理学，对朱熹、王阳明的学说尤有独见。比如讲王阳明心学之“心外无物”，他解说“物，事也，非物质”，这一点拨，拨去学者许多疑问。他对王阳明核心思想的“四句教”，分别点释为：“无善无恶是心之体”，是性；“有善有恶是意之动”，是气；“知善知恶是良知”，是心；“为善去恶是格物”，是变化气质。马一浮的学识为学者可望而不可即，他被称为学术界“云端上的人物”，绝非虚谈。

马一浮自称“我只会读书”。1957 年，周总理陪苏联元帅伏罗希洛夫来杭州，特意会见马一浮，称他为“当代的理学大师”。伏帅见马老长须飘飘、别具一相，问他过去做什么，得到的答案是“读书”，再问现在做什么，得到的答案还是“读书”。伏帅不知道，马一浮是一个能参百家的读书家，是一个“为中华文化崛起而读书”的读书家。

他不仅三教西教知类通达，且在琴、医、诗、书、篆刻等方面，几乎习无不精。尤其是书法，沙孟海说：“马一浮对历代碑帖服习之精到，见解之超卓，今世无第二人。”丰子恺则直称其为“中国书法界的泰斗”。但马一浮自称写诗写字仅小技，最爱还是读书。弘一法师曾对丰子恺说：“马先生是生而知之的。假如有一个人生出来读书，每天两本，而且读了会背，读到马先生年纪，所读所背之书还不及马先生多。”丰子恺评马一浮：“无论什么问题，关于世间的或出世间的，马先生都有最高远、最原本的见解。他印证古人的话，无论什么书，都背诵出原文来。”马一浮又以做读书笔记出名，《竺可桢日记》记载，马一浮不但通读过《资本论》，且有大量阅读笔记，并将其中一册《读马克思资本论》赠给了浙大图书馆。

关于读书，马一浮第一讲“德性”，这是治学第一要务，内化之灵魂。他办复性书院，宗旨就是精于六艺之道，复归本善之性。书院开讲时，他专有《读书法》一讲，首讲“读书之道在变化气质”，要“破习见性”。这个“习”就是与善性相对的“俗习”。马一浮说读书要破习气，“一是气质之偏，二是物欲之蔽”，包括急功近利，心有成见，学术包装，再就是做“乡愿”。乡愿就是习惯跟势力走、跟风头走的那种人。孔子讲乡愿是德之贼，马一浮最轻视乡愿，因为乡愿本质是崇拜势力的土奴与洋奴。马一浮说读书人要蔑视“势力主义”，因为势力主义只关注“业”，而忽视德，而脱离了德行的功业不可能给人类带来福祉。总之，马一浮主张读书首先是心诚，心无挂碍方读得圣贤书。

马一浮论读书，第二讲“通才”，这是治学方法，需从四方面去努力。他言道:“一曰通而不局，二曰精而不杂，三曰密而不烦，四曰专而不固。……通，则曲畅旁通而无门户之见。精，则幽微洞彻而无肤廓之言。密，则条理谨严而无疏略之弊。专，则宗趣明确而无泛滥之失。……读书之道，尽于此矣。”古人讲读书是“格物致知，穷理尽性”，马一浮认为，致知是智，是明理；尽性是慧，是悟道。读书人往往满足于“知”，而缺少“识”；满足于“证据”，而缺少“证悟”，这是读书的境界问题。

马一浮论读书，第三是讲“门径”，这是治学经验，也是实用策略。他说六艺之中，读《诗》为先，因为读诗先养心志。他又说，读六艺之前，当先读《论语》，因为六艺是孔子之教，孔子后学所传，其中微言大义，已先在《论语》问答词中显现。他说："《论语》有三大问目：一问仁，一问政，一问孝。凡答问仁者，皆《诗》教义也；答问政者，皆《书》教义也；答问孝者，皆《礼》《乐》义也。而《易》与《春秋》互见。"

马一浮说，读书要反求自身，泛泛是浮。学风之浮夸是因为"仕途夺人志"，他说后世"佛门子弟得衣钵成就者比儒家多，原因是前者不求仕途，一心清净"，于是"读书有疑有悟，自家疑处是真，遇师友缘会时自能举出，有个讨论处"。这就是读书的门径正道。马一浮有关读书的"学与问""破门户之见""触类与圆通""厚积与薄发""因人读书"等，其所论皆为别出心裁的真知灼见，值得后人学习借鉴。

上虞曹娥庙有一楹联为马一浮书写："渺渺予怀尝思所求乎子何事，洋洋如在试问无忝尔生几人。"其中意味或许正中他的心缘吧。中国历史多"风雨如磐"的时代，然而总有大儒，凭着对民族文化高度自尊的底气与远见卓识的敏锐为儒学的复兴奠定基础和基调，马一浮就是这样的有高风亮节与深刻预见的文化典范。如今文化昌明，国学复兴，怀念马一浮先生，乃有一种"高山仰止，景行行止，虽不能至，心向往之"的景仰之情。

# 硬气·才气·正气
## ——下管徐氏历史人物纵谈

上虞有不少徐姓聚居的村落，其中下管镇上徐姓最多，徐氏宗谱也保存最全。自明代万历十年（1582）至 1922 年，先后有五种共六十七卷《管溪徐氏宗谱》，谱载从 1327 年始迁祖徐桂岩自奉化迁居下管起始，赓续凡二十世。

下管这支徐氏在上虞的历史不算最长，而且在较偏远山区，可是所出的优秀人物却特别多。在明清两代约五百年之中，下管徐氏前后共出二十五位进士，另有五十五位举人。秀才则是比屋连户，弄堂角落里都有。《徐懋庸回忆录》说：“上虞有些地方，一个秀才就了不起，在下管，‘秀才可以打篱笆’，极言其多，事实上就是这样。”

下管徐氏向来有“忠厚处世，耕读传家”的名望，培养的人才多，而且人品好，不忘本。他们中有许多做了官，不论尚书、知府、翰林、知县，多是一身正气、两袖清风的好官。他们不会见风使舵，更不会作威作福，没有一个背离家乡人民勤劳朴素、是非分明的作风。淳朴爽直的民风以及优良的教育传统所积的功德，造就了下管徐氏几代人物的硬气、才气与正气，并且也使这些优秀人物成为后生学习的范例而世代相传。

## 一

明正德初年（1506）选拔贤良，下管徐氏七世徐文彪以德才出众被推举上朝，按规定先在礼部应试。当时明武宗朱厚照重用太监刘瑾，宰相谢迁（余姚谢阁老）等忠良被逼下野，国势日渐衰败。徐文彪目睹政治黑暗现状，“试文礼部，慷慨陈策”，他在文中援引汉元帝时太傅萧望之被弄权宦官诬害之事，希望皇上牢记历史教训，保持清醒头脑，拨乱反正，为谢迁等平反。徐文彪十分天真，他认为上朝应试的目的，不是做大官、发大财，而是为国家干大事，所以初次上京，他就无所顾忌，大胆批评政治。结果刘瑾一查，徐文彪系谢迁同乡，于是被捕下狱，然后“谪戍镇番”。镇番在甘肃沙漠之中，文化教育落后，徐文彪一到那里，就风尘仆仆“询父老，走政府”，殚精竭虑宣教办学。为他的诚心感动，“河西诸地，皆云从翕然”，文化学习蔚然成风。他在那里做成了一件大事，当地人都称他为“徐夫子”。

徐文彪有五子。得知父亲被发配，长子子奎与四子子厚随即万里西行，终于历尽磨难到达父亲身边。一年之后终于等到刘瑾倒台，即陪着父亲辗转东归。父子在家乡再发起“创义田，开义学，赈饥恤死”义举，无善不举。当时徐文彪被称为“贞晦先生”，他于1506年在下管方山开办上虞第一所免费学校“方山义学”，这所义学及稍后兴建的“方山图书馆”，一直传承至近代。他与儿子徐子宜在家乡及在远方外地都有办学的功绩，下管现在的“五经牌坊”就是当时朝廷给予他们的表彰。

下管人硬气的例子多不胜举，光是一长串进士名单当中，就有许多忠烈感人的事迹。如徐氏九世嘉靖时御史徐学诗，舍得一身剐，公开揭露朝中严嵩父子弄权罪状，直言批评嘉靖皇帝失察失政。徐学诗上疏比海瑞要早。徐氏十世万历时陕西参政徐如翰反对权阉魏忠贤，也有类似行状。再如徐学诗的孙子、徐氏十一世崇祯时工部主事徐尔一，还有另一位十四世翰林院学士徐复仪，他们在清兵大举入侵，目睹山河破碎而回天乏力之时，都像屈原一样以身殉国，杀身成仁。又如徐氏十世隆庆时宛平县令徐启东，执法如山，敢于同当道权贵硬碰，敢于同皇帝驸马叫板。这驸马倚仗权势，要胁持他一起上朝理论，不料徐启东一口答应，他立马解下县印，一把拉住驸马，说：你若不去，你就不是男人，是软蛋！徐启东与同代著名的清官徐九经有些相似，但事实上徐九经是“忍”字当头，徐启东对专横跋扈者却是决不容忍，管他皇亲国戚三头六臂，越是仗势之人越不吃软。

下管徐氏名士硬而且韧，他们不以社会的势利而进退，也不为明哲保身的哲学所左右。徐氏十一世进士徐观复（徐显），就是一个头颈石硬、筋骨藤韧的典型。徐观复，号“一我”，志书写他“性刚直，所至发奸雪枉，势临之，不少动”，是一位撞到南墙也不回头的人物。他初任广东顺德知县，为查清一起十九人命案，坚决反对上级通判的原判；他勘察和修建沿海防洪堤坝，坚决顶住周围“三邑豪贵”的威胁利诱；他清查海边沙地，坚决清理省府绅士长期冒占之田亩。这个“一我先生”调任福建仙游县令之后，一为改善县学条件，二为征可征之地兴办义学，三为减免过头税收，四为捉拿与官司串通的黑道恶棍，他义无反顾地连续作战，一斗到底决不罢休。后来，他又被调到安徽池州做推官，连续平反冤狱数十人，还追捕了多名被府县当局故意放脱而长期逍遥法外的罪犯。徐观复疾恶如仇，而把百姓看作亲人，凡有关民间疾苦之事，事必躬亲，尽心始终。史载徐观复离任之日，“百姓遮道，不得前，易日潜发，始获出境”。做官硬气而勤勉，这样的官，是百姓难得的。

徐观复硬气又多才气，志书写他“少颖异，髫年即领袖虞士”，年轻时就名噪上虞士林。晚年不满政治弃官归隐，在太平山腰母亲墓旁筑间房子，自命林下老人，撰写《学独》《宦独》《禅独》等著作，它们具有很高的思想和艺术水平。

## 二

有才气的人未必硬气，下管徐氏则多有才气加硬气的人物，有一位博学鸿儒徐咸清就是典型。他是徐氏十一世户部尚书徐人龙之子。1679 年康熙朝初，徐咸清受郡县一致推荐上朝应试。按惯例先得拜谒内阁大臣，徐咸清等数十人受接见的是炙手可热的大学士李霨，照理必须得巴结他。这李霨开场就摆大学士架子，他说：“公文中例用‘查议’‘查覆’等字眼，但旧字典中并无‘查’字，想必‘查’本应为‘察’，所以今后应当改为‘察议’‘察覆’。”当时众人噤若寒蝉，点头唯诺。不料徐咸清站起来说：“不可。以‘察’为‘查’,《汉书·货殖列传》有之，但那是错的。‘察’的本字是‘在’。《尔雅》:‘在，察也。’《尧典》中就有例句。而且‘察’是入声字，‘查’是第三声，两字声不同，不能转。”李霨色变，又强问:“改‘查’为‘察’，固然不可乎?”徐咸清回答:“固然不可也。《老子》曰‘其政察察’，‘察’是明白、明辨的意义，与‘查’字义不同。如果说‘查’可为‘察’，那么‘道’可为‘盗’了。”徐咸清一席话把大学士李霨的观点归结为荒谬，说得当时旁听众生面面相觑，说得神气十足的李霨目瞪口呆，“惘然谢而起”。

徐咸清学富五车，尤其精通文字学。他后来编著字典一百卷，称《资治文字》，被学术界称为“订证之确，引据之博，为古今巨观”。在此之前，明代梅膺祚已编有《字汇》,曾被后学者称为“古代字典体例的开创者”，但徐咸清发觉其中多有疏略，于是综合参照汉代扬雄《训纂》、许慎《说文解字》和南朝顾野王的《玉篇》等书，来确正字形；综合取定南朝陆法言的《切韵》、唐代孙愐的《唐韵》等书，来确正字声；再博取经史子集与汉唐文选，来确证字义。徐咸清花了多年心血，终于完成了这部巨著。

与徐咸清相比，徐氏十七世徐松的著作经历更不简单。徐松是乾隆《四库全书》编修进士徐立纲的堂侄，清嘉庆十年（1805）廷试第二甲第一名进士，他“入翰林，出为榆林知府”，因直言犯上，“谪戍新疆，居西域六年”。徐松由此以一介平民身份，踏遍了十多个浙江省那么大的南疆北疆，成年累月风餐露宿于茫茫戈壁之中，详细记录新疆南北各处沙漠、水道、绿洲、村落。终于以六年心血完成《新疆识略》，由此受朝廷特许表彰，官赐中书。随后他又著作《西域水道记》《新疆赋》《汉书西域传》《汉书地理志集释》《唐两京城坊考》等八部共百卷。可以说，像徐松那样汇注着才气、硬气、志气的著作家，历史上是不多见的。

徐子熙、徐子俊这两位徐氏八世远房兄弟也是难得人才，他们都是进士出身。徐子熙就是那位顶撞驸马的徐启东的祖父，也是徐学诗的堂叔。他“诸子百家，靡不精究”。明史载：“我朝正德间，试‘倚马万言科’，上虞进士徐子熙独成七篇，授翰林院编修。”“倚马万言”是要求很短时间内速就的文章，多数人完成一篇也难，徐子熙文如涌泉，写成七篇。他做光禄寺少卿时名噪京师，“乞词翰者无虚日。下笔千言，谈笑立应”。徐子俊则以神童著称，九岁能文，十三岁做秀才，十九岁乡试会试连捷成进士，可惜天不假年。大臣潘府（上虞驿亭人）十分惋惜，写悼诗云：“天分由来出近真，希贤有志已知津。如何造化于人忌，更比颜回短十春。”

下管徐氏还有不少忍辱负重的人物，他们同样不失硬气，现代作家徐懋庸也是一例。众所周知，在 20 世纪 30 年代那个文化非常时期的著名公案中，处在两难之中的徐懋庸选择了沉默。后来鲁迅逝世，他送去所题挽联：“敌乎友乎，余惟自问；知我罪我，公已无言。”君子坦荡荡，即使受到不公正待遇，他也无怨无悔，正视现实。徐懋庸才华出众，他的文章曾被林语堂误认为是鲁迅的作品，到达延安后又曾受到毛泽东的赞许。中华人民共和国成立后他在《人民日报》等报刊上连续发表多篇密切联系实际的政论杂文，以“不要怕民主”和反对官僚主义、形式主义为主要内容，结果又受到政治牵连。20 世纪 60 年代初，他回下管看望婶婶，家门口有人问这是谁呀，他自己站起笑着回答：“我是右派分子徐懋庸呀。”他当时有诗写道：“早向红旗托死生，暮年那复计枯荣。浮沉沧海寻常事，岂有英雄恋太平。”他那种忍辱负重的坚强意识，亦可谓荡气回肠。

## 三

下管徐氏许多英雄人物，可以演绎成一部充满正气的“徐氏演义”。其中徐氏第九世徐学诗无疑是主要人物之一。

徐学诗（1517—1567），字以言。明嘉靖二十三年（1544）进士，授刑部主事，后官至右通政使。当时嘉靖皇帝迷信道教，而严嵩精通道家文辞，又非常能逢迎皇上，于是官越做越大，最后独揽朝政。严嵩一方面通过儿子严世蕃收买嘉靖左右宦官，随时掌握嘉靖情况，一方面直接管制吏部、礼部等，以特务手段钳制言官。然后肆无忌惮地收受贿赂，吞没军饷。此时倭寇频繁侵扰东南沿海地区，蒙古鞑靼部首领俺答汗在长城以北不断侵扰，南倭北虏始终是嘉靖年间的莫大祸患，其根源在于嘉靖朝政。

疾风知劲草，板荡识忠臣。在徐学诗之前，上虞人中已有谢瑜、叶经、陈绍相继弹劾严嵩，都被严嵩一一处理掉了。嘉靖皇帝则听之任之，于是徐学诗接着再上，这就是博得千古高名的“上虞四谏”。他们明知嘉靖是严嵩的后台，却连三再四地斗严嵩，实质就是与嘉靖碰撞。他们明知上疏是凶多吉少，却还是接力传递般地上疏嘉靖。谢瑜被黜，叶经再上；叶经被杀，陈绍再上；陈绍流放，徐学诗再上。如此不怕牺牲，前仆后继，愈慷慨奋厉，愈英烈悲壮。这种精神真不愧为硬骨头精神。

1550 年秋，蒙古俺答汗大举入侵直逼京师。此危急之时，严嵩父子还收受京师要员贿赂。当时有童谣称：“俺答到门前，阁老还要钱，有口不敢言。”徐学诗弹劾严嵩之后，此童谣有续，曰：“天高皇帝远，不学诗，无以言。”“不学诗，无以言”是戏用孔子的话，这里的意思是只有徐学诗敢言。

徐学诗《劾严嵩书》近乎万言书。他说：在当时形势下，“隐默迁延，可以苟禄全身，而出位言事，罪不容死”，但作为国家臣子，早把身家性命置之度外；揭发祸国殃民之奸贼，死也甘心情愿。徐学诗说：严嵩辅政十年，造成“大臣不法，小臣鲜廉，民贫军削，日甚一日，酿成国患”，而严嵩一手遮天，恬不知耻，宣称清白，此“万目所视，万手所指”，只是欺骗皇帝罢了。徐学诗周密调查，核实数字，列出一个个当事人的贿赂事由与银两数字，揭露严嵩父子在国家多事之秋疯狂推行卖官买官的事实。徐学诗说，“臣受职至今，每接士大夫论及嵩父子，无不切齿痛恨，而七八年间竟无一人少敢抵牾（谢瑜、叶经、陈绍等状告严嵩均在七八年之前）”，实在是国家政治极不正常的结果。徐学诗向嘉靖皇帝坦言:“昔宋臣岳飞,当偏安板荡之余论天下太平,不过曰‘文官不爱钱,武官不惜死’而已。”现在大臣不正而责小吏,文臣爱钱而责武臣,根源就在当朝。

清嘉庆志补载:学诗上疏前一日,嘱咐家人买好棺材。天不亮上朝,见到同部郎中会稽人沈桥,拜托他日后照顾父母。果然,徐学诗上疏几天后即被逮捕。主审询问谁是主使,徐学诗反问:大丈夫做事,何来主使?他的浩然正气,使得行刑的狱卒也手下留情,连残忍的嘉靖皇帝也将处罚改批:原籍为民。

去国一身轻似叶,高名千古重如山。徐学诗确实无愧于千古高名,《明史》对徐学诗就有长篇记载。其中还记述徐学诗削职回家后,曾受浙江巡按庞尚特邀,商定并推行大有风险又大有利国计民生的赋税改革制度——“一条鞭法”。这是徐学诗生前敢做的又一件大事。

鲁迅《中国人失掉自信力了吗》有言:“我们从古以来,就有埋头苦干的人,有拼命硬干的人,有为民请命的人,有舍身求法的人……虽是等于为帝王将相作家谱的所谓‘正史’,也往往掩不住他们的光耀,这就是中国的脊梁。”下管徐氏中许多历史名士,就是鲁迅所称道的脊梁式的人物,也是我们家乡人民从不失自信的精神力量。特敬以为文。

附表：下管徐氏进士名录

| 世序 | 姓名 | 考中进士年份 | 任职 |
| --- | --- | --- | --- |
| 五世 | 徐　浩 | 明建文二年（1400） | 不详 |
| 八世 | 徐子熙 | 明弘治十八年（1505） | 光禄寺少卿 |
|  | 徐子俊 | 明正德十二年（1517） | 文林郎 |
| 九世 | 徐学诗 | 明嘉靖二十三年（1544） | 刑部郎中南京右参议 |
| 十世 | 徐惟贤 | 与徐学诗同科进士 | 广西布政使 |
|  | 徐启东 | 明万历二年（1574） | 南京司农司空 |
|  | 徐如翰 | 明万历二十九年（1601） | 陕西参政 |
|  | 徐良栋 | 明万历二十九年（1601） | 四川按察使 |
| 十一世 | 徐　显 | 明万历三十八年（1610） | 刑部主事 |
|  | 徐宗孺 | 明万历四十四年（1616） | 工部员外郎 |
|  | 徐人龙 | 与胞兄宗孺同科进士 | 户部尚书 |
|  | 徐景麟 | 明万历四十七年（1619） | 湖广按察使副使 |
| 十二世 | 徐允昇 | 明崇祯元年（1628） | 兵部侍郎 |
|  | 徐言达 | 明崇祯十六年（1643） | 不详 |

续表

| 世序 | 姓名 | 考中进士年份 | 任职 |
| --- | --- | --- | --- |
| 十三世 | 徐自任 | 清雍正元年（1723） | 河南息县知县 |
| 十四世 | 徐复仪 | 明崇祯十六年（1643） | 翰林院学士 |
| | 徐云瑞 | 清康熙五十一年（1712） | 翰林 陕西主试 |
| | 徐云祥 | 清康熙五十二年（1713） | 武英殿纂修 |
| 十五世 | 徐凤起 | 清嘉庆十二年（1807） | 翰林院检讨 |
| 十六世 | 徐联奎 | 清乾隆三十一年（1766） | 江西南昌府同知 |
| | 徐立纲 | 清乾隆四十年（1775） | 四库全书编修 安徽学政 |
| 十七世 | 徐　松 | 清嘉庆十年（1805） | 江南道监察御史 |
| | 徐作梅 | 清同治七年（1868） | 中宪大夫 |
| | 徐承宣 | 清光绪二十一年（1895） | 不详 |

# 上虞家谱中的家教箴言

祖训多见于家谱。上虞图书馆与档案馆所藏近百部家谱之中，多有祖训族规置于卷首。我们见到的这些祖训族规，早的起自宋朝，迟则为清代及民国时期重修。这是孝德文化的历史载体，也是我们上虞作为孝义之乡的具体印证，值得珍惜与传承。

先辈所立的孝德祖训，说到底是传代的家庭教育，是全方位的行为规范，为的是树立良好的“家教与门风”，培养好下代子孙。这些祖训箴言，旧时常铭刻在宗氏祠堂以垂范立训，其条目着重于孝义廉耻，内容着眼于扶正祛邪，实质上是围绕着孝义，具体地申述如何修身、齐家的问题。

## 明孝义，做好人

孝义，首先是孝敬父母，孝老爱亲。这一类祖训往往从警策意义上立言。如《达溪虹桥王氏宗范》言道：

> 孝父母为立身之首务。自当内尽其心，外竭其力，及时孝养，毋遗风木之悔。

“风木之悔”就是古语所说的“树欲静而风不止，子欲养而亲不待”。子女对父母不能及时孝养，会留下终身遗憾。

孝养父母，属于古人所说的“天良”，而孝的本义是“敬”和

“顺”。《道墟章氏祖训》讲：

境遇贫富不齐，而孝道贵乎顺亲敬亲，不然，虽日用三牲，不得为孝也。

对于父母仅止于衣食奉养，这不是本义上的孝顺。《驿亭经氏宗约》讲到孝顺首先是要体察父母：

事父母者当先知父母性情好尚何如，乃能曲体而无忤。不能于此处曲体，虽竭人子之力，父母勿欢也。

《古虞宋氏祖训》还讲到急性子与慢性子两种人，要求他们在父母面前要有善待的态度：

世间尝有两种人，性急人烈烈轰轰，凡事无不敏捷，在父母跟前一味自主自张的气质，父母其实难当。性慢人落落拓拓，在父母跟前一番不痛不痒的面孔，父母更觉难当。须善自变化，方可得父母欢心。

然而，对父母的敬爱体贴只是子女在家的孝义，古代孝义的内涵是全方位与社会性的，体现的是以孝为核心的孝、悌、忠、信、礼、义、廉、耻的社会价值观。就是说子孙的孝顺，不仅仅是生活上孝敬父母长辈，更是指子孙们能以自身的向善向上、立德立业的实际，有益于家庭和社会，从而实现父母长辈的良好愿望。换句话说，子孙在里在外口碑都好，这才是真孝顺。下管《管溪徐氏宗谱祖训》有道：

教子——子是我终身依靠，若不孝顺，反受他累。当教他孝悌，教之勤俭，不可令早眠晏起。纵富家有余财，不可令之妄用。少有骄顽，便当重责。虽不得做官，亦做一好人，我身后事便好托也。若唯事姑息，幼小时不知训教，后必亡身败家，反不若无子之为乐也。

这条祖训出自下管著名的明代先贤徐希明，在他看来，“做一好人”，乃是孝义教育的首要目标，这无疑是正确的。下管徐氏一门历史上贤达辈出，应当归功于徐氏的孝德门风。

祖宗望子孙做好人、走正道，所以许多祖训把孝与不孝的正反利害讲精讲透，就是要让后辈永志不忘，如《道墟章氏家乘祖训》：

传家两字，曰读与耕；兴家两字，曰俭与勤；安家两字，曰让与忍。防家两字，曰盗与奸；败家两字，曰嫖与赌；亡家两字，曰暴与凶。

仔钧公即南唐名臣、福建浦城的章仔钧，道墟的望族章氏就是他的后裔。这是非常出名的一条祖训箴言。

祖训中的孝义教育要求让孩子从小树立崇高朴实的人生价值观，反对庸俗利己的功利主义。如《古虞驿亭经氏宗约》言道：

知识初开，即当教之以孝悌忠信，为圣为贤，济人利物，多述古人事迹，开发其志气。勿以富贵利达动其欣慕之心。今三尺童子初入私塾，即语之曰“汝读书为学，可以取科名、致卿相，良田广宅，丽色艳声”，是发虑之始已不可问矣！焉得为君子？焉得不为小人？

《上虞阮氏家训》也讲：

书诚为上品，然以此而博显扬，其志已卑矣。所要在明理敦品，穷则独善，达则兼善者，此之谓真读书。若夫行止不端，虽称饱学，与不读书何异？

所以，无论“士、农、工、商四民”，本无贵贱之分。在有良知的父母心目中，孩子成人后不管立什么业，最要紧的就是行为端正，做个好人。《管溪徐氏宗谱祖训》云：

士——读书为士第一好事。但既服士子之服，便当修士子之德，恬淡自守，勉力学问。居乡使乡人颂其德，居官使下民颂其政。若不守卧碑，妄行胡做，略得进步，便欣然目中无人。居官则肆为贪酷，虐害小民，是衣冠禽兽也，可以士名之哉？

农——凡人资质不宜读书，便当习农。此是本分生理，第一安稳。但耕耘收获俱要及时，旱潦俱要效勤，不可怕寒，不可怕热。若草率鲁莽，得不偿失，是谓惰农矣。

工——人无田土可耕，只宜做工，所谓日进分文也，故古人志在食力者亦多为之。但替人做事，当如做自己事，务要用心完美，决不可草率，虚受其工食。

商——人不读书、力农，为商亦治生一事。但要置货真正，戥秤、尺度均平，愚夫稚子亦莫之欺，则信实著闻，货物易售。货无壅滞，则利息自生。

## 务勤俭，尚朴实

孝为先，勤为本，俭养德，诚立身，这是风正气清的孝德门风，也就是祖训的基本内容。《上虞阮氏宗谱家训》讲：

培养子弟，必令执有一业。或读书，或力农，或贸易，或操作，此之谓四民。有一事以束其心，自不遐思及外务。其有不务正业者是为惰民，随时训以禁止之。

这是讲勤为本。《上虞任氏宗规》也讲：

人受生成，贵于务本。士习诗书，农勤艺树，商通有无，工循法度。各尽其能，各守其具。毋怠毋荒，久而益固。业无不成，家无不裕。习惯自然，终身无误。

许多祖训都提到，子孙百千，人各有成，读书做官仅是个别，所以必须守本分、力本业。所谓“生男必教以就业，不可使之好闲；生女必训以娴静，不可使之乖戾”。《小坞赵氏家谱》讲：

士农工商，均有常业。所贵恒心自励而各勤乃业耳。盖人有一定之胜境，不拘所肄何业，即随在可自致，立收其效。若乃既居于此，又慕乎彼，则此心一纵，遂不免怠忽其业矣。业精于勤荒于嬉，事虽勤于始，尤贵励乎终。皇天不负苦心人，一勤天下无难事。尚须自勉之。

勤是创收养家之本，俭是守成治家之本，勤劳离不开节俭。《古虞宋氏祖训》讲：

凡治家之法，节俭为本。盖奢侈则不足，淡薄常有余。一丝一粒当审来处艰难。宴会嫁婚，量力而行，勿过奢费，使一效尤变成一族风气，关系非浅。

《上虞任氏宗约》则云：

人有食用，不可无财。过而不节，嗟若则来，衣毋求美，食无过恢。俭以自矢，奢不我开。冠婚丧祭，惟礼自裁。岁时伏腊，循分所该。宁俭为本，毋满生灾。留有余地，岂不美哉。

上虞俗语说：“笑破勿笑补，笑懒勿笑穷。”衣服破了不补是懒惰，打上补丁是勤俭朴素，而铺张浪费则是不齿行为。《上虞贺溪倪氏宗谱族规》言道：

婚嫁为吉利事。近见人家各争奁聘多寡，并一切虚文缛节，务喜繁华，诚为可鄙夫。贫富岂论目前，奢俭何关荣辱？总之择婿不论贫富，求媳不计厚奁，愚人不知，总为体面二字，误尽终身。吾族以诗书传家，务须扫除俗见，敦尚朴素。一可为儿女惜福，一可为世俗针砭。省之省之。

勤俭接地气，勤俭之家一定能守住朴实门风。《管溪徐氏宗谱祖训》：

要朴实——当今尚文时节，交际礼数当行的固不得不行，但不可专习时套，务饰虚文。如办酒，只要饮酒精洁可用，不必从俗，堆盘狼藉，飞金插花。如衣服只要洁净整肃，不必定用罗绮绒纱；起屋只要坚经精密，处处得用，不必极高极大，后来难以修理。如请客，当请者请，不当请者不请，不必广交滥设，至请者不以为恩，而请不及者遂以为怨。

> 要安分——人之贵贱尊卑俱有一定，不可好胜慕高，过分做事。我等百姓决不效做官的模样，我等贫穷决不效骄富的模样。
>
> 要知足——大凡学做好人，常用把胜似我的来比；至于富贵，常用把不如我的来比。即如吃一碗粗饭，就云胜似没饭吃的；穿一件破衣，就云胜似无衣穿的。是谓知足，心便宽舒快活。公卿子孙多有不肖败覆家业者，皆缘其祖父享福太过。正所谓满而溢也。

这些都是讲做人要朴实。朴实的人心术正，邻里亲，朋友信。如择友，祖训中讲择友不可不慎，首条就是朴实诚信。《北门谢氏良房谱祖训》讲道：

> 五伦之中，朋友列焉。士农工贾，各有所交。始焉在择之不可不审，既相与焉惟一于信。不因富厚而故为亲密，不因贫穷而时增轻忽。读书者择“直谅多闻”之友，则德业日进。若农工商贾，宜择勤俭诚笃者友之，则习尚正经。族人务宜慎之。

## 正蒙养，立德仪

《易经》云：“童蒙养正。”孩子好比树苗，根栽得正不正，关系一生。俗语讲“三岁看小，七岁看老”，是讲要重视儿童的早期教育，所以古人提倡“有胎教、有能言教、有小学教、有大学教”，依此认真教育子弟，以期成德仪之材。

《驿亭经氏祖训》讲：

古人重胎教，欲子才贤，先谨夫妇。居室之际，能相敬如宾，太和充满，则胎孕之时，自感天地正气。更遵古法，使孕妇口不道狂言，目不视邪色，耳不听恶声，食不尝异形异味之物，举动必准乎礼。如是而生子，其不肖也鲜矣。

初入小学，虽欲启发其聪明，然所谓聪明者，在渐明礼义。若以巧言黠辩代为矜诩，必使其心思日轻薄，志气日嚣浮。即于所读书中讲解开论，使知爱亲敬长之道，勿苛之以多记诵。盖急急记诵，即欲速助长，非为学之道。

《小坞赵氏家谱》讲：

教子读书，须趁光阴，不可太迟。世人常谓太幼则无知，俟其稍长，读一年算一年，不知既长，则外旷多端，虽读而终难刻骨。惟其幼则嗜俗未萌，心无旁骛，际引一片灵机，加以严师之提命，启其颖悟，收其放心，则成童之年，自可判其优劣之性。顽子切勿诿以家道艰难，遂渐往荒误，子弟而不教也。

旧时儿童识字之始，都是边识字，边进行孝德教育，包括如何孝敬父母，友于兄弟同学，如何待人接物等。小学的孝德教育多取《颜氏家训》《朱子家训》《治家格言》及《弟子规》等作教材。这些教材内容都是切合着孩子容易接受的日常生活细节，由此让孩子天天涵泳其中，以其自然内化，“则学如春日之苗，日有所增”。

祖训之中，有不少孝德格言的引用，如《朱子家训》中“诗书不可不读，礼仪不可不知，子孙不可不教，斯文不可不敬，患难不可不扶”。如朱柏庐《治家格言》“黎明即起洒扫庭除”“一粥一饭当思来之不易，一丝一缕恒念物力维艰”等。这些传统的祖训，是培育人的弥足珍贵的思想资源。

对于孩子的教育，祖训中既重视“代看代，代传代”，强调父母长辈的身教言传的重要性，同时重视师道，看重品格方正的教师。《管溪徐氏宗谱》讲：

> 为子延师，终身成败所系，不可不慎。幼时童蒙之师，全用端庄持重、言行不苟者。经书要熟，字画要楷，揖拜要端，讲书明白，作文正路。切不可延虚浮诡诞之士，不惟巧意装饰，愚弄父兄，子弟心术都被他诱坏了。父兄不读书而欲延师教子弟者，全防此着。

《倪氏宗谱族规》中有诗歌《童蒙入塾规矩吟》，其中两首：

> 年少书生进学堂，衣冠整洁貌端庄。读书字字须清楚，不许痴顽学放狂。

> 坐须端正戒偏斜，布素衣衫不用华。人品好时人敬重，规模要学大方家。

古人讲孩子读书是“正蒙养”，为主是一个“正”字，学正经，学正派，走正道，将来做个好人和能人。所以祖训之中，既主张孩子必须读书，又强调读书必须有戒，防止读书读坏。《上虞钟氏训蒙》要让孩子心中牢记：

不可倚恃读书骄矜父母、轻慢族人。

不可倚恃读书闲游非所、不安贫贱。

……

归根到底，读书还是落实到做什么样的人的问题。

## 守底线，严家规

国有国法，家有家规。许多祖训都有明确的不许出格的规矩，亦即不许触犯的底线。凡忤逆父母、欺凌乡里、侵吞公家、偷盗欺诈、赌博嫖娼、酗酒吸毒、迎神佞佛及不务正业等，都是触犯底线必须严惩者。

许多祖训言明管教子女，父母有责；子女不法，罪及父母。

《虞东朱氏宗谱家约》：

子孙不才，多是父兄纵容。今后卑幼有犯宗约，父兄责训不悛，禀知约长鸣金，会惩容隐护短者，并罪其父兄。

生理士农工商，各攻其业。男妇俱用勤俭守法，不可游手好闲、逸佚游荡。违者痛惩家法。

对于管教子孙，祖训一律是义正词严。尤其反对父母“有爱无教，恣其所欲”的错误做法，主张凡违法违规之不肖子孙，必须依法惩处。许多祖训明确家规：初犯或情节轻的“痛惩家法”，屡犯或情节重的则“揭名祠壁，革胙”，就是将违法子孙张榜公布于祠堂墙壁，开除宗籍。再严重的，就是“呈官革胙”。

《虞西板桥曹氏祖训》第一则就讲：

子孙有非礼非义之事，伤风败俗、玷辱祖宗、贻羞族党者，宗长会同各房支长，惩治家法外，革出祭祀，以戒不肖。

《道墟章氏祖训》讲：

子孙不患少而患不才，产业不患贫而患喜张，门户不患衰而患无志，交游不患寡而患从邪。不肖子孙，眼底无几句诗书，胸中无一段道理，神昏如醉，体懈如瘫，意纵如狂，行卑如丐，败祖宗之成业，辱父母之家声，乡党为之羞，妻妾为之泣，岂可入吾祠而葬吾茔乎！戒石具左，朝夕诵思。

《虞邑顾氏宗谱传家训诫》“严子弟”一条讲：

少年子弟不可令其游浮闲无业，必察其资性才力，无论士农工贾，授一业与之习，则心有所关，身有所拘，外而经营，内而筹划，自然无暇他想矣。若听其闲游，无所用心，必流入花酒呼卢斗狠之中，诸般歹事俱就出来，势必荡产破家亡身败行矣。为人父兄者于少年子弟必寻一事，令他去做，非定要获利也，即其事无大利而拘束了身心，演习了世务，谙练了人情，长进了识见，这便是大利也，岂必得金哉。纵容子弟浮闲惯了，是送上了贫穷道路，虽遗万金无益。

祖训中有许多“后人宜戒之”的“戒约”，是针对社会陋习及不良生活作风的。如《阮氏宗谱家训》：

作佛事设道场，演戏文唱清传，伤风败俗，莫此为甚。

又，洒扫应对进退，以至燕宾承祭、日用周旋，舍礼其何以行？若跣足、衣冠不具、嬉笑怒骂、肆口狂谈，旁观不堪入目，清夜自思能无汗颜？吾族中当以为戒。

总之，祖训是传代的家庭教育。在古代，祖训是接地气的、能有效改变乡风民俗的举措；从现在来看，传统家教的内容总体上是健康向上的，有大量宝贵的养分值得吸收。

应该指出，这些祖训族规曾经是老百姓自己教育自己的极好工具。我们上虞之所以是孝义之乡，是因为受了孝义典型人物的深刻影响，而真正起主体作用的，还是淳朴善良的广大民众。祖训族规符合老百姓的根本利益，所以家喻户晓、喜闻乐道，被踏实践行，千百年而传承至今。也正因此，我们能相信在当今深入持久地提倡社会主义核心价值观的新时期，这些良善的祖训族规也将会以创新的内容形式融入我们的社会生活与家庭教育、学校教育之中。

# 上虞近代的众位文化星宿

读上虞近代人物志稿，其中文化人物几近半数。除如罗振玉、杜亚泉、经亨颐、夏丏尊、马一浮等一批大师名宿之外，又有许多传奇式的志士奇人，犹若众星闪亮相绕。他们是各自门类中的翘楚，是“非常人做非常事”的典型。特简辑传略六则如下。

## 王钟声

王钟声（1874—1911），上虞人，中国话剧的奠基人、中国近代民主革命家。早年赴德国、日本留学，归国后弃官从艺，经复旦大学创始人马相伯和京剧名家汪笑侬帮助，在上海成立“通鉴学校”，该校成为中国最早的话剧学校。王钟声招徕数十名青年学生从事话剧创作，并组织成国内第一支新戏剧团“春阳社”。剧社取中外革命故事编为脚本，并假座张园串演新戏，编排有《黑奴吁天录》《秋瑾》《徐锡麟》《爱国血》《共和万岁》等一批新话剧，在上海与苏杭等地演出，是为史无前例之举。王钟声《黑奴吁天录》首演于1907年，这一年亦被定为中国话剧创始年。

1911年10月10日，辛亥革命爆发，王钟声参加光复上海的起义。时陈英士任沪军都督，王钟声曾为参谋长。为北上宣传民主革命，11月率话剧团至天津，编演《官场现形记》《宦海潮》

《热血》《鸣不平》等剧。其间，筹谋运动军界，试图策划内应，准备北方起义。不幸事泄被捕，同年12月2日壮烈牺牲。

## 章益生

章益生（1884—1952），道墟人，近代绍剧团的奠基人。章益生从小喜舞棍弄棒耍猴戏，后去绍兴、上海唱绍剧。几经闯荡积累，在上海开设“老闸大戏院”，所带绍剧班子定名“同春舞台”。老闸大戏院位于上海福建中路和北京路口，有491个座位，是当时上海最大的戏院，附近多是宁绍帮人，所以“同春舞台”开演绍剧，人群奔涌，常一票难求。章益生视艺术高于生命，推崇千锤百炼、教学相长，这期间造就了吴昌顺、汪筱奎、筱芳锦、陆长胜等一代挂牌名角，又培养出七龄童章宗信、六龄童章宗义等顶级演员。

“老闸大戏院”也是上海越剧的发祥地。章益生出于同乡之情、同行之谊，热情提携初到上海的嵊县女子越剧，让出老闸大戏院舞台，隆重推举王杏花、袁雪芬的越剧“四季春”班和竺素娥、马樟花的越剧“素凤舞台”，让她们和“同春舞台”一起作三班联串演出，此为戏剧史上一桩盛事和一出惺惺相惜的艺人佳话。1952年秋，章益生在上海病逝，回道墟称山安葬。“同春舞台”后来分为同春绍剧团、新民绍剧团，老辈上虞人对其都记忆深刻。

## 沈阿发

沈阿发（1886—1940），崧厦雀嘴人，绍兴莲花落曲艺形式的开创者。起初与弟弟沈阿六在上虞乡村跑街卖唱，后到绍兴，兄弟俩蜗居于西郭门外狗婆桥破船内，开始在绍兴沿乡演出。1906年，沈阿发拜“下三府”来绍兴卖唱的艺人张先生为师，兼收并蓄，唱艺大进。

沈阿发擅长即兴发挥，能自编迎合各种场合的唱词，尤其擅长各种韵板“节诗”，唱词通俗易懂，演唱生动活泼，唱腔朴实流畅，深受大众欢迎。但起初所唱尚未定型，夹杂有“卖梨膏糖”的民间小调与各地戏曲曲调，称为“三不像，四样长”。至1915年前后，沈阿发才逐步创制形成莲花落的“哩工尺接调”。至1925年，又开始用二胡、四胡伴奏，用毛竹斗鼓压板，自成特色的莲花落从此落定。

## 许啸天

许啸天（1886—1946），小越人。十七岁时剪去发辫，追随徐锡麟、秋瑾投身革命。1906年，参加秋瑾主持的大通学堂。1907年7月，秋瑾被害于绍兴轩亭口，许啸天写下《越恨》一书以纪念。后逃亡上海，结识同乡王钟声，创建“新剧俱进会”，编印《新剧杂志》，创办职业剧团“春阳社”，曾粉墨登场，编写了《拿破仑》《明末遗恨》《黑籍冤奴》《秋瑾》等剧本。五四时期在北京，他与蔡元培、胡适共事北大，曾参加红学辩论，著有《红楼梦新序》。

许啸天是鸳鸯蝴蝶派的代表作家，曾与夫人高剑华创办《眉语》月刊，后因痛感于历史的“虚伪和枯窘”，遂立意撰写历史通俗读物。1926 年写就《清宫十三朝演义》，1928 年写了《唐宫二十朝演义》和《明宫十六朝演义》，后又写下反映民国早期军阀混战的战争小说《民国春秋演义》。此后把笔触投向十里洋场，写《上海风月》等以大都市为背景的言情小说，被誉具有法国大仲马式的惊世才华。

## 宝静

宝静（1899—1940），俗姓王，上虞人，天台宗高僧。父亲王震夫任职鄞县。宝静自幼常入静，如和尚坐禅。1917 年腊月初八，至奉化灵隐寺剃度出家，时 18 岁。次年宁波观宗寺住持谛闲法师创观宗学社，宝静为助理。1921 年改为弘法研究社，宝静为督学，是年 22 岁。以其学识渊博，辩才无碍，入学社者纷至沓来，乃设预科，造就一批佛学人才。

1923 年，宝静和尚沿长江行脚参访，云游江南诸省名刹。两年后返观宗寺研究社，讲授《始终心要》《四教仪集注》。次年春，应广州南华佛学院之请赴广州弘法，成立“广州弘法佛学社”，讲大乘诸经，发行《弘法》月刊。1927 年夏，在香港青山寺讲《梵网经》，信众无数，法缘殊胜。

1929 年底，他返回观宗寺，任弘法研究社主讲。1931 年 5 月，谛闲圆寂，宝静继任住持。其间，多次应邀赴各地讲经。1940 年 11 月病逝于上海玉佛寺，佛教界痛失英才。宝静著述甚富，有《大乘起信论讲义》《佛遗教经讲义》《修习止观坐禅法讲述》等行世。

## 陈丹旭

陈丹旭（约 1900—约 1973），籍贯上虞，长于上海，我国第一位连环画画家。1925 年，由上海世界书局率先发行其第一套连环画册，取材《三国演义》《水浒传》《西游记》《封神榜》《说岳全传》《红楼梦》6 种。如《三国演义》24 集，每集 32 幅图，用国画笔法，绘制精美。

陈丹旭的连环图画问世后一再重版，各烟草公司广告部纷纷购置陈氏画稿，编印一套套烟画。陈丹旭乃率众弟子绘画、着色、定稿，统一印盖“丹旭之印”图章，制版印行。其间，又有《朱元璋》《东南英烈传》等系列连环画出版。陈丹旭连环图画曾伴随着几代儿童成长。

# 小仙坛遥想

久闻小仙坛，今上四峰村。我是第一次去看小仙坛窑址，实在有一种朝拜的心情。这窑址建于东汉晚期，距今1900余年，是世界青瓷发源地。

上浦镇四峰村里石浦，离百官城区不过三十里。西北有山，称四峰山。走过村堂，上缓坡百余米，迎面便见到四方石碑，镌刻为：全国重点文物保护单位——小仙坛窑址，中华人民共和国国务院2006年5月公布。再往上百来米，山沟西侧，幽篁之中，又有1982年浙江省人民政府立的省重点文物保护单位的石碑在焉。

在窑址周边寻寻觅觅，还能发现几片破陶碎瓷，可惜龙窑模样早已体壳无存。四顾山谷，幽深阒寂，顿时有岁月荒远之感。

遥想东汉，中原逐鹿尚未再现，三国未建，氏族未迁，北方文化亦未汇通江南。然而，那会儿长安洛阳的达官清贵还在用青铜觥觞和粗粝陶碗喝酒盛饭，这儿的青瓷龙窑却已经悄然开烧了数百年之久，上虞人早已用上了似冰类玉的青瓷卣壶杯碗。历史在这方面总出奇迹，最早的成熟青瓷产品，竟出于上虞王充所称的“古荒流之地”。再一想，原来中国古文明的轨迹，并非一概从北到南，此偏远江南小村，乃是“瓷器China”的滥觞。

无疑，河北的邢窑、定窑，河南的汝窑、钧窑，都建于隋唐之后；江西景德镇窑，始烧于唐武德年间；浙江龙泉青瓷则源于五代。小仙坛青瓷窑比这些名窑足足早了三百年。

毫无疑问，小仙坛首先带动了上虞及周边的青瓷业。汉末、三国至两晋，上虞县曹娥江中游两岸的上浦凤凰山与窑寺前、东山、夏家埠一带，青瓷龙窑已然星罗棋布，有37处之多，占了当时会稽郡的四分之三。其中凤凰山边的禁山窑址最具规模，集中有五条龙窑，分别代表着三国两晋的青瓷烧制模式。而这些龙窑都可谓是小仙坛的后族子孙。

由小仙坛发轫，上虞青瓷业一开始就确立优势。有史记载，在隋唐年间，上虞青瓷无论品牌还是数量，均高居全国名窑之首。这些青瓷器车装船载，少数作为贡品，多数散入南北市场，然后沿“一带一路”出口五洲四海，赢得广泛称誉。唐代陆龟蒙赞曰：“九秋风露越窑开，夺得千峰翠色来。”越窑青瓷巧夺天工，上虞先民成就之高可以想见。

“九秋”即深秋，农民田稻收割完毕，然后上山砍柴，准备开窑。古人云：“斧斤以时入山林，材木不可胜用也。”“以时”就是到秋后。秋前砍青柴不利山林再生，且柴枝水分多，烟多火不旺，所以砍柴和烧窑须在“九秋”之后。干柴才有烈火。

柴火备足了，于是先炼窑泥。窑泥铺成一个大圆周，让大水牛转着圈儿践踏，一旁有人不时翻动。这牛蒙着双眼拉磨一般成半日地踏窑泥，累得汗浃牛背方止。然后拿绵软瓷泥制作各种瓷坯。待成型的瓷坯上了釉，晾干之后，便按一定前后上下规矩和间距排置于龙窑内壁。龙窑呈四五十度斜卧坡上，窑口进柴，窑顶拔烟，窑内温度烧至一千三百摄氏度（那时靠窑孔观察），然后封口闷窑。待窑内温度慢慢自然冷却，余烟消尽，于是一窑成熟的青瓷器就大功告成。

小仙坛窑址具备建青瓷窑的诸多条件。山中瓷土资源好是第一，又须汲水方便，周边柴木丰富，再一条是运输近便。小仙坛窑址傍着山溪，溪边至今还能见石坎井甃遗痕。溪水过一肩之路，便到里石浦村口，向南百余米便流入小舜江（古小舜江或许更靠近石浦山坡），再折东二里就同曹娥江交汇。这水路方便是古代建窑的重要条件，古时候曹娥江两岸瓷窑成片，其中官窑特多，原因盖在于此。按说，官窑是当时政府经济的重要支柱之一，犹如盐场。后来唐宋两代经济富甲全球，其中自有上虞窑群所做出的贡献。

但小仙坛青瓷窑不可能是官窑，古代源地产业起初不可能形成规模。古代最初的“企业”，必先起于民营自发合作，地方与国家都要按价值规律行事，若被视为有利国计民生，才由地方官员申报而另开发新建成为“国企”，想必陶瓷、建材、酿酒、纺织生产都应如是。

而且，作为青瓷窑之始祖，小仙坛青瓷窑必有从陶器生产到原始瓷器生产，再飞跃到成熟瓷器生产的漫长过程，窑址周围尚存的一些陶片可以证明。

可以想象这么一个情景：年复一年，在某次秋后烧窑之时，那段时间天空特别蔚蓝，这村里的窑工们所取之泥特有黏性，接着炼泥、制坯、上釉各道工序做得特别精细，窑火又特旺，火候又特灵，之后这一窑货色“出龙”了，原本神色凝重的窑工们一下子眼睛闪闪发亮，惊喜万分，“黄陶”变成了“青瓷”！这是品质的飞跃。

可想而知，他们会认真总结经验教训，精益求精，再一次次实验尝试，包括提升工序要求、增加更新品种等。他们终于成功获得系列经验，并最终为曹娥江两岸民窑与官窑群的大规模生产经营奠定了理论和实践基础。

在小仙坛窑址前徘徊，脚下这块平地，必是主祭窑神的古祭坛。等秋后天气晴正，便择日开窑，到时窑头师傅便率众在窑前祭坛上燃香礼拜，求窑神佑助。想必一定有唱赞，那唱词或为：“秋风朗朗兮，天地和畅；小仙诚灵兮，青龙护降；金满窑兮银满窑，保我窑民兮，伏惟尚飨。”唱毕再拜，于是各就各位，协力同心，“若网在纲，有条而不紊”。由此想来，古代劳动者的祭坛仪式，与其说是祀神，图个吉利，还不如说是立状自励：“天行健，君子以自强不息……”这自强不息的君子是谁？就是勤劳善良的劳动人民。

在小仙坛上想出两句诗：祖宗百代后世德，汉窑千载天下名。古先民“筚路蓝缕，以启山林”，代代艰苦创业，一脉相承以至于今日的繁荣富强。是劳动创造世界，是人民创造历史；文化自信，源于劳动人民。

# 虞舜三德

《尚书》和《史记》都记载，虞舜二十岁孝闻天下，三十岁被尧举用，施政二十年，至五十岁代行天子事，五十八岁时尧去世，至六十一岁正式称帝，在帝位三十九年。

尧舜禅让，舜五十岁。尧在禅让仪式上对舜说：虞舜啊，天降大任于你，你要信实执持公道。四海人民还在困穷之中，你要为之奋斗终生！（《论语·尧曰》："咨，尔舜！天之历数在尔躬，允执其中。四海困穷，天禄永终！"）

舜牢记尧的嘱托，鞠躬尽瘁五十年。他大公无私，他举贤任能，他立纲立法，建立了中华文明史起始时期的清明政治。舜的孝德、公德、政德，为后世历代赞颂，司马迁在《五帝本纪》中高度总结地赞为："天下明德皆自虞帝始。"

## 舜的孝德

虞舜的诸多品德，首先以孝德著称。但是，他的孝不是一般的孝，更不是有悖情理的愚孝。舜起初生活在"父顽、母嚚、弟傲"的家庭环境中，但他始终能保持冷静、克制、豁达的心态，自觉地"制怒""制怨"。舜能够把私心怨怒完全"放下"，既出于大局意识，更出于非凡的心理忍受力和牺牲精神，这就是后人所说的“圣德”。舜的孝道包含着坚忍与无私的宽容，后来被孔子着重发挥为仁恕之道，中心思想是“克己复礼”和“己所不欲，勿施于人”。

舜的孝又极为明智。《史记》载：“舜父瞽叟盲，而舜母死，瞽叟更娶妻而生象，象傲。瞽叟爱后妻子，常欲杀舜。”“欲杀，不可得；即求，尝在侧。”就是讲舜的父母兄弟想要伤害舜的时候，舜早有察觉，逃之夭夭，所以总是找不到他，而父母兄弟想要他帮忙做事的时候，他又总是立即出现在他们身边。后来，舜的父母兄弟为了占有财产又屡次设法想加害于舜，都因为舜早有防备而失败。特别可贵的是，舜不记过、不记仇，事后好像没事一样，侍奉父亲、关爱弟弟更加勤勉，这些就是舜的聪明。舜这样的孝而聪明，因此孔子将其作为榜样来教育曾子等学生，要求他们既要孝敬，又要懂得保护自己与发展自己，要有个性，切不可做糊涂的孝子。孔子的话是正确的。

舜终于以孝而聪明为帝尧所知，《尚书·舜典》记：“尧闻之聪明，将使嗣位。”“乃试舜五典、百官，皆治。”这个“试五典”，就是测试他能否用“父义、母慈、兄友、弟恭、子孝”五种伦理道德规范教育大众；所谓“试百官”，即考察他担任各种官职的能力。经过长期的内外考核试用，结果舜“皆治”，就是完全胜任“五典百官”之事。舜由此才受到尧的信任与四方信服，后来最终成为部落联盟的正式首领。

历史明鉴，大舜之孝，显然不是通常意义上的对父母“敬重无违”，或者“任劳任怨”“替父母受难”等等，而是融合着“仁义礼智信”的大义、大智、大行、大愿之孝。大舜的孝里，有着为家庭、为天下的诚信与责任心；他坚韧不拔的毅力里，有着博大的境界与远见。所以说大舜得以成为后世代代歌颂的政治家，也正是他的孝德发展为公德、政德的结果。正如孟子所言：“舜发于畎亩之中……故天将降大任于是人也，必先苦其心志，劳其筋骨，饿其体肤，空乏其身，行拂乱其所为，所以动心忍性，增益其所不能。”从这个层面上讲，大舜的孝，也就是后人所归纳的“修身齐家治国平天下”的大孝。说舜“孝感动天”，道理如此。

## 舜的公德

《史记》所载，尧对舜的考察可谓用心良苦，他把两个女儿嫁给舜，来观察他在家的德行，让九个儿子和他共处，来观察他在外的为人。尧的两个女儿不敢因为自己出身高贵就傲慢地对待舜的亲属，很讲究为妇之道。尧的九个儿子也更加笃诚忠厚。舜在历山耕作，受他的影响，历山人都能互相谦让地界，不再寸土必争；舜在雷泽捕鱼，学他的榜样，雷泽人都能把便于捕鱼的位置让给更需要的人；舜在黄河岸边制作陶器，严把质量关，受其熏陶，那里出的陶器就完全没有次品了。舜一心为公，以身作则，所以人心响应，民众归依，一年的工夫，他住的地方就成了一个村落，两年就成了一个小镇，三年就发展成一个农工商结合的城市了。

舜身正力行，于是尧就让舜试任司徒之职。舜从理顺父义、母慈、兄友、弟恭、子孝这五种伦理道德着手，进行广泛深入的宣传，得到四方人民的拥护和实行。尧又让他参与百官之事，百官的分工协调从此变得有条不紊。又让他接待诸侯宾客，《尚书·舜典》言其“宾于四门，四门穆穆”，是说舜处事端庄敬重，体察四方，使得从远方来的诸侯宾客都恭敬而和谐，而舜也因此得到各地诸侯的拥戴。应当说，舜由此奠定了政治基础，所以后来“舜让避丹朱于南河之南，诸侯朝觐者不之丹朱而之舜，狱讼者不之丹朱而之舜，讴歌者不讴歌丹朱而讴歌舜”。舜曰：“天也。”这个“天也”，其实就是自然民心，是大舜得人心后得天下的必然。

尧终于充分信任舜并决定禅让，《史记》：“召舜曰：‘女谋事至而言可绩，女登帝位。’”意思是：尧对舜说，你做事至公周密，说了的话就能切实做到，现在你就登临天子位吧。

舜摄政伊始，取正去邪，兴利除弊，雷厉风行。后来孔子讲的“政者，正也”，正是对舜的政治公正的充分肯定。舜接班之后，做了大有公德的四件大事：

一、举“八元”“八恺”。这些“元”“恺”，是指四面八方德隆望尊的乡贤、望族，他们能办实事，受群众拥护，是舜多年来所认识了解的，但尧执政时未曾得到起用。舜一上台，就委托他们在所在地方管理土地，布置生产，同时积极传布“五教”，使得“父义、母慈、兄友、弟恭、子孝”的基本伦理能够经过他们的言传身教，得到弘扬和落实。这是在社会基层普遍树立正气。

二、惩“四凶”。尧时政治宽容，造成一些地方黑恶势力的存在，其中最有害社会稳定的“四凶”为：野蛮不驯的“浑沌”，背信弃义、喜欢邪恶的“穷奇”，凶顽的颠倒是非的“梼杌”，贪得无厌的“饕餮”。这些人数量不多而为害甚大，为了社会安定，舜依靠政治手段，采用了强制流放改造的措施。这是舜硬的一手。

三、合“公法”。《五帝本纪》记舜摄政后，召见东方各诸侯商量，“合时月正日，同律度量衡”。在舜之前，一年三百六十日，再用置闰月办法来校正四季的基本历法，已为尧时所定，舜则进一步协调统一一年中的四时节气、月之大小、日之正日与非正日，这是一。二是统一音律；统一长度、容量、重量的标准。同时，舜还修明吉、凶、宾、军、嘉五种礼仪。（按：中国完整的农历，相传创始于夏禹时代，但其实应该说是尧舜打的基础。后来秦始皇统一度量衡，也应该说是在舜时代的基础上完成的。）

四、巡视四方。舜从五十岁摄政开始，即不辞劳苦巡视四方，调查国土民情，制定决策法规。《史记》记舜“岁二月，东巡狩，至于岱宗……五月，南巡狩；八月，西巡狩；十一月，北巡狩”。这样，差不多用整一年时间来巡视东南西北。舜规定以后每五年中巡视一年，中间四年分别让东西南北各诸侯国君按时来京师述职报告。舜这样做的目的，从大处说，是向四方诸侯们普遍地陈述治国之道，实行真正意义上的国家统治；从小处说，是要求根据各地的实际情况，明确地进行实绩考察。经过巡视，舜把天下划分为十二个州，实施了疏浚河川和发展生产的规划，规定了正常的刑罚来执法。舜三令五申，各地不得滥施酷刑，可以用罚款的方式代替刑罚，灾年时对违法农民应予缓刑，学校里对违规学生只能用戒尺示警，如此等等。

## 舜的政德

舜的公德与政德本密不可分，只是论公德侧重于社会德治，讲政德则着重在政府吏治。

舜摄政八年而尧去世，然后“舜让避丹朱于南河之南”，巡视到浙江会稽上虞一带，因为四方诸侯拥戴，三年后正式成为舜帝，时年六十一岁。

关于大舜组阁，《尚书·舜典》和《史记·五帝本纪》均有详细记载。首先，舜广开言路，实行民主推荐。“于是舜乃至于文祖，谋于四岳，辟四门，明通四方耳目。”“四岳”就是四方贤人，相当于人民代表，舜与他们共商国家大事，听取多方面的意见，明了各界信息，于是一起郑重而顺利地推举了 22 人入阁。这 22 个人中，有些是尧执政时的旧属，但当时分工不明确，业绩不显著。舜以诚信、肯干而且必须能办实事为基本条件，各取其用，各施其长，放手组成一个纲举目张、团结务实的班子。

在舜的班子里，禹是第一位大臣，负责平治水土，禹谦让给稷、契和皋陶，舜说：这是决策，你一定能努力办好。

弃，被任命为后稷，负责农业，他是尧时的农师。舜说：黎民正在挨饿受饥，你要重点帮助他们掌握播种百谷的技术。

契，担任司徒，负责思想政治工作。舜说：现在百官不相亲爱，社会五伦不顺，你去谨慎地施行五伦教育，教育的关键在于体贴、细致、宽厚。

皋陶，担任司法官。舜说：蛮夷在我们境内外作乱，你要根据罪行轻重，执法得当。五刑宽减为流放，流放的远近要有明确规定。只有公正严明，才能使人信服。

伯夷，担任秩宗，主持天事、地事、人事三种祭祀，相当于后来的礼部。舜说：你主管祭祀，要早晚虔敬，要正直，要肃穆清洁，形成庄严的氛围。

夔，被任命为典乐，掌管音乐教育，当时的音乐教育是社会教化的重要手段。舜说：你一定要正直而温和，宽厚而严厉，刚正却不暴虐，简洁却不傲慢。诗是表达内心情感的，歌是用延长音节来咏唱诗的，乐声的高低要与歌的内容相配合，还要用标准的音律来使乐声和谐。八种乐器的声音协调一致，不要互相错乱侵扰，这样，就能通过音乐达到人与自然和谐的境界。这个夔很自信，他说：好，我轻重有节地敲起石磬，百兽都会翩翩起舞。

龙，被任命为纲言官，相当于吏部监察。舜说：我非常憎恶官场上诬陷他人和不讲道义的言论行为，惊扰我的臣民，你要早晚传达我的旨命，报告下情，一定要诚实正确。

大舜组阁，是深刻接受了历史教训的。譬如尧时曾举用共工，结果共工放纵邪僻，独立横行，造成动乱；尧时又举用鲧，让他治理洪水，结果反而洪水滔天，完全失败。所以舜深刻认识到，必须举用真正的贤人、能人，而要做到这一关键点，必须广开言路，“开张圣听”，实行政治民主。而且，即使是民主推选的官员，在实际工作中也不能完全放任，必须有布置，有监督，有考核。所以舜对大臣们采取“三岁一考功，三考绌陟”的办法，就是每三年考核一次功绩，经过三次考核，按照成绩升迁或贬黜。

舜是成功的，因为“四岳”推举并由他任命的这二十二人，个个成就政德：皋陶担任大理，司法公正；伯夷主持礼仪，上下礼让；弃担任稷，百谷茂盛；契担任司徒，百官亲善……其中禹的功劳最大：开通了九座大山，治理了九处湖泽，疏浚了九条河流，辟定了九州方界。于是，各地财税都按规定畅通上缴，纵横五千里的领域，政通人和、百废俱兴，实现了安定祥和繁荣的局面。

上虞大舜庙有胡耀灿先生撰联：矜在民间，无违无怨烝烝之孝；勋垂奕世，懋德懋功穆穆其风。上虞是大舜故地，上虞人民歌颂虞舜的孝德、公德、政德，必奕世相传，日久天长。

# 虞舜民本思想漫谈

“民本”一词，最早出自《尚书》“民惟邦本，本固邦宁”一语。民本思想是虞舜执政的主导思想。

尧舜时期，原始公有制氏族社会已经解体，随着社会贫富差距出现，私有制和阶级开始形成，国家也就随之产生。虞舜顺应时势，继承尧的事业，努力完善国家机器的打造，以缓和阶级矛盾，安定民生。他的思想道德和政治作为使东方民族从野蛮时代步入有教育、有法制的文明时代，并且使中国文明史——开始就蕴含了“以民为本”这一政治信念，成为后世政治制度发展变更中的重要思想资源。

## 听民意，重教化，创大同

《尚书·皋陶谟》记载舜帝与皋陶、大禹讨论政务大纲：一是“安民”，让人民安定，这是为政宗旨；二是“知人”，执政者要知人善任，建立廉能的官员队伍，这是为政的保证；三是“听民”，执政以尊重民意为先，以符合民意为准，这是为政的方略。讨论之中，皋陶有一个著名观点：“天聪明，自我民聪明；天明畏，自我民明畏。”即认为“天”的意志要听从于“民”的意志。这个观点，符合舜“天民一致”的思想信仰，符合舜的民本思想哲学观。

舜认为人民的是非观反映了社会政治的是非，所以必须敬畏人民，听从民意。为了让百姓有口能言，他“询于四岳，辟四门，明四目，达四聪，咨十有二牧”“作五明扇，设诽谤之木，以表王者纳谏”，总之是不遗余力广开言路，实行上通下达的建言体制，特别是主动听取“四岳”即民间长者的意见。应当说，上古时代社会简单，政务单纯，官吏问题也不隐蔽复杂，但是虞舜的“问政于民”却一直被历代奉为经典。就这样，舜带动各级官员，根据广大民众诉求，解决了尧时期未能解决的系列问题，包括除暴安良、公德教育、官员选拔以及兴修水利等。舜是听从民意、为民兴利除弊的典范。

在舜看来，以民为本与施教于民是并行不悖的，人民固然要敬畏，但“性相近，习相远”，大众的道德素质与行为习惯存在差别，需要进行规范教育，这正如说百姓上善若水，但水流还须要疏通一样。舜在“五常教育”即家庭伦理教育的基础上，大力开展“讲信修睦”的社会公德与人际关系教育，他要使民生平等得到教化引导和法制的保证，得到社会诚信和责任心的保证，从源头上做好反腐防污的工作，这就是治本。

《礼记》记述：舜施行安民大道，要使天下成为人民共有的天下；让品德高尚的人与能干的人带领，使社会成为诚信和睦的社会。舜要使老年人能终其天年，青壮年人能为社会效力，幼童能顺利地成长，使鳏寡孤独和残疾人都能得到供养。同时，舜要使全社会痛恨并杜绝浪费和贪污现象，实现财货分配公平。在这样的理想境界中，奸邪之谋不会发生，贪盗之事不会出现，于是就实现了社会大同。当然，《礼记》里多有理想化的成分，但代代相传的舜时代“夜不闭户，路不拾遗”“富而不骄，贫而守道”的情景，应该是可信的。

虞舜推行的道德教育是民本化和人性化的。有趣的是，上古人喜欢诗歌、音乐、舞蹈，舜本人就是一位诗人。他作《南风歌》唱道：“南风之薰兮，可以解吾民之愠兮。南风之时兮，可以阜吾民之财兮。”《史记》称“舜歌《南风》而天下治”，因为它集中反映了领导层与人民的目标是共同一致的。还有舜与臣僚合唱《卿云歌》：“卿云烂兮，纠缦缦兮。日月光华，旦复旦兮……”诗歌所描绘的清明图像，表达了政通人和、光明普照的美政理想，可说是上古贤良的中国梦。

唐代杜甫有言：“致君尧舜上，再使风俗淳。”杜甫十分向往尧舜时代的淳朴风俗，那时候社会上很少有贪盗欺诈行为，人多有教化，有羞耻心和礼让之心，这正是社会大治的基本表现。民为本、民为贵的教育思想得到贯彻落实，也正是虞舜最大的政德。可以说，“民为贵”的时代，“民”就有尊严，就没有因袭的负担所造成的自卑、奴性与自暴自弃。像大舜、大禹、伯夷、皋陶等政治家原本就是“民”，他们在民间本来就有突出的威望，有极强的参政意识和能力。而且因为民风好、政治环境好，社会上就不可能出现诸如贪污受贿等密集型的腐败现象，也就不可能造成民众信仰的缺失。尧舜时期有一首民谣《击壤歌》唱道：“日出而作，日入而息，凿井而饮，耕田而食。帝力于我何有哉！”这首民谣是那时劳动人民自食其力的生活写照，反映了老百姓自尊不卑、自强不息，充满着政治平等的信念，显示了社会尊重民众因而“国泰民安”的事实。

## 做表率，重廉能，履责任

虞舜是坚持崇高理想的典范。《荀子·尧问》记载，尧曾问舜：“我欲至天下，为之奈何？”舜回答：“执一无失，行微无怠，忠信无倦，而天下自来。”意思是理想专一不动摇，事无巨细精神不懈怠，忠信为民行动不厌倦，那么就能得到百姓信赖。舜“执一无失”的理想，大而言之，是实现“大道之行也，天下为公”的美政；小而言之，就是做一个“与人为善，舍己从人”的德行完美的完人。这是孟子对舜的评价。孟子认为舜自耕稼陶渔以至为帝，始终彰显了君子的这一核心品德，树立了领导者的道德标杆。现在我们提倡“立身不忘做人之本，为政不失公仆之心，用权不谋一己之私”，舜就是体现这一核心价值观的第一人。

虞舜又是实事求是的典范，他坚持理想不脱离实际。《荀子·尧问》记载，尧问于舜曰：“人情何如？”舜对曰：“人情甚不美，又何问焉？妻子具而孝衰于亲，嗜欲得而信衰于友，爵禄盈而忠衰于君。人之情乎！人之情乎！唯贤者为不然。”舜当时尚未执政，在伟大的尧帝面前，他不是歌功颂德粉饰太平，而是直接摆现实问题。在虞舜看来，社会人通常是：老婆孩子有了，对父母的孝心就淡了；衣食无虞了，对朋友的友情就薄了；有权有势了，对国家的忠心就变了。所以，他说“人情甚不美”。其中“爵禄盈而忠衰于君”，即指官员的变质腐败。舜显然认为社会低俗自私的道德风气，是导致政治腐败的土壤，而官员的变质堕落，又是社会腐败的诱因，所以一要重教，二要严管。

为了保证官员队伍的纯洁，虞舜强调走“群众路线”，他执政后实行了公开的官员选拔体制和监察体制。他听取“四岳”意见，“举八元，使布五教”；“用八恺，以揆百事”；荐大禹，治水成功；任命二十二贤才，得以天下大治。这些都是“民主推选”的结果。而且，为保证民众推选的官员善始善终，舜规定三年一考核，以督促与激励各级官员敬业爱民。《尚书·舜典》记“三载考绩，黜陟幽明”，即根据实绩，奖优罚劣。《史记·五帝本纪》记述舜“三岁一考功，三考绌陟，远近众功咸兴”，则是讲由于吏治严明，考核升降规范进行，促使远近官员纷纷有为民立功的实际成绩。由于官员队伍“廉而且能”，保持了纯洁、高效和良性稳定，社会上就出现一种“天下为公”的蔚然气象。

虞舜大胆任用那些得民心、顺民意的廉能官员，让他们做“领头羊”，营造官民相亲的社会环境。《史记》记载：舜命德高望重的契担任司徒，负责思想政治工作，要求他针对官员阳奉阴违与社会五伦不顺的情况深入调研，同时广开言路，谨慎地施行五伦教育，把握住体贴、细致、宽厚的原则，以焕发正气，纯洁官员队伍，弘扬淳朴和谐的社会风尚。舜命皋陶执掌司法，充分肯定他“直而温，简而廉”的执法理念，进一步要求他因势利导，防重于治，量刑从轻，尽可能使违德违法者改过自新，使社会维持稳定。舜让伯夷主持礼部，要求他发扬正直廉洁的作风，营造全社会敬畏天地、敬畏人民、敬畏劳动成果的庄重氛围。虞舜还把诗教作为社会教化的重要手段，他认为诗歌是表达内心情感的，音乐要达到人与自然和谐的境界。他任命教育家夔为典乐，要求夔坚持正直而温和、宽厚而严肃的教育思想，让全社会乐意接受文明教化。当然，廉政建设要以发展生产为根本，虞舜把抓水利命脉的头等大事托付给大禹，要他认真汲取鲧（大禹之父）主观行事的教训。舜言传身教，大禹不负使命艰苦奋斗，终于成功又成仁。

孔子讲:“政者，正也。”为政归根是“正”，是责任。舜其身正，不令而行，大禹、皋陶、伯夷等领导班子成员都以舜为榜样，他们都是有大志、干大业的丰碑式人物，与大舜一起齐心协力，为创造廉政与美政而奋斗。而且，他们为政之正，首先是廉正，是艰苦卓绝。《周礼·天官冢宰》记载当时考察官员有六个标准:“一曰廉善，二曰廉能，三曰廉敬，四曰廉正，五曰廉法，六曰廉辨。”这六条标准都冠以一个“廉”字，可见虞舜时期，廉洁奉公是官德的首位，是为官之本，并且上层首先做表率，可说是一级做给一级看，一级带着一级干。后代人叹息官场上“能吏寻常见，公廉第一难”的情况，在虞舜时期是不存在的。

## 明法制，重防患，立公信

《韩非子》有言:“无威严之势，赏罚之法，虽尧舜不能以为治。”虞舜时期社会大治，既是上行下效的教化所致，也是法治威严的结果。史书记载舜“流共工，放欢兜，殛伯鲧，迁三苗”等，就是分别制裁社会上制造动乱危害百姓以及贪赃枉法、严重渎职、屡教不改等危害社会安定的人员与群体。虞舜在执政初期首先以突击惩治的手段，包括以战争的手段，为治本赢得了时间。

但是，即使在社会安定时期，治本、治标还得两手并抓，虞舜就是实施标本兼治的典范。可以肯定，虞舜发动的道德教育活动中，必然有法制教育的内容。那就是让民众知道哪些是违法行为及违法后会受到什么样的处罚，从而使百姓知法、懂法、守法，逐步树立起法治观念，这与当今依法治国的思想一脉相承。天网恢恢，疏而不漏。法治的力量不在于惩办的严酷性，而在于惩办的不可逃避性，以及广大民众维护法规的自觉性。虞舜时期的法治就是这样。

虞舜提出的口号是“明刑弼教，国昌民安”，即为了国昌民安，必须明确规定刑法，同时强化教导。虞舜开创专设的刑律机构，命皋陶为总管，制定发布“五刑”:“象以典刑，流宥五刑，鞭作官刑，扑作教刑，金作赎刑。”其中“象以典刑，流宥五刑”，其实是指劳动改造，犯人根据罪业轻重，穿各种衣服，被流放到各种地方，住各种囚房。官府里用鞭刑；学校里用短板子做的“教方”罚打；有些违法之事，可以用铜器赎罪。

舜打击的重点，是造成民愤的黑恶势力与贪盗分子。《史记》记载舜组织力量，坚决铲除了“浑沌、穷奇、梼杌、饕餮”等“四凶”，这些团伙都是原部族首领的后代，尧时期被放纵，到舜执政后才得到处置。其中“饕餮”是高官缙云氏的后裔，“贪于饮食，冒于货贿”，可以说是史书上出现最早的贪污受贿的腐败分子。舜把他们流放到边远地区，强制劳动改造。

但是虞舜慎刑罚，舜要求司法“维明能信”“惟明克允”，就是要光明正直，处罚要公正得当。一是严格区分犯罪的故意与过失、惯犯与偶犯。舜说：“眚灾肆赦，怙终贼刑。”就是说因为过失或灾难，可以缓刑或赦免，如果是故意或一贯，就当贼（杀），或严厉惩罚。二是要求明察案情，根据犯罪情节的严重程度作宽严适中的定罪，要处理公允，达到不滥施刑罚而使人信服的目的。

在虞舜看来，教化是最重要的，但教是为了不教；惩罚也是必要的，但罚是为了不罚。他重视违法预防，及时化解可能激化的社会矛盾，使诸如争夺土地的纠纷得到“定分止争”，中止了可能造成的过失违法行为。

虞舜的法治总体是宽容的，那个时代还保留着“画地为牢”的原始处罚方式，在规定地点、规定时间内对违法者作自由限制，目的是警告重犯，并且以儆效尤。孔子说这是“小惩而大诫之”，“钦哉，钦哉，惟刑之恤哉！”他认为这样的刑罚真是体恤人。

虞舜采取宽容的法治，是一种政治的自信，更是对民众的信任。因为教育抓得实，官场清廉成风，社会正气足，法制又严明，许多地方就几乎没有违法现象。就像我们上虞这块虞舜的故地，因为一直传承舜的遗德，所以过去有些村坊，人们一直安分守己，就从来没有过打官司的记录。后人也正因此说虞舜是明德始祖。

总之，虞舜时期的德治、吏治、法治被后世视作经典之治，是民本思想得到上下合力践行的结果。盛唐时有诗人以“潮平两岸阔，风正一帆悬”的诗句颂赞当世，其实在古代，唯有虞舜时期才有这种浩然正大的境界。虞舜的民本思想所体现的不仅是中华民族优秀文化的深厚基础，也体现了不断推动时代潮流的进步精神。

# 略谈虞舜文化与周公礼乐

从虞舜到周公姬旦，相隔千年有余，然后再历五百多年出了孔子。孔子撰《尚书》、编周籍，他认为最值得推崇的历史人物，就是虞舜与周公。所以，虞舜文化，即舜之道德操守和政治作为，成了儒家思想的源头和基本内核，而周公“制礼作乐”，成了儒家学派的“元圣”宗师。这样，虞舜文化—周公礼乐—孔子儒家思想，源流一脉相承。

虞舜处氏族社会末期，混沌初开。那时候尚无政治秩序与道德准则可言，是舜“发于畎亩之中”，自平民而至虞帝，身体力行，开创了史前社会的文明教化。所以，《尚书·舜典》云：“德自舜明。”孔子则再三赞美“舜其大孝”“舜其大知”，他把舜看成“明德始祖”，认为礼仪文明由舜起始继而蔚然成风。直至今日，我们所传扬的“孝当先、勤为本、和为贵、诚立身”等基本道德观念，都可以在虞舜的传说事迹中得到印证。

虞舜文化，从道德层面讲，是以孝德为核心，崇孝而民风正；从政治高度讲，就是以民为本，保（爱）民而百业兴。虞舜的民本思想有两个方面：一是尊重人民，因为必须依靠人民办事；一是要教育人民，因为必须引领人民前进。所以，虞舜首先通过“听民”“安民”与知人善任一系列举措，实现了中原各部落人民大团结，民心大定之后再广泛发动，以“举国之力”完成“大禹治水”的伟大工程，这是先解决民生根本大计。与此同时，虞舜命德高望重的契担任司徒之职，主管道德启蒙运动。舜提出：“敬敷五教，在宽。”他认为教育的关键在于官吏的谨慎敬业，对人民要有体贴宽爱之心。同时舜又命教育家夔担任典乐，掌管音乐教育（上古人生活离不开诗歌、音乐和舞蹈），舜要求他坚持正直而温和、宽厚而严肃的教育思想，从而让全社会乐意接受文明教化，使人民从“野化归向文化”。舜曾提出“诗言志，歌永言，声依永，律和声”，这是经典美学理论，而舜本人就是一位杰出的诗人。他作《南风歌》：“南风之薰兮，可以解吾民之愠兮；南风之时兮，可以阜吾民之财兮。”《史记》称“舜歌《南风》而天下治”。可以说，那就是上古时代的中国梦。

传说中的虞舜时代，是“民为本”及“民为贵”的风俗淳朴的时代。政治环境好，“民”就有尊严，就没有因袭的负担所造成的自暴自弃与信仰缺失。虞舜时期有一首民谣《击壤歌》唱道：“日出而作，日入而息。凿井而饮，耕田而食。帝力于我何有哉！”这是当时劳动人民自食其力的生活写照，反映着百姓自尊自强与安定自信的面貌，充满着政治平等意味。所以说，虞舜道德文化包括礼乐文化，是落实到基层人民的文化，因而是最淳朴的政治文化。虞舜时代也就成为中国古代的理想时代。

从虞舜到周公，刚一个千年轮回，或者说是一个千年呼应。在经历夏商两代的“王道与霸道”的千年纷争之后，终于出现了虞舜时代之后的西周之礼乐中兴，这稍类似于后来欧洲的文艺复兴。但毕竟时代已大不相同，西周初，私有制和阶级社会已经巩固，周公的政治礼治改革必须从周朝建立的社会现实出发，时代文化再不可能回到虞舜那样理想化的时期。

西周的崛起，固然起于文王、武王的文治武功，但奠定周朝政治思想基础的是政治家周公姬旦。面临“血流漂杵”之后的乱世，周公“奋王钺，废殷祀，安遗民，扶成王，灭管蔡，平淮夷”，然后实施“封建亲戚，以藩屏周”政策，把周王室血统亲戚的兄弟、功臣、贵族分封各地，以通政令，创立一统天下的封建制度。于是“普天之下，莫非王土；率土之滨，莫非王臣”。金字塔式的分封等级制的建立，标志着逐级向上的法定义务的确定。同时，周公从商纣王的灭亡以及管蔡叛乱中吸取教训，认识到礼乐制度的重要性，制定了宪法式的《周礼》，这之中就有着虞舜之道的历史影响。

《周礼》的“礼”，意义是“履”，即履行等级义务与维护相关政治秩序。作为古代最完备的政典法典，《周礼》的政法、民法、礼法无所不包，其中包括建立井田制、宗法制、礼乐制及保息制等。这些制度的建立，充分体现着后期儒家所称的“博爱”精神，如保息制度：“以保息六养万民：一曰慈幼，二曰养老，三曰振穷，四曰恤贫，五曰宽疾，六曰安富。”“保息，谓安之使蕃息也。”当然这种制度是理想化的，不可能得到完全的履行，但制度本身却具普世价值。

《周礼》首先以完善的官制体系与完备的治国理念，影响后世统治者。如确定官制规范，宫廷分六类职官：天官冢宰管宫廷，地官司徒管民政，春官宗伯管宗教，夏官司马管军事，秋官司寇管刑法，冬官百工管营造。周公规定这六类朝廷职官共三百六十名，各类编制在六十名上下。唐代以后的吏部、户部、礼部、兵部、刑部、工部等六部官职即由此而来。

《周礼》明文："各贡尔职，修乃事，以听王命。其有不正，则国有常刑。"譬如，"地官"的最高长官为大司徒，主管民政，他在履行施教方面的职责与目标是："以祀礼致敬，则民不苟；以乐礼教和，则民不乖；以世事教能，则民不失职；以贤制爵，则民慎德；以庸制禄，则民兴功……"计有十二条。显然，周公制定"周礼"，目的是"经国家，定社稷，序民人，利后嗣"。首先是制度规范，维护政治秩序。上自王公及公侯伯子男，下至卿、士大夫、士、庶人，按秩序公平，各等级的人们各有所任，然后分别获得与该等级相称的利益份额，实行有等级差异的公平，而不是平均。"秩，禄廪也；序，才等也。"按其身份等级、才干及土地出产，获得应有享受并确定其贡税等义务。

《周礼》的"礼"，是强调等级差异的政治准则和道德规范，强调贵贱有别，尊卑有序，包括君臣、父子、兄弟、夫妇均有伦理规约，不得僭越。无论饮食、起居、祭祀、庆典、丧葬，都有明确具体的适合于各级的制度规定，不得违反。应当说，虞舜时期及夏商二代也有"礼"，但周公之"礼"，是配合政治上的宗周分封制在意识形态上的全面革新改造，是在“损益夏商之礼”基础上的具有周人特色的体制完善的周礼。周礼使西周初期成为礼教的鼎盛时期，其内容正统、丰富与完备，所以孔子说:“周监于二代，郁郁乎文哉！吾从周。”孔子毕生整理周籍，他自称“述而不作”，所“述”的主要就是周礼，其核心就是“克己复礼，天下归仁”的思想。

周公的伟大，在于制礼与作乐的相辅相成，这符合虞舜“中庸之道”的辩证。“礼”强调差异，强调“别”，孔子称为“尊尊”。“乐”则讲究和谐，讲究“同”，孔子称为“亲亲”。周公“制礼作乐”，目的是在等级秩序上建立上下亲和关系，避免封闭隔阂。乐，当视为“润和”。当然，诗歌、音乐、舞蹈也是有政治待遇区别的，是按级别的。宫室的颂乐、雅乐这些所谓宗周丰镐京畿之乐犹如交响乐，乡野民间的“风歌”则好比自由吟唱。但毕竟上下相和，均为诗官所采纳，而且以民间风歌数量最多、质量最好。《乐记》讲“同则相亲，异则相敬”。异中有同，于是相亲相敬。

周公“制礼作乐”，以礼立序，以乐致和，乃是政治人文，渊源在上古虞舜。完善礼乐文明，则是周公的主要功绩。礼乐活动主要分五种：1. 吉礼，祭礼天地；2. 凶礼，哀死殡葬；3. 宾礼，外交会盟；4. 军礼，行师动众；5. 嘉礼，婚冠宴饮。行礼之时，必以音乐相配，上下不同规格之礼配以不同规模的乐，故称“礼乐”。

“乐”，目的是调和，以不同乐音组织成多样统一的和谐乐章。据传周公像虞舜一样，也是诗人（《诗经》里有些诗传为周公所作）。周公年代的舞乐传至春秋，孔子赞赏有加。春秋时期，诸侯称霸，孔子称为“礼崩乐坏”，所以他强烈提出“克己复礼为仁”，他希望恢复周公礼乐之制，也正因此而多次“梦周公”。周公是孔子心目中的偶像。

周公的礼乐文化改革是继虞舜文化教化之后的一次规模巨大的文化运动，价值影响深远。其政治体制理论影响中国历史近三千年，其文化思想的基本原则，如“敬德保民”“明德慎罚”，以及博爱、仁义、尊尊、亲亲等，则与虞舜文化一样，形成历代正面思想的基本格局。而更为后世所称道的，是周公本人的忠孝廉洁、礼贤下士、尊重平民的个人品质，也如同大舜，这些都为孔子、孟子以及后来司马迁《史记》所记载。“周公吐哺，天下归心”，周公成为中国古代史上的政治家的榜样。

源远流长的中国传统道德文化与礼仪文化，自古至今都是重大话题。如果说四千多年前的虞舜文化侧重于道德层面，以道德教化推动政治建设，那么三千多年前的周公礼乐文化，更侧重于礼治即政治层面，以政治手段推动道德建设。恰如一脉相承的两个古老文化版本，历经数千年风雨而流传至今，在重塑民族文化自觉与文化自信的当代，依然有着积极的借鉴意义。

# 大禹治水的“天时、地利、人和”

大禹治水首先占得天时。大禹生逢虞舜时期，舜五十岁代行天子事，即命大禹治水；大禹治水大功告成，舜帝就让位给大禹。《尚书》中对此有大致记载：舜帝说：“好啊，如今是地平天成，万世永赖。禹啊，请上来吧，我居帝位三十三年，耄耋之年已经力不从心，你当努力不怠，来总统我们的人民。”

要说4200年前的尧、舜、禹时代，也正是中原大地经历百年的洪水时代。有意思的是，那时候几乎整个地球都在发生“洪水滔天”的故事。在西方，《圣经》记有诺亚方舟的神话故事，那是借洪水歌颂上帝拯救人类；在东方，则是人尽皆知的大禹治水的历史故事，这是以治水来歌颂人民领袖带领人民群众改造自然，争取自力更生的救赎与生存发展。所以，如果说洪水时代的浩劫是成就中华民族伟大文明的母体，那么造就了大禹这样的伟大英雄的，就是当时虞舜一代的领导群体，那一代以民为本的民主团结与艰苦奋斗的领导群体，而这就是天时！

舜也治过水，他称帝之后把治水这一中心任务全权交托给大禹，因为在舜的心中，大禹比他更适合治水。舜“举贤不避仇”，禹的父亲鲧治水九年以大败告终，舜严厉处理了鲧，却又让禹忍辱负重地去治水，这是大局意识，是从高度信任出发，是一码归一码。

《尚书·舜典》记载:“帝曰:‘咨!禹,汝平水土,惟时懋哉!’禹拜稽首,让于稷、契暨皋陶。”当时禹很谦让,他希望由稷、契或者皋陶来承担此大任,但是舜不改初衷:“俞,汝往哉!”(舜说:这是我的决定,你去赴任吧)这是尧去世后舜刚刚即位时的事。当时舜命禹为司空,掌治水工程,契(殷契)为司徒,掌教化,弃(稷)为后稷,掌农政,益(伯益)为联虞,掌山林泽薮。因为治水是中心任务,舜又命伯益与后稷两位大臣“佐之”,又命共工氏的“四岳”鼎力相助。

历史学家说,以舜帝为首的中原各部落联盟的领导层,拥有着大禹、皋陶、后稷、殷契、伯益这样一班深具英雄兼哲人气质的大才。在我们的近古族群先祖面临灭顶之灾的时候,是他们以深远的智慧、坚毅的勇气、创新的思维、同心同德同患难的品质与民主集中的作风,做出了最为伟大正确的决策——选择大禹!

舜的民主作风与领袖胸怀,可以从大禹与舜的言论中看出。《尚书·益稷》记载了舜与大禹等大臣的一次学习讨论,大意为:

大禹说:“舜帝,你要谨慎地对待在位的大臣啊。”舜帝说:“是啊!”禹说:“要尽到你的职责,考虑到大臣的安危。如果用正直的人做你的辅佐,只要你想动一动,天下就会大力响应。”舜帝说:“是的。大臣就是我们最亲近的人,最亲近的人就是大臣。”禹说:“对呀!舜帝啊,其实普天之下,各诸侯国的众位贤人,至于海内的百姓,都是您的臣子,舜帝您要善于起用他们。广泛采纳他们的意见,明确考察他们的政绩,如果这样,那么谁敢不恭敬地听从您的命令？”大禹似这样的对舜提意见的话，在《尚书·大禹谟》中也多有出现，如大禹对舜帝说：“德治在于善政，善政在于养民。正德、利用、厚生这三者谐和，就政通民和，上下通达，国乃得治。”舜回答：“我知道我的德政得到推行，都是按你们的建议来努力实现的。”舜心胸博大，他不但听了高兴，而且多次在不同场合表彰大禹，说他“克勤于邦，克俭于家”，舜还说：“大禹不自以为能，所以天下没有人与他争能；大禹不夸功，所以天下没有人与他争功。”舜在退位前更是高度赞美大禹：“地平天成，万世永赖！”他由衷表示：上天的大命落到禹的身上了。这就是大禹的天时！

大禹治水又占地利之胜：夏禹之族是一个大族，地处秦晋之间，主要生活区间在河南、山西一带，禹年轻时随父亲鲧游历大河。作为一个杰出的社会活动家，禹在虞舜称帝之前，即趁地利之便，与中原各部落联盟首领殷契、后稷、伯益等有过密切往来并受到信赖。舜称帝后，建立“三岁一考功”的奖评制度，禹每次都得到各部落提名，而且被公认为“惟禹之功为大”，“大禹”之称呼即由此而来。作为治水领袖，大禹具有广泛扎实的地域基础。

大禹占得天时地利，凭着敢为天下先的能力、大公无私的魅力、艰苦卓绝的毅力，自然得尽人和。在虞舜的领导支持下，他成功地发动各大族群自觉自愿地参与治水运动，其中以禹族为中坚力量，以殷契、后稷、伯益三个特大族群为主干，然后又带动东夷四岳，组织起几乎所有中原人民的力量，聚合成前所未有的治水大军。据考，禹与殷契、后稷、伯益为黄帝族系，四岳属于共工之后，为炎帝族系。所以说，大禹治水的胜利是炎黄两大族系团结奋斗的胜利。附带一说：黄帝族系中，禹为夏族，契为商族，后稷为周族，伯益为秦族，后来正是夏、商、周、秦四个朝代依次替代，有人认为这是历史的机运。

有了天时地利人和的充分条件，大禹就能放开手脚勘查、设计与指挥。大禹治水是全方位与根治性的，以治水为出发点，包括治山、治田、治路诸多方面，同时以河流疏导入海为主，包括排水、引水、蓄水、养水、堵水等诸多方面。大禹接受了虞舜的训示，总结了前人特别是他父亲鲧的经验教训，完全改变了光靠筑堤坝、筑城防的“堵”的治水方法。

一些历史书上说：“大禹治水是将壅川筑堤之法，改成了疏导入海之法。”这显然是一种似是而非的片面说法。壅川筑堤或者说“堵”，并非为大禹所排斥，局部的堵是必须的，大范围的堵也是必须的，这是常理，大江大河的千里长堤至今屹立，就是证明。大禹治水远不是单一的疏导。

但是大禹治水过程中最艰难的问题，是治水的社会组织形式的创建，其中最关键的是以粮食问题为主的后勤输送。大规模治水必然需要大量脱离农耕生产而专事工程的民众队伍，为此，在舜的统一领导下，大禹与各联盟的执行号令是：1. 立足于自力更生，千方百计力所能及地自带粮食。2. 相互调配支援，有计划调度，有令必行，有禁必止。3. 以伯益族为主，组织人员屯田开垦，以临时耕地生产粮食；以后稷族为主，组织种植蔬菜及提供其他食物。4. 动员后方广大可耕地区人民向治水大军提供食物，按计划征收。

可以想象，治水民众数以百万，必须有严明的组织与可行的法度。在舜与大禹时代，必然采取军事化的管理方式。其中的宣传、组织、司法、保卫及后勤诸多事宜，必有层层相应的负责制度。然而不管怎么说，作为最高统帅的舜与大禹，他们超凡入圣的人格，劳身焦思的品质，必然被全体人民奉为无可置疑的权威，成为真正的榜样，而且饱受洪水困扰的人民有的是治水的自觉性和积极性。

大禹治水三过家门而不入，传为古今美谈，这是因为大禹有舜作为伟大榜样，所以心存高远。《尚书》记大禹向舜帝汇报："娶于涂山，辛壬癸甲。启呱呱而泣，予弗子，惟荒度土功。"意思是："我娶了涂山氏，婚后三天就离别新娘，后来经过家门，听到新生儿子启呱呱而泣，我不能进去看他，因为我一心忙于水土治理啊。"《尚书》还讲到舜肯定大禹的两句话："知人则哲，能官人；安民则惠，黎民怀之。"意思是要用心去亲近人、了解人，方能用人；要用心去安排好民生，民众方能拥护支持。这就需要大公无私。大禹继承了虞舜的伟大，因此得到中原人民的同声拥戴，"亹亹穆穆，为纲为纪"，成为一代新纪元的伟大领袖。

大禹治水立千古伟业，天下族群的生存空间与格局由此而发生了变化。历史学家由此论定：

1. 禹开九州。大禹治水，对以中原地区为中心的大陆区域有了初步认定。大禹率领专职人员对山河平原的全面勘查，是开展治水工程的重要前提。种种地理资料数据的记录，即国土资源的调查同时又在治水过程中连带完成。由此自然形成了对社会的分地域、分层级的规范生存空间的国家意识。

2. 禹定山河。大禹治水，连带的是确定山河方位、范围以及名号。《史记·夏本纪》记述大禹摸清山水情形，先后给“九山”“九川”“九泽”都定了名，并且给各方土地都定了上中下多个等级。

3. 禹开贡赋。大禹治水，要求不直接参与工程的族群向治水者无偿提供物资，这种无偿提供的政策在治水结束后得以延续，成为经常性的贡赋缴纳制度。

4. 禹定井田。大禹治水，使华北大平原与长江中下游平原成为洪水时代之后无比丰厚的国土恩赐。大片无主土地被分配均平，把土地分成犹如“井”字的九大块，八户各一块为私田，中间一块为公田，由八户共种，并缴纳收成归国。《孟子》记载：“方里同井，井九百亩，其中为公田，八家皆私百亩，同养公田，公事毕，然后敢治私事。”这样的井田制也被称为古代农村公社。

恩格斯《家庭、私有制和国家的起源》谈到国家和氏族制度的区别之处是：氏族的基础为血缘关系，国家则“按地区来划分它的国民”。因此可以说，虞舜时期的大禹治水，为国家的出现创造了条件，为祖国的出现奠定了基础。治了水，又治出了国家与朝代，这是大禹治水占尽天时地利人和的必然结果。虞舜传递给夏禹的交接棒，也就成为中国古代史的一块里程碑。